토성의 고리

Die Ringe des Saturn

토성의 고리

W. G. 제발트 장편소설

이재영 옮김

창비

알다시피 이 세상의 들판에서는 선과 악이 거의 불가분의 관계로
함께 자란다.　　　　　　　　　　　　　　　　—존 밀턴 『실낙원』

걸어서 성지순례를 떠나기로 결정한 사람들, 강가를 따라 걸어가
면서 패배자들의 투쟁과 깊은 절망의 끔찍함을 이해하지 못한 채 방
관하는, 영혼이 불행한 사람들을 맨 먼저 용서해야 합니다.
　　　　　　—조지프 콘래드가 마르그리뜨 포라도프스카에게 보낸 편지

토성의 고리는 적도 둘레를 원형궤도에 따라 공전하는 얼음결정
과, 짐작건대 유성체의 작은 입자들로 구성되어 있다. 아마도 과거에
는 토성의 달이었던 것이 행성에 너무 가까이 위치하여 그 기조력으
로 파괴된 결과 남게 된 파편들인 것으로 짐작된다.(→로슈 한계*)
　　　　　　　　　　　　　　　　　—『브로크하우스 백과사전』

---

* 위성이 모행성의 기조력에 부서지지 않고 접근할 수 있는 한계거리. 1848년
　프랑스 천문학자 로슈(É. Roche)가 처음 계산했다.

차례

1장

한여름이 거의 끝나갈 무렵이던 1992년 8월, 다소 방대한 작업을 끝낸 뒤 나는 내 안에 번져가던 공허감에서 벗어나고자 영국 동부의 써퍽주(州)로 도보여행을 떠났다. 나의 희망은 어느정도는 충족되었는데, 곳에 따라 사람이 거의 살지 않는 해변 안쪽 지역을 몇시간씩, 때로는 며칠씩 걸으면서 모처럼 기분이 아주 홀가분해졌기 때문이다. 그러나 지금 생각해보면 시리우스별의 세력이 강할 때 우리의 몸과 마음이 특정한 병에 걸리기 쉽다는 오래된 미신이 맞을 수 있다는 생각이 들기도 한다. 어쨌든 그 여행 뒤로 한동안 나는 멋진 자유로움의 기억뿐만 아니라, 그 고적한 지방에서도 모습을 드러내던, 오랜 과거로까지 거슬러올라가는 파괴의 흔적들을 보며 느낀 먹먹한 전율의 기억에서도 벗어나지 못했던 것이다. 내가 그 여행을 시작한 지 꼭 일년 뒤에 거의 온몸이 마비된 상태로 노퍽 지방의 주도(州都)인 노리치의 병원에 입원한 것은 그 때문이었는지도 모른다. 그 병원에서 나는 아래의 글을, 적어도 머릿속에서는, 쓰기 시작했다. 구층 병실에 입원하자마자 나는 그 전해 여름에 걸어다녔던 드넓은 써펵 지역이 이제 눈과 귀가 먼 단 하나의 점으로 쪼그라들었다는 생각에 사로잡혔는데, 지금도 그때의 기억이 또렷하다. 실제로 내가 침대에 누워 볼 수 있던 세상이라고는 창틀 안에 갇힌 무채색의 하늘조각이 전부였다.

그날, 현실이 영원히 사라졌다는 두려움에 휩싸여 있던 나는 별스럽게 검은색 그물망이 쳐진 병원 창문을 통해 바깥을 내다보면서라도 현실을 되찾아야겠다는 소망을 여러번 느꼈다. 어스름이 깔릴 무렵에는 이 소망이 너무나 강렬해져서,

결국 나는 배와 옆구리로 몸을 지탱하면서 침대 모서리로, 다시 바닥으로 기어가 벽에 이르렀고, 심한 고통을 참으면서 창턱을 붙잡고 힘겹게 몸을 일으켰다. 난생처음 평지에서 몸을 일으킨 존재처럼 창유리에 몸을 기대고 부들부들 떨며 그렇게 서 있자니, 불쌍한 그레고르(카프카의 단편 「변신」의 주인공)가 떨리는 다리로 일인용 소파 등받이를 붙잡고 바깥을 쳐다보면서 예전에 창밖을 바라볼 때 느꼈던 해방감을 어렴풋하게 떠올리는 장면을 상기하지 않을 수 없었다. 그리고 그레고르가 여러해 동안 가족과 함께 살아온 고요한 샤를로테 거리를 흐릿해진 눈 때문에 알아보지 못하고 눈앞의 풍경을 회색의 불모지라고 생각했던 것처럼, 병원 앞마당에서 멀리 지평선까지 이어진 익숙한 도시는 내게도 아주 낯설게 느껴졌다. 저 아래쪽의 촘촘히 얽힌 담장들 안에서 사람들이 움직이고 있다고는 생각할 수 없었고, 마치 절벽 위에서 돌의 바다나 자갈밭을 내려다보는 듯한 기분이었다. 우중충한 주차장 건물들이 거대한 표석(標石)처럼 솟아 있었다. 그 흐릿한 저녁시간, 야근 때문에 병원 진입로 앞쪽의 황량한 잔디밭을 가로질러 오는 간호사 하나를 제외하고는 근처에 행인은 전혀 보이지 않았다. 푸른 등이 달린 구급차가 천천히 모퉁이들을 돌면서 도심에서 응급실을 향해 다가오고 있었다. 사이렌 소리는 내가 있는 곳까지 닿지 못했다. 나는 높은 병실 안에서 거의 완벽한, 말하자면 인공의 정적에 에워싸여 있었다. 허공을 가로지르는 바람이 창밖을 훑고 지나가는 소리만 들렸고, 때로

이 소리마저 그치면 영원히 잦아들 줄 모르는 이명(耳鳴)이 들려왔다.

병원에서 퇴원한 지 일년 넘게 지난 오늘, 메모들을 정서하기 시작하면서 내가 병원 구층에서 어스름 속으로 침잠해가는 도시를 내려다보던 그때만 해도 마이클 파킨슨이 포터스필드 거리의 좁은 집에서 여전히 살고 있었다는 사실을 하릴없이 떠올린다. 아마도 그때 그는 여느 때처럼 강의준비를 하고 있었거나, 몇년 동안 그를 붙잡고 놓아주지 않던 라뮈 (1878~1947, 프랑스계 스위스 작가로 농민의 생활을 묘사하는 방대한 소설들을 썼다) 연구에 몰두하고 있었을 것이다. 마이클은 사십대 후반이었고, 여전히 미혼이었으며, 생각건대 내가 만난 사람 중에 가장 때묻지 않은 사람이었다. 이기심과는 아예 거리가 멀었고, 그 얼마 전에 닥친 상황 때문에 자신의 의무를 온전히 이행할 수 없다는 것이 가장 큰 고민거리인 사람이었다. 그러나 뭐니뭐니 해도 그의 가장 두드러진 특징은 사람들이 더러 극단적이라고 평가할 만큼 철저한 검소함이었다. 사람들이 대개 삶을 유지하기 위해 지속적으로 물건을 사들이는 시대에 마이클은 사실상 전혀 물건을 사지 않았다. 내가 그를 처음 본 이래 여러해가 지나도록 짙은 청색 재킷과 분홍색 재킷만 번갈아 입었으며, 소매가 닳거나 팔꿈치가 해지면 직접 바늘과 실을 들고 가죽조각을 덧대어 기웠다. 심지어 그가 셔츠 목깃을 뒤집어 달았다는 말까지 있었다. 여름방학이면 마이클은 늘 라뮈 연구와 관련된 긴 도보여행을 떠났는데, 대개 발레(스위스 남부의 주)와 보(스위스 서부의 주)가 여행의 무대였지만 쥐라산맥(스위스와 프랑스의 국경에서 독일로 이어지는 산맥)이나 쎄벤산맥(프랑스 남동부의 산맥)을 돌아다닐 때도 있었다. 그런 여행에서 돌아온 그를 볼 때나 자신의 작업을 대하는 그의 변함없는 진지함에 감탄할 때, 내게는 그가 이제는 거의 찾아보기 힘든 종류의 겸손함 속에서 자기 나름의 행복을 찾은 사람처럼 보였다. 그런데 지난 5월, 돌연 마이클이 침대에서 죽은 채로 발견되었다는 소식이 들려왔다. 이미 그 며칠 전부터 마이클을 본 사람이 없었는데, 침대에 비스듬히 누운 그는 이미 경직된 상태였으며, 얼굴에는 묘한 붉은 반점들이 나 있었다고 했다. 법의학적 조사에 따르면 그는 사인불명으로 사망(that he had died of unknown causes)했는데, 나는 혼자서 이 판단에 어둡고 깊은 밤중에(in the dark and deep part of the night)라는 말을 덧붙였다. 누구도 예상치 못한 마이클 파킨슨의 죽음을 접한 우리는 너나없이 끔찍한 전율을 느꼈지만, 그래도 누구보다 더 큰 상심에 빠진 사람은 마이클처럼 미혼이던 불문과 전임강사 재닛 로절린드 데이킨스였다. 그가 죽은 지 몇주 뒤에 그녀 또한 병이 들고, 그 병이 순식간에 그녀의 몸을 파괴해버리고 만 것도 어릴 적부터 친구인 마이클을 잃어버린 고통을 견디지 못했기 때문이었으리라. 병원 바로 근처의 좁은 골목에서 살던 재닛 데이킨스는 마이클과 마찬가지로 옥스퍼드에서 공부했고, 평생 동안 일체의 지적 허영심과는 거리가 먼, 결코 잘 알려진 사실이 아니라 항상 미심쩍은 세밀한 부분에서 시작하는, 19세기 프랑스 문학에 대한 일종의 사적(私的) 학문을 전개했다. 특히 그녀는 귀스따브 플로베르를 단연 최고의 작가로 꼽았는데, 이런저런 기회에 수천페이지에 달하는 작가의 편지에서 언제나 나를 새삼 놀라게 하는 긴 문장들을 뽑아 읽어주곤 했다. 자신의 생각을 말할 때면 거의 위태로운 열광에 빠지곤 하던 그녀는 플로베르가 왜 글쓰기에 대한 주저함을 버리지 못했는가 하는 문제에 개인적으로 아주 강렬한 관심을 느껴 이를 규명하려고 애썼는데, 그녀에 따르면 플로베르는 잘못된 글을 쓰는 데 대한 두려움 때문에 몇주 혹은 몇달 동안 소파에 파묻혀 지내기 일쑤였고, 앞으로는 반줄을 쓰기만 해도 지극히 수치스러운 꼴을 면치 못할 것이라는 두려움에 휩싸이곤 했다고 한다. 재닌의 견해에 따르면, 그럴 때마다 그는 앞으로 일절 글을 쓸 수 없을 것이라고 생각했을 뿐만 아니라, 자신이 지금까지 썼던 모든 글 또한 절대로 용납될 수 없는, 그 효과에 있어 간과할 수 없는 오류와 기만으로 가득 차 있다고 확신했다. 재닌은 플로베르의 주저함이 그가 관찰했던, 불가항력적으로 진행되면서 이미 그 자신의 머릿속까지 침투해 들어왔다고 믿은 우매화의 결과라고 주장했다. 그는 자신이 모래 속에 점점 파묻히는 듯하다고 말한 적이 있다고 한다. 재닌에 의하면, 그의 작품 전체에서 모래가 아주 중요한 의미를 차지하는 것은 바로 이 때문이다. 모래가 온 세상을 정복하고 있다는 것이다. 플로베르가 낮이나 밤에 꾸었던 꿈속에서는 거대한 모래구름이 연방 몰려다녔고, 아프리카 대륙의 건조한 대지에서 휘돌며 솟구쳐오른 이 모래구름은 북쪽을 향해 이동하다가 지중해와 이베리아반도 너머 어딘가에 이르면 재처럼 땅으로 내려앉는데, 뛰일리 정원(빠리 쎈강 유역의 정원)이나 루앙(빠리 북서쪽 쎈강 유역의 도시) 근교든 노르망디의 시골 소도시든 가리지 않고 그렇게 가라앉은 모래는 지극히 좁은 틈까지 파고들었다고 재닌은 말했다. 그녀에 따르면 플로베르는 에마 보바리의 겨울옷 가장자리에 묻은 한알의 모래에서 사하라 사막 전체를 보았고, 미세한 모래알을 아틀라스산맥(모로코, 알제리, 튀니지에 걸친 산맥)만큼이나 무겁게 느꼈다. 나는 저녁 무렵에 재닌의 사무실에서 플로베르의 세계관에 대해 그녀와 자주 이야기를 주고받았는데, 그 사무실에는 강의를 위한 메모와 편지, 온갖 종류의 문서가 엄청나게 널브러져 있어서 종이의 홍수에 파묻힌 기분이었다. 그 놀라운 종이의 집적이 시작된 곳이자 집중된 곳이기도 한 책상 위에는 차츰 산과 계곡이 있는, 종이로 이루어진 번듯한 풍경이 생겨났는데, 이 풍경의 가장자리는 바다를 만난 빙하처럼 뚝 끊어졌고, 그 주위의 바다에는 은연중에 사무실 한가운데로 이동해가는 새로운 퇴적층이 형성되었다. 책상 위에 끝도 없이 쌓여만가는 종이 때문에 재닌이 다른 책상으로 피신할 수밖에 없게 된 것도 벌써 여러해 전의 일이었다. 책상을 옮길 때마다 비슷한 축적과정이 반복되었는데, 이 책상들은 종이로 이루어진 재닌의 우주의 후기 발전단계를 보여주는 셈이었다. 바다의 양탄자도 겹겹이 쌓인 종이들 밑으로 자취를 감춘 지 오래였고, 허리춤까지 쌓였다가 다시 바닥으로 가라앉던 종이들은 마침내 벽을 타고 오르기 시작했다. 벽 또한 한쪽 모서리에만 압정을 박아놓은, 일부는 촘촘히 겹쳐진 전지(全紙)와 문서로 문 위쪽까지 빽빽하게 뒤덮여 있었다. 책장 안의 책 위에도 빈틈만 있으면 종이뭉치가 빼곡히 들어찼고, 어스름이 내려앉을 무렵이면 이 모든 종이들이 스러져가는 빛을 모아 반사했다. 들판에 내린 눈이 잉크빛의 밤하늘을 반사하는 광경과 흡사했다. 결국 사무실의 한가운데쯤으로 밀려난 소파가 재닌의 마지막 작업공간으로 남았는데, 항상 문이 열려 있던 그녀의 사무실을 지나칠 때면 필기용 깔개를 무릎 위에 올려놓고 허리를 숙인 채 무언가를 써내려가거나 등받이에 몸을 기대고 깊은 생각에 빠진 그녀의 모습을 볼 수 있었다. 나는 종이 사이에 파묻힌 그녀의 모습이 뒤러의 그림 「멜랑콜리아 1」에서 파괴의 도구들 사이에 붙박인 듯 앉아 있는 천사를 연상시킨다고 그녀에게 가끔 말하곤 했는데, 이에 그녀는 얼핏 보기에는 자신의 물건들이 아무렇게나 어지럽게 놓인 것 같겠지만 실은 완성된, 혹은 완성을 향해 나아가는 질서를 갖고 있다고 했다. 실제로 그녀는 종이나 책 혹은 그녀의 머릿속에서 무언가를 찾고자 할 때면 대개 재빨리 찾아낼 수 있었다. 내가 병원에서 퇴원한 직후 토머스 브라운에 대한 연구를 시작했을 때, 옥스퍼드 소사이어티(옥스퍼드 대학의 공식 동창회)에서 알게 된 외과의사 앤서니 배티 쇼를 즉시 소개해준 사람도 그녀였다. 토머스 브라운은 17세기 노리치에서 의사로 활동하면서 일련의 글을 발표했는데, 비교대상이 없을 만큼 독특한 글이었다. 당시 나는 브리태니커 백과사전을 뒤지다가 브라운의 두개골이 노픽 앤드 노리치 병원의 박물관에 보관되어 있다는 정보를 입수했다. 이 정보는 아주 확실한 듯했지만, 막상 내가 얼마 전까지 입원해 있던 그 병원에 가서 두개골을 직접 보려고 했을 때는 그럴 수가 없었다. 그 병원의 현직 관리자들 가운데는 그런 박물관이 있다는 이야기를 들어본 사람이 없었던 것이다. 나의 괴상한 질문을 받고 무슨 말을 하는지 통 알 수 없다는 표정으로 나를 쳐다보는 사람도 있었고, 심지어 어떤 사람은 나를 귀찮은 괴짜처럼 취급하기도 했다. 그러나 주지하다시피 사회 전체의 위생을 강화하면서 이른바 시민병원을 설립하던 시기에는 조산아나 기형아, 뇌수종, 이상발달 장기 등을 의학표본으로 쓰기 위해 보관하고 때때로 일반인에게도 공개하는 박물관, 아니 더 정확히 말하자면 공포체험관을 운영하는 병원이 많았다. 그것들이 모두 어디로 사라졌는지 궁금할 뿐이다. 나중에 화재로 파괴된 중앙도서관의 지역사 부서에 가서 노리치의 병원과 브라운 두개골의 행방을 물어보기도 했지만, 아무 소득이 없었다. 재닝이 소개해준 앤서니 배티 쇼와 접촉하고 나서야 비로소 원하던 정보를 입수할 수 있었다. 배티 쇼는 그 얼마 전에『저널 오브 메디컬 바이오그래피』에 발표한 논문을 보내주었는데, 이 글에 따르면 1682년 일흔일곱번째 생일에 세상을 뜬 토머스 브라운은 성 피터 맨크로프트 주임사제 교회에 묻혔다. 그 곳에 고이 묻혀 있던 유해는 1840년 교회 내진(內陣, 교회 내부 앞쪽의 제단과 성가대석이 있는 부분)의 거의 같은 곳에 다른 사람을 묻기 위한 준비가 진행되던 중 훼손되었고, 그 일부는 발굴되었다. 그뒤 브라운의 두개골과 한다발의 머리카락이 의사이자 교회평의회 회장이던 러벅의 손에 들어갔는데, 그는 유서에서 병원 박물관을 브라운 유해의 상속자로 정했다. 그렇게 하여 이 두개골은 따로 제작된 유리함 속에 보관된 채 온갖 기이한 해부학적 표본 사이에서 1921년까지 병원 박물관에 놓여 있었다. 성 피터 맨크로프트 교회는 두개골을 반환하라고 거듭 요구했는데, 1921년에야 병원이 이 요구를 받아들여 첫번째 장례식이 치러진 지 이백오십년가량이 흐른 뒤에 두번째 장례식이 아주 장중하게 거행되었던 것이다. 자신의 두개골이 겪은 이 방황에 대한 최고의 논평을 남긴 사람은 바로 브라운 자신이었는데, 그는 시신을 화장하여 유골단지에 담는 장법을 다룬 고고학적이고 형이상학적인 유명한 논문에서, 무덤에서 발굴되는 것은 비극이자 역겨운 일이라고 썼던 것이다. 하지만 자신의 해골이 겪을 운명을 아는 사람이 어디 있으며, 자신이 몇번 매장될지 아는 사람은 또 어디 있겠는가,라고 그는 덧붙였다.

토머스 브라운은 1605년 10월 19일 런던에서 비단장수의 아들로 태어났다. 그의 유년시절에 대해서는 알려진 바가 거의 없고, 옥스퍼드 대학을 졸업한 뒤 어떤 의학교육을 받았

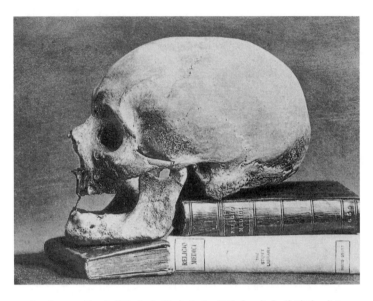

는지도 그의 전기들에서 찾아보기 어렵다. 다만 확실한 것은
스물다섯에서 스물여덟까지 당대 최고의 의학 교육기관이던
몽뻴리에, 빠도바, 빈의 아카데미에서 공부했고, 영국으로 귀
향하기 직전에 레이던에서 의학박사 학위를 받았다는 것이
다. 1632년 1월, 그러니까 브라운이 네덜란드에 머물면서 과
거 어느 때보다도 인간 신체의 비밀을 깊이 파고들던 때, 암
스테르담의 화물계량소에서 공개 해부행사가 개최되었는데,
그 몇시간 전에 절도죄로 교수형을 당한 도시의 사기꾼 아드
리안 아드리안스존, 일명 아리스 킨트의 시신이 해부대상이
었다. 어디에서도 명백한 증거를 찾을 수는 없지만, 렘브란
트가 외과의사 길드의 집단초상화로 포착해낸, 세상을 떠들

썩하게 한 이 행사에 브라운이 광고를 보고 참석했을 가능성은 매우 크다. 매년 한겨울에 개최되던 니콜라스 튈프 박사의 해부학 강의는 장래의 의사들에게 큰 관심거리였던데다가, 이 행사는 바야흐로 암흑에서 빠져나와 빛을 향해 나아가는 중이라고 자부하던 당시 사회의 연표에서 매우 중요한 날짜로 자리매김되었던 것이다. 입장료를 지불한 상류층의 관객들 앞에서 진행된 이 실연은 물론 새로운 과학의 대담한 탐구열을 과시하는 행사였지만, 다른 한편으로 인간의 몸을 절단하는, 고래로부터 전해 내려오던 의례이기도 했다. 죽은 뒤에도 범법자의 몸에 고통을 가하는, 정해진 형벌의 목록에 속하던 의례 말이다. 암스테르담에서 개최된 해부학 강의가 인체 내부의 장기를 좀더 철저하게 인식하기 위한 행사 이상의 의미를 지니고 있었다는 사실은 렘브란트의 그림에서 나타나는, 사자(死者)의 몸을 절단하는 행위의 의전(儀典)적인 특징을 보아도 알 수 있다. 외과의사들은 아주 호사스럽게 차려입은데다, 튈프 박사는 심지어 모자까지 쓰고 있다. 해부작업이 끝난 뒤에 엄숙하면서도 다분히 상징적인 연회가 개최되었다는 사실 또한 이 강의의 의전적 성격을 보여준다. 오늘날 우리가 덴하흐(헤이그의 네덜란드어 표기)의 왕립미술관 마우리츠하위스에 가서 대략 가로 2미터, 세로 1.5미터에 달하는 렘브란트의 해부학 그림 앞에 서면, 당시에 현장에서 이 강의를 보던 관객의 위치에서 그들이 보았던 것을 그대로 보고 있다는 느낌을 받는다. 목덜미가 부러지고 사후경직으로 가슴이

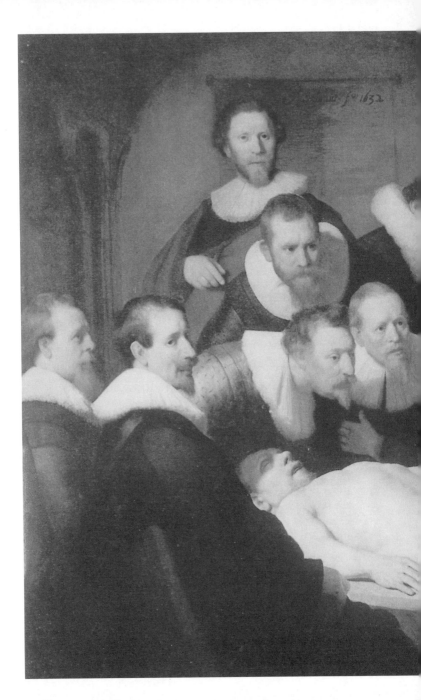

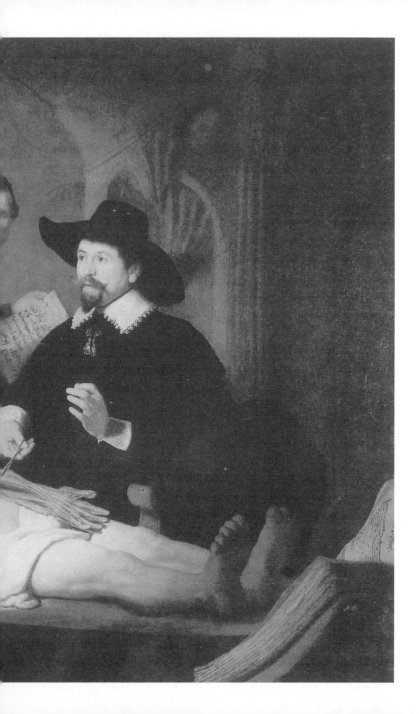

끔찍하게 솟아오른 채 그림의 전경에 드러누워 있는 아리스 킨트의 연둣빛 시신 말이다. 그러나 단 한 사람이라도 제대로 이 몸을 보았는지는 의문스럽다. 당시에 막 발전되기 시작한 해부기술은 무엇보다도 죄 많은 육신을 보이지 않게 하는 데 기여했기 때문이다. 튈프 박사 동료들의 시선이 킨트의 몸 자체가 아니라 아슬아슬하게 이 몸을 비켜나가 그 너머에 펼쳐진 해부학 도해서를 향하고 있다는 사실은 의미심장하다. 이 도해서에는 끔찍한 육체성이 하나의 도표, 하나의 인간 도식으로 환원되어 있다. 그 1월의 아침 강의에 참석했다고 전해지는, 열정적인 아마추어 해부학자 르네 데까르뜨가 떠올리던 그런 도식 말이다. 잘 알려져 있다시피 데까르뜨는 정복의 역사의 주요한 한 장에서 이해할 수 없는 육신에 주목하기를 그만두고 우리 안에 이미 설치된 기계를 향해, 우리가 완전히 이해하고 철저히 노동을 위해 활용하며 고장이 나면 수리하거나 폐기해버릴 수 있는 기계를 향해 눈을 돌려야 한다고 주장했다. 사람들이 볼 수 있도록 공개적으로 전시해놓은 몸이 시선에서 배제되는 기이한 현상은, 현실에 충실하다고 칭송받는 렘브란트의 그림이 자세히 들여다보면 그렇지도 않다는 점과 일맥상통한다. 하복부를 절개한 뒤 가장 먼저 부패하기 시작하는 내장을 들어내는 작업부터 하던 당시의 일반적인 관례와 달리 이 그림에서 묘사된 해부는(이 역시 해부가 보복행위임을 보여준다고 해석할 수도 있는데) 범죄를 저지른 손에서 시작된다.

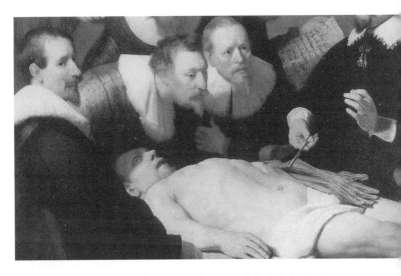

그런데 이 손의 상황이 아주 특이하다. 관찰자에게 더 가까운 오른손과 비교해볼 때, 해부된 손은 기괴하리만치 비대할 뿐만 아니라 해부학적으로도 완전히 뒤집혀 있다. 드러난 힘줄은 엄지손가락의 위치로 보건대 왼손의 손바닥에 속해야 하는데, 실제로는 오른손 손등의 힘줄이다. 오로지 학교에서 가르치는 대로 그린 듯한 이 부분은 해부학 교본에 나온 것을 그대로 옮겨놓은 것이 분명한데, 이로 인해 현실을 있는 그대로 그려놓았다고도 할 수 있는 이 그림은 이미 절개된 그 의미의 중심점에서 구도가 지독하게 일그러지고 말았다. 렘브란트가 뭔가 실수를 했다고 생각하기는 어렵다. 오히려 내겐 그가 구도를 의도적으로 왜곡한 것으로 보인다. 기형적으로 보이는 손은 아리스 킨트에게 가해진 폭력을 표시한다.

화가는 의사 길드가 아니라 희생자 아리스 킨트와 자신을 동일시하고 있는 것이다. 오로지 화가만이 경직된 데까르뜨의 시선을 좇지 않으며, 희생자를, 연둣빛이 감도는 소멸된 육체를 지각하며 죽은 자의 반쯤 열린 입속과 눈 위쪽에 드리워진 그림자를 보고 있다.

만일 내가 믿는 것처럼 실제로 토머스 브라운이 암스테르담에서 해부행사를 직접 보았다고 해도, 그가 어떤 눈으로 해부과정을 추적했으며 또 무엇을 보았는지에 대해서는 아무런 자료가 없다. 후일 그는 1674년 11월 27일 영국과 네덜란드의 대부분을 뒤덮은 안개를 묘사한 메모에서 흰 연무(煙霧)가 방금 절개된 육신의 동굴로부터 솟아오르는 것이라고 주장하면서 곧이어 이 연무는 우리가 살아 있는 동안 잠들어 있을 때나 꿈을 꿀 때 우리의 뇌를 에워싼다고 말한 바 있는데, 아마도 해부현장에서 그가 본 것이 이 연무가 아니었나 싶다. 늦저녁에 진행된 수술을 받고 나서 내가 병원 구층의 병실에 누워 있을 때도 그런 연무가 나 자신의 의식을 뒤덮고 있었던 것이 생생하게 떠오른다. 창살로 에워싸인 철제 침대에 누워 있던 나는 몸속을 순환하던 진통제의 신기한 효과 덕분에 마치 무중력상태로 주변의 부풀어오르는 구름산맥 사이를 떠가는 기구(氣球) 여행자가 된 느낌이었다. 때때로 물결치는 구름의 천이 갈라질 때면 나는 쪽빛으로 어른거리는 먼 곳을 바라보기도 했고, 아래쪽을 내려다보면서 피할 길 없는 검은 땅을 예감하기도 했다. 하지만 눈을 들어 천공을 올려다보면 작디작은 황금 점처럼 보이는 별들이 황무지에 흩뿌려져 있었다. 우르릉거리는 공허를 뚫고 두 간호사의 목소리가 내 귀를 파고들었는데, 그들은 나의 맥박을 재기도 하고, 막대기 끝에 붙여놓은 분홍색 작은 솜으로 가끔씩 내 입술을 적시기도 했다. 막대기에 달린 이 솜은 예전에 연시(年市, 주로 부활절, 성탄절 등 기독교 축일을 즈음해 연례행사로 열리는 시장)에서 살 수 있었던, 터키산 꿀로 만든 주사위 모양의 사탕을 연상시켰다. 내 주위를 떠다니던 이 존재들의 이름은 케이티와 리지였는데, 내가 그들의 보호를 받던 그날밤처럼 행복했던 적은 거의 없다고 생각한다. 나는 그들이 나누던 일상적인 대화를 전혀 이해하지 못했다. 그저 오르내리는 음조들, 새의 목청에서 울려나오는 것 같은 자연의 음들, 완전한 울림과 피리 소리, 천사의 음악 같기도 하고 세이렌의 노래 같기도 한 소리를 듣고 있었을 뿐이었다. 케이티가 리지에게, 리지가 케이티에게 말한 내용 가운데 아주 특이한 일부분만 기억에 남아 있다. 몰타섬에서 보낸 휴가 이야기의 일부로 기억하는데, 케이티 혹은 리지는 몰타섬 사람들이 어처구니없을 만큼 죽음을 멸시한다면서 그들은 도로의 왼쪽도 오른쪽도 아닌 그늘진 쪽으로만 차를 몰고 다닌다고 주장했다. 나는 동틀 무렵, 야간 간호사들이 교체될 때에야 비로소 내가 어디 있는지 다시 깨달았다. 나의 몸을, 무감각한 발과 등의 통증을 느끼기 시작했고, 바깥 복도에서 병원의 하루가 시작됨을 알리는, 접시들이 달그락거리는 소리를 들었으며, 여명이 높은 하늘을 물들일 즈음에는 내 방의 창문틀로 에워싸인 하늘조각 안에서 비행기구름이 마치 저절로 생겨난 듯이 하늘을 가르는 것을 보았다. 당시에는 그 하얀 흔적이 좋은 징조라고 생각했지만, 지금 돌이켜보니 그뒤로 내 삶을 갈라놓은 균열이 그때 시작된 것이 아닌가 싶어 무섭기도 하다. 경로의 맨 앞을 날아가는 비행기는 그 속의 승객들처럼 전혀 보이지 않았다. 우리를 움직이는 것들의 불가시성과 불가해함, 이것은 우리의 세계란 다른 세계의 그림자에 지나지 않는다고 생각했던 토머스 브라운에게도 결국 풀 수 없는 수수께끼로 남았다. 그래서 그는 생각과 글을 통해 이승의 실존과 그에게 가장 가까운 것들뿐만 아니라 우주의 친구까지 이방인의 눈으로, 아니 창조주의 눈으로 관찰하고자 줄곧 노력했다. 이를 위해 필요한 숭고함에 도달하고자 그가 쓸 수 있었던 유일한 수단은 언어의 위험천만한 고공비행이었다. 17세기의 여느 작가들처럼 브라운도 언제나 자신의 학식을 모조리 동원하며 엄청난 인용구와 선대의 모든 권위자의 이름을 활용했고, 드넓게 범람하는 은유와 비유를 사용했으며, 더러 책의 한두면을 가득 채우고도 끊어지지 않는 미로와 같은 문장들, 그 믿기 힘든 화려함이 종교적 행렬이나 장례행렬을 연상시키는 문장들을 구사했다. 무엇보다도 이렇게 엄청난 짐을 짊어진 탓에 그는 땅에서 비상하는 데 실패하기는 했지만, 일단 이 모든 화물과 함께 그의 산문의 땅 위로 높이, 더 높이, 온풍을 만난 범선처럼 떠오르기 시작하면 오늘날의 독자조차도 하늘로

부상하는 느낌에 휩싸이게 된다. 거리가 멀어질수록 시야는 더 맑아진다. 미세한 세부사항까지도 더없이 똑똑하게 볼 수 있다. 마치 망원경을 거꾸로 잡고 거기에 현미경까지 덧대어 보는 것 같다. 그러나 브라운은 일체의 인식이 뚫을 수 없는 암흑으로 둘러싸여 있다고 말한다. 우리가 지각하는 것은 무지의 심연 속에서, 짙은 그림자 안에 침잠해 있는 세계의 건물 속에서 드문드문 나타나는 빛의 조각들뿐이라는 것이다. 우리는 사물의 질서를 탐구하지만, 그 안에 실제로 무엇이 있는지는 알 수 없다는 것이 브라운의 생각이다. 그러므로 우리는 우리의 철학을 오로지 소문자로만, 덧없는 자연의 약어와 약칭으로만 써야 하며, 오직 이것들만이 영원의 여운을 담고 있다는 것이다. 이러한 자신의 생각을 충실히 좇아 브라운은 무한하리만치 다양한 형태 속에서 때때로 반복되는 형(型)들을 기록했는데, 예컨대 키루스(고대 페르시아를 세운 왕)의 정원을 다룬 논문에서 그는 규칙적인 사각형의 꼭짓점과 그 대각선이 교차하는 점으로 이루어진 이른바 다섯눈모양(Quin-cunx)에 대해 서술한다. 생물과 무생물을 막론하고 모든 물질에서 이 구조를 발견한 브라운은 특정한 결정체의 형태, 불가사리와 성게, 포유류의 척추, 새와 물고기의 등뼈, 여러 종류 뱀의 피부, 십자 형태로 움직이는 네발짐승의 흔적들, 애벌레·나비·누에나방·나방 등의 몸체 배열, 물고사리의 뿌리, 해바라기와 왜금송 씨의 껍질, 떡갈나무의 어린 싹과 쇠뜨기 줄기의 안쪽, 인간의 예술작품, 이집트의 피라미드와 아

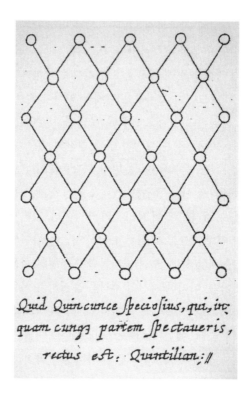

Quid Quincunce speciosius, qui, in
quam cunq3 partem spectaueris,
rectus est; Quintilian://

우구스투스의 묘, 석류나무와 흰 백합을 직선측정 줄에 맞추
어 배치한 솔로몬왕의 정원 등에서 이런 구조를 확인했다. 이
어서 브라운은 이렇게 말한다. 이런 사례를 무한히 더 열거
할 수 있고 자연이 얼마나 우아한 손길로 기하학적인 작업을
해내는지 끝없이 더 보여줄 수 있지만——그는 이렇게 멋진
전환으로 자신의 글을 끝맺는다——하늘의 다섯눈모양인 황
소자리의 성좌는 이미 지평선 뒤로 가라앉고 있으니 이제 지

식의 다섯 문을 닫을 때가 되었다. 우리의 생각을 잠의 환영들로까지 끌고 나가 거미줄과 제멋대로 창궐하는 덤불을 만들어내고 싶지는 않다(and so it is time to close the five ports of knowledge. We are unwilling to spin out our thoughts into the phantasmes of sleep, making cables of cobwebs and wildernesses of handsome groves). 또한 브라운은 이렇게 신중하게 덧붙인다. 히포크라테스가 불면을 다루면서 식물의 놀라운 효능에 대해서는 거의 언급하지 않았기 때문에 우리는 낙원을 꿈꿀 용기를 거의 잃어버렸다는 것을 도외시하더라도 말이다. 특히 병이 들어 기형적으로 성장한 것들이나 병적이라는 점에서는 조금도 뒤지지 않는 왕성한 발명능력으로 자연이 자신의 지도 안 모든 빈 곳에 채워넣은 온갖 기괴한 것들에 우리의 관심이 주로 쏠려 있기 때문에 우리는 낙원을 꿈꿀 용기를 잃어버린 것이다. 브라운의 말마따나 실제로 오늘날 우리의 자연 연구 역시 한편으로는 완벽하고 합법칙적인 체계를 묘사하는 데 이르려고 노력하지만, 다른 한편으로 우리는 괴상하고 기이한 행태 탓에 눈에 띄는 피조물들에 비상한 흥미를 느낀다. 이 때문에 브렘(1829~84, 독일의 동물학자)의 『동물의 생활』에서 이미 악어와 캥거루, 개미핥기, 아르마딜로, 해마, 펠리컨 등이 주요하게 다루어진 것이고, 지금도 텔레비전을 틀면 극야(極夜) 내내 꼼짝도 하지 않고 남극의 빙산에 서서 연중 가장 따뜻한 계절에 낳은 알을 발 사이에 품고 있는 펭귄 무리를 보게 되는 것이다. 「자연의 신비」 혹은 「생존」 같은 이름의, 아주 배울 게 많다고 평가되는 이런 종류의 프로그램에서 평범한 지빠귀보다는 바이깔 호수 바닥에서 교미 중인 어떤 괴물을 볼 가능성이 훨씬 농후하다는 데는 의심의 여지가 없다. 토머스 브라운도 호기심 때문에 독특한 현상을 좇거나 포괄적인 병리학을 세우는 작업을 하느라 다섯눈모양의 동형(同形) 선들에 대한 연구를 중단하는 일이 잦았다. 특히 그가 연구실에서 오랫동안 알락해오라기를 사육한 이유는, 겉모양조차도 아주 희귀한 이 새가 어떻게 바순 소리와 비슷한, 자연 전체를 통틀어 사례를 찾아볼 수 없는 최저음을 낼 수 있는지 알고 싶었기 때문이다. 또한 널리 퍼져 있는 편견과 전설을 퇴치하자는 뜻에서 집필한 개설서 『널리 진실로 오인되는 견해들』 (*Pseudodoxia Epidemica*)에서도 그는 카멜레온, 도롱뇽, 타조, 그리핀(사자의 몸에 독수리의 날개와 머리를 한 괴수), 바실리스크(보는 것만으로 사람을 죽인다는 전설의 뱀), 일각수, 머리가 둘 달린 뱀 암피스바에나 등 현실의 혹은 상상의 온갖 존재에 대해 서술한다. 물론 브라운은 전설적 존재의 실재성을 대부분 부정하지만, 실재하는 것으로 밝혀진 희한하고 괴상한 동물도 있는 만큼, 우리가 만들어낸 야수들 또한 완전히 허구만은 아닐 수도 있다는 생각이 들기도 한다. 어쨌든 브라운의 서술을 읽다 보면 그가 일체의 이성적 한계를 뛰어넘는, 무수한 자연의 돌연변이와 우리의 사고에서 탄생한 환상에 매료되었다는 것을 알 수 있는데, 이런 점에서 그는 삼백년 뒤의 호르헤 루이스 보르헤스와 다를 바가 없었다. 보르헤스는 1967년에야 완전판이 부에노스아이레스에서 출판된 『환상의 존재들에 대한 책』(*El libro de los seres imaginarios*)의 편찬자였다. 최근에 발견한 사실이지만, 이 책에서 알파벳 순서대로 정리된 환상의 존재들 가운데는 발트안더스라는 것도 있는데, 이것은 짐플리치우스 짐플리치시무스(독일 바로끄시대 작가 그림멜스하우젠의 소설 『짐플리치시무스의 모험』의 주인공)가 그의 인생기 제6권에서 만나는 존재다. 깊은 숲속의 석상 발트안더스는 옛 독일의 영웅 모습을 하고 있으며, 로마식 군복에 슈바벤 지방의 장식포를 두르고 있다. 발트안더스는 자신이 낙원에서 탄생했고, 짐플리치우스 몰래 항상 그의 곁에 있었으며, 짐플리치우스가 원래 모습을 되찾을 때에야 비로소 그를 떠날 수 있다고 말한다. 그러고는 짐플리치우스의 눈앞에서 서기로 변하여 다음 글을 쓴다.

Ich bin der Anfang und das End und gelte an allen Ortyen.

Manoha · gilos, timad, isaser, sale, Iacob, salet, enni nacob idil dadele neuaco ide eges Eli neme meodi eledid emonatan desi negogag editor goga naneg eriden, hohe ritatan auilae, hohe ilamen eriden diledi sisac usur sodaled auar, amu salisononor macheli retoran; Vlidon dad amu ossosson,

Gedal amu bede neuavv, alijs , dilede ronodavv
agnoh regnoh cni tatæ hyn ¹amini celotah ﹐iſis to-
loſtabas oronatah aſſis tobulu, V Viera ſaladid egri-
vi nanon ægar rimini ſiſac, helioſole Ramelu o-
nonor vvindelishi timinitur, bagoge gagoe hana-
nor elimitat.

이어서 그는 거대한 떡갈나무, 암퇘지, 구이용 소시지, 농
부의 대변, 토끼풀 밭, 하얀 꽃, 뽕나무, 비단 양탄자 등으로
변한다. 끝없이 먹고 먹히는 이런 과정과 마찬가지로 토머스
브라운은 어떤 것도 영속하지 않는다고 생각했다. 새롭게 생
겨나는 형태에는 이미 파괴의 그림자가 드리워 있다. 개인과
공동체, 나아가 전세계의 역사는 갈수록 확장되면서 멋지게
비상하는 곡선을 그리는 게 아니라, 자오선에 도달한 뒤 암흑
으로 하강하는 궤도를 따른다. 모호함 속으로의 사라짐을 파
고든 브라운의 학문은 종말의 날에 모든 변혁이 완성되면 마
치 극장에서처럼 모든 배우들이 다시 한번 무대에 나타나서
이 위대한 극작품의 파국을 완성하고 완결한다는(to complete and
make up the catastrophe of this great piece) 믿음과 불가분의 관
계를 맺고 있다. 몸속에서 병이 자라고 날뛰는 것을 관찰하
는 의사는 만발하는 삶보다 피할 수 없는 죽음을 더 잘 파악
한다. 브라운에게는 우리가 단 하루라도 존속하는 것이 기적
처럼 느껴진다. 그는 스러지는 시간의 아편을 가로막을 수 있
는 것은 아무것도 없다고 쓴다. 겨울의 해는 빛이 얼마나 신
속하게 재 속에서 사라지는지, 밤이 얼마나 재빨리 우리를 에

워싸는지 보여준다. 한시간, 한시간이 계산서에 더해진다. 시간조차도 늙는다. 피라미드, 개선문, 오벨리스크 따위는 녹아내리는 얼음으로 만든 탑에 불과하다. 천공의 형상들 속에서 한자리를 차지한 것들조차도 영원히 영예를 누릴 수는 없다. 니므롯(바빌로니아의 왕으로 사후에 신격화되어 오리온자리에 자리했다고 여겨졌다)은 오리온자리 속에서 사라졌으며, 오시리스(고대 이집트의 신으로 시리우스별로 상징되었다)는 시리우스별 속에서 사라졌다. 위대한 종족보다 더 오래 산 떡갈나무는 세 그루도 못된다. 어떤 작품에 자신의 이름을 새겨놓았다고 해도 기억될 권리를 확보했다고 할 수 없는 일이다. 최상의 인물들이 흔적도 없이 사라졌는지 누가 알겠는가. 양귀비 씨앗은 어디서나 꽃을 피우지만, 어느 여름날 느닷없이 비참함이 눈처럼 우리 위로 내리면 우리는 이제 잊히기를 바라는 것이다. 브라운의 머릿속을 맴도는 이런 생각들은 1658년 『유골단지』(*Hydriotaphia*)라는 제목으로 출판한 책에서 가장 잘 드러난다. 이 책은 당시에 노퍽의 순례지 월싱엄 근처의 들판에서 발견된 유골단지를 논한다. 그는 여기서 친지가 마지막 여행을 떠날 때 우리가 취하는 조치들에 대해 온갖 역사적, 자연사적 자료를 인용하면서 상세하게 서술한다. 우선 두루미와 코끼리의 무덤들, 개미가 매장되는 작은 방, 벌집에서 나와 죽은 동료를 위해 장례행렬을 이루는 벌의 습관에 대해 적고 나서 여러 종족의 매장의례를 서술하고, 이윽고 죄지은 육신 전체를 매장함으로써 화장 풍습을 최종적으로 종식한 기독교에 대해 말한다. 그는 기독교 이전 시대에 어디서나 거의 예외없이 행해졌던 화장 풍습이 흔히 오해되듯 다가올 내세의 삶에 대한 이교도들의 무지에서 비롯된 것이 아니라고 주장하면서, 그들이 사자의 몸에 불을 붙일 때 주로 사용했던 전나무, 주목(朱木), 측백나무, 삼나무 등 상록수에서 취한 나뭇가지들은 영원한 희망을 기리는 그들의 마음을 묵묵히 증언한다고 적었다. 또한 일반적으로 추측하는 것과 달리 시신에 불을 붙이기는 어렵지 않다고 덧붙였다. 폼페이우스의 경우에는 낡은 조각배 하나로 충분했고, 까스띠야왕국의 왕은 장작을 거의 쓰지 않고도 수많은 사라센 사람(중세시대 유럽에서 이슬람교도를 이르던 말)의 시신으로 멀리서도 보일 만큼 커다란 화염을 일으키는 데 성공했다고 한다. 실로 이삭이 짊어져야 했던 짐이(아브라함의 아들 이삭이 자신의 번제에 쓸 장작을 짊어졌다는 성서 말씀이 있다) 대학살에 충분할 정도였다면, 우리는 저마다 자신을 화형에 처할 장작더미를 어깨에 짊어지고 다닐 수도 있을 것이라고 브라운은 덧붙였다. 그의 고찰은 월싱엄 근처 들판의 발굴지에서 발견된 유골단지로 거듭 되돌아간다. 브라운은 쟁기와 전쟁이 그 들판을 파헤치고, 거대한 저택과 궁전과 구름에 닿을 만큼 드높은 탑이 내려앉고 무너지던 그 오랜 세월 동안 지표 밑 60센티미터에 묻혀 있던 얇은 질그릇이 어떻게 온전히 보존될 수 있었는지 놀라울 뿐이라고 말한다. 그는 단지 안에 남아 있던 화장 잔해를 꼼꼼히 관찰한다. 재와 빠진 치아들, 구주개밀의 창백한 뿌리로 화관처럼 묶어놓은 유골조각들, 천국의 사공에게 줄 동전들을 말이다. 또한 그는 여러 부장품도 세심하게 기록하는데, 그에 따르면 이것들은 무기와 장신구로 사자에게 바쳐진 것이었다. 그가 작성한 목록에는 온갖 희귀한 물건이 포함되어 있다. 여호수아를 할례할 때 사용했던 칼, 프로페르티우스(고대 로마의 시인)의 애인이 지녔던 반지, 마노석을 연마하여 만든 귀뚜라미와 도마뱀, 황금으로 만든 벌떼, 푸른 오팔, 은제 버클, 빗, 철과 뿔로 만든 집게와 바늘, 슈바르체스 바서(독일 서북부 베젤 근처의 호수)를 건널 때 마지막으로 불었던 황동 구금(口琴, 입에 물고 연주하는 작은 악기) 등등. 그러나 가장 놀라운 물건은 파르네제 추기경의 소장품으로 로마시대의 단지에서 발견된, 전혀 손상되지 않은 술잔인데, 마치 방금 불어서 만든 것처럼 투명했다고 한다. 브라운은 세월의 흐름을 이겨낸 이런 물건들이 성서에서 약속한 인간 영혼의 불멸성을 상징한다고 여겼는데, 비록 그의 기독교 신앙은 확고했지만 주치의라는 직업을 가진 사람으로서 내심 인간 영혼의 불멸성을 의심했는지도 모를 일이다. 사람을 가장 우울하게 만드는 것이 자연의 피할 길 없는 종말에 대한 두려움이므로, 브라운은 파멸을 이겨낸 것들에서 비밀스런 환생능력의 흔적을, 그가 애벌레와 나방에서 자주 관찰할 수 있었던 그 환생능력의 흔적을 찾고자 했다. 파트로클로스(그리스신화 속 트로이전쟁 영웅으로 전사해 화장되었다)의 단지에서 발견된 보라색 비단조각, 그가 묘사하고 있는 그 비단조각의 의미가 그런 것이 아니겠는가?

2장

1992년 8월, 당시 노리치와 로스토프트(노리치에서 35킬로가
량 떨어진 영국 최동단의 소도시) 사이를 오가던, 창문턱까지 온통
그을음과 기름으로 얼룩진 디젤기관차를 타고 해변으로 내
려가던 날, 하늘에는 구름이 짙게 끼어 있었다. 내가 탄 어두
침침한 객차에는 몇 안되는 승객들이 닳아빠져서 푹신한 연
보라색 좌석에 앉아 있었는데, 하나같이 전방을 향한 좌석
에 앉아 최대로 서로 멀찍이 떨어진 채 태어난 이래 단 한번
도 말을 해본 적이 없는 사람들처럼 입을 꾹 다물고 있었다.
궤도 위에서 불안하게 덜컹대던 기차는 거의 공회전만 했는
데, 그도 그럴 것이 바다를 향하는 길은 줄곧 경사가 완만한
내리막길이었던 것이다. 이따금 객차 전체를 요동시키는 충
격과 함께 기관이 움직일 때는 한동안 톱니바퀴 구르는 소리
가 들렸지만, 오래지 않아 이전처럼 일정한 덜컹거림만 남곤
했다. 기차는 농가의 뒷마당과 무리지은 주말농장, 잡돌더미,
야영지 들을 지나 동부지역의 교외도시 앞에 펼쳐진 소택지
로 접어들었다. 브런들, 브런들 가든스, 버크넘을 지나친 기

차는 굴뚝으로 연기를 내뿜는 사탕무 제당공장이 방파제에
정박한 증기선처럼 초록 들판의 막다른 길 끝에 자리잡고 있
는 캔틀리를 거쳐 예어강을 따라가다가 리덤에서 강을 건넌
뒤, 커다란 포물선을 그리면서 남동쪽을 향해 해변까지 펼쳐
진 평원으로 진입한다. 여기서 볼 수 있는 것이라고는 이따
금 홀로 서 있는 평야 경비소, 풀과 물결치는 갈대, 고개 숙인
몇그루의 버드나무, 몰락한 문명의 기념비처럼 허물어져가
는 원추형의 벽돌 구조물들, 무수한 풍력펌프와 풍차뿐이었

다. 할버게이트 습지와 해안 안쪽 곳곳에서 하얀 날개를 돌리
던 풍차들은 제1차세계대전이 끝난 뒤 몇십년 사이에 하나하
나 문을 닫았다. 어린 시절 풍차의 시대를 겪었던 어떤 사람
이 내게 이렇게 말한 적이 있다. 당시에 풍차들이 마치 그려
놓은 눈[目]의 반짝거리는 반사광처럼 풍경 속에 서 있던 모

습을 이제는 상상하기조차 어려울 겁니다. 이 반사광들이 창백해지자, 주위의 풍경 전체까지 창백해진 듯했지요. 이제 그 풍경을 바라보노라면 때로 내 눈에는 모든 것이 죽은 것처럼 보입니다. 리덤을 지나 우리의 기차는 헤디스코우와 헤링플리트에 정거했는데, 볼 것이 거의 없는 한적한 마을들이었다. 나는 써머레이턴성(城)에 속하는 다음 정거장에서 내렸다. 덜컹거리며 곧 출발한 기차는 검은 연기 띠를 내뿜으면서 저만치 앞쪽에서 약간 휜 철길 저편으로 사라졌다. 역사(驛舍)는 없었고, 벽 없는 대피소만 있었다. 나는 텅 빈 플랫폼을 따라 걸었다. 왼편으로는 끝이 보이지 않는 습지가, 오른편으로는 나지막한 벽돌담 뒤, 공원의 덤불과 나무가 보였다. 길을 물어볼 사람은 어디에도 없었다. 배낭을 메고 선로의 침목을 밟으며 걸어가면서 나는 예전에는 이곳의 면모가 달랐으리라고 생각했다. 써머레이턴 같은 대저택에서 필요로 하는 모든 물건을 실어오고, 결코 안정적인 입지를 다지지 못했던 이곳을 유지하기 위해 바깥 세계로부터 물품을 운송하느라 올리브색 증기기관차에 매달린 화물차들이 이 정거장에서 짐을 부렸을 터였기 때문이다. 온갖 종류의 인테리어 제품, 새 피아노, 두꺼운 커튼과 칸막이 커튼, 이딸리아산 타일과 욕실의 수도꼭지, 온실에 쓸 증기보일러와 도관장치, 원예식물 재배업자들이 납품한 것들, 여러상자의 라인산 와인과 보르도 와인, 잔디 깎는 기계와 생선뼈 심을 넣은 코르셋을 담은 커다란 상자들, 런던산 크리놀린(스커트를 부풀리기 위한 버팀대) 등이 이곳으로 도착했을 것이다. 하지만 이제는 아무도, 아무것도 없다. 반짝거리는 제복 모자를 쓴 역장도 없고, 하인과 마부도, 초대된 손님도, 사냥 모임도, 질긴 트위드 재킷을 입은 신사나 우아한 여행복을 차려입은 숙녀도 없다. 한 시대 전체가 끝나는 건 한순간의 일이라는 생각을 자주 하게 된다. 지방귀족의 주요 저택들이 대개 그렇듯 오늘날에는 써머레이턴의 저택도 여름 몇달 동안 입장료를 내는 방문객들에게 개방된다. 하지만 이 방문객들은 디젤기관차를 타고 오는 대신 자가용을 타고 정문을 지나쳐 들어온다. 방문객을 위한 운영방침 전체가 이런 자가용 이용자들에게 맞춰지는 것은 당연한 일이다. 그런데도 나처럼 기차 정거장에서 출발하는 사람이 영지 전체의 절반을 돌아서 오지 않으려면 덤불 사이에 숨어 지내는 범법자처럼 담을 넘고 빽빽한 잡목 숲을 헤치고 나가야 비로소 공원에 도착할 수 있다. 그렇게 나무들 사이를 뚫고 나가보니, 서커스의 변장한 개나 바다표범을 연상시키는 다수의 웅크린 사람들을 태운 모형기차가 증기를 뿜으며 내 눈앞에서 풀밭을 달리고 있었는데, 이를 보는 순간 나는 때때로 과거의 단계들을 약간의 자기아이러니를 섞어가며 반복하곤 하는 계통발생사의 기이한 사례를 목격하는 느낌이었다. 그 작은 기차의 맨 앞에는 여왕 폐하의 사마관(Her Majesty's, The Queen's Master of the Horse)인 현재의 써머레이턴 경이 차표지갑을 목에 걸고 차장과 기관사, 훈련된 동물들의 우두머리 역할을 한 몸에 떠맡은 채 앉아 있었다.

중세 중기에 피츠오스버트와 저네건 가문이 소유했던 써머레이턴 영지는 수백년이 흐르는 동안 결혼이나 혈연으로 얽힌 여러 가문의 손을 거쳤다. 저네건 가문에서 웬트워스 가문으로, 웬트워스 가문에서 가니 가문으로, 가니 가문에서 앨런 가문으로, 앨런 가문에서 다시 앵귀시 가문으로 넘어갔으며, 앵귀시 가문은 1843년에 대가 끊겼다. 사멸한 앵귀시 가문의 먼 친척이던 씨드니 고돌핀 오즈번 경은 자신이 상속한 유산을 관리할 뜻이 없었고, 그래서 같은 해에 대지 전체를 모턴 피토 경에게 팔아넘겼다. 최하층 출신인 피토는 잡역부와 미장이 조수에서 시작하여 자수성가한 사람이었는데, 써머레이턴에 도착했을 때 겨우 서른살이었지만 이미 당대의 가장 중요한 기업가이자 투기꾼 중 한 사람이 되어 있었다. 그가 런던에서 계획하고 실행에 옮긴 위풍당당한 프로젝트들, 예컨대 헝거퍼드 시장, 리폼 클럽, 넬슨 기념탑, 웨스트엔드 지역의 여러 극장은 모든 면에서 새로운 기준을 세워놓았다. 나아가 그는 캐나다, 오스트레일리아, 아프리카, 아르헨띠나, 러시아, 노르웨이 등지의 철도회사가 확장될 때 자본을 투자하여 순식간에 말 그대로 어마어마한 부를 쌓았고, 그래서 이제 자신이 최상류층으로 진입했다는 사실을 확실하게 보여주기 위해 안락함과 사치스러움이 기존의 모든 것을 능가하는 대저택을 시골에 마련하기로 작심한 것이었다. 실제로 모턴 피토는 옛 저택을 철거한 자리에 자신이 꿈꾸던 작품, 완벽한 인테리어를 갖춘 이른바 영국-이딸리아식 왕자궁을 몇년 안에 완성하는 데 성공했다. 1852년에 이미 『일러스트레이티드 런던 뉴스』를 비롯한 유력한 잡지들은 신축된 써머레이턴을 열광적으로 보도했는데, 특히 실내와 실외 사이의 경계가 거의 느껴지지 않게 처리되었다는 점이 이 건물의 명성을 더해주었다. 방문객들은 자연이 어디서 멈추고 수공예가 어디서 시작되는지 거의 구별할 수 없었다. 살롱이 벽과 연결된 온실로 이어지고, 바람이 잘 통하는 휴게실이 베란다와 이어졌다. 양치식물들이 자라는 작은 동굴에는 언제나 물이 찰랑거리는 분수로 이어지는 복도들이 있었고, 나뭇잎으로 뒤덮인 정원의 길들은 환상적인 이슬람사원식 궁륭 아래에서 교차되었다. 아래로 내릴 수 있게 만들어진 창문들은 바깥을 향해 공간을 열어주었고, 안쪽에서는 거울로 채워진 벽들이 바깥 풍경을 반사했다. 종려나무 온실과 일반 온실, 녹색 벨벳을 연상시키는 잔디, 당구대의 천, 아침용 거실과 휴게실과 테라스의 마욜리까(15세기경 이딸리아에서 발달한 도자기) 꽃병을 장식하는 꽃다발, 비단 벽지에 새겨진 극락조와 금계, 새장 속의 오색방울새, 정원의 나이팅게일, 아라베스끄가 새겨진 양탄자, 회양목 덤불로 둘러싸인 화단, 이 모든 것이 서로 어우러져 자연적으로 성장한 것과 인공물이 완벽한 조화를 이룬 듯한 환상을 연출해냈다. 당시의 한 보도에 따르면 써머레이턴은 주철 기둥과 버팀대로 지탱되는, 금사로 세공된 듯한 모습 때문에 무중력상태에 있는 것처럼 보이는 온실들이 내부의 조명으로 빛을 내며 반짝이는 여름밤

에 가장 신비로운 장관을 보여주었다고 한다. 하얀 불꽃 속
에서 독성을 품은 가스가 나지막이 살랑거리며 타오르는 무
수한 아르강 등불이 은도금을 한 면들에 반사되어 마치 우
리 지구의 생명의 흐름에 맞추어 맥박치는 듯한, 엄청나게 밝

은 빛을 쏟아내었다. 아편을 맞고 몽롱한 상태에 빠진 콜리지
(1772~1834, 영국의 시인·평론가)라고 해도 그의 몽골 군주 쿠빌
라이 칸을 위해 이보다 더 몽환적인 장면을 그려낼 수는 없
었을 것이다. 이 기사의 작성자는 이렇게 말을 잇는다. 야회
가 시작된 뒤 어느 즈음엔가 당신이 아주 가까운 누군가와
함께 써머레이턴의 종탑 위로 올라가 소리없이 활공하며 스
쳐지나가는 야조(夜鳥)의 날개를 느끼면서 맨 꼭대기의 낭하
에 서 있다고 상상해보십시오! 보리수꽃의 황홀한 향기를 머
금은 미풍이 널찍한 가로수 길로부터 당신을 향해 올라옵니

다. 당신은 경사가 가파른, 암청색 슬레이트로 덮인 지붕들과, 눈처럼 하얗게 반짝이는 온실의 조명을 받아 고르게 검은 빛을 발산하는 잔디밭을 내려다봅니다. 공원 멀리 저쪽에는 레바논삼나무의 그림자들이 어른거리고, 사슴 사육장에서는 수줍은 동물들이 눈을 뜬 채 자고 있으며, 맨 바깥쪽 울타리 너머 지평선 근처에는 습지가 펼쳐져 있고 풍차방아 날개가 바람에 돌고 있습니다.

오늘날 써머레이턴을 방문하는 사람들에게 저택은 더이상 동양의 동화 속 궁전 같은 인상을 주지 않는다. 유리로 에워싼 산책로와 한때 밤을 환하게 비춰주던 종려나무 온실의 높다란 궁륭은 이미 1913년에 가스폭발로 불타오른 뒤 철거되었고, 온갖 것을 손질하고 관리하던 하인, 집사, 마부, 운전사, 정원사, 요리사, 바느질하는 하녀, 시녀 들이 해고된 지도 오래되었다. 한줄로 늘어선 방은 이제 어딘가 사람의 손길에서 벗어난 채 먼지가 쌓인 듯한 인상을 준다. 벨벳 커튼과 붉은 와인색 블라인드는 닫혀 있고, 쿠션이 있는 가구들은 해어졌으며, 안내인을 따라 걷는 계단실과 복도에는 수명이 다한 쓸데없는 물건들이 득실거린다. 한때 저택의 어떤 거주자가 배를 타고 나이지리아나 싱가포르로 갈 때 사용했음직한 해외여행용 녹나무 궤짝에는 낡은 크로께(나무망치로 나무공을 쳐서 문을 통과시키는 경기) 망치와 나무공, 골프채, 당구큐, 테니스채 등이 들어 있는데, 크기가 너무 작아서 원래 어린이용이거나 세월이 흐르면서 쪼그라든 것처럼 보이는 것이 많다.

벽에는 구리냄비와 환자용 변기, 헝가리 경기병의 군도(軍刀), 아프리카 탈, 창, 사파리 여행 뒤에 받은 트로피, 보어전쟁의 전투장면을 새겨놓은 색판화——「피터스 언덕의 전투와 레이디스미스의 구출작전——관측기구에서 내려다본 조감도」——가 걸려 있고, 그밖에 1920년에서 1960년 사이의 어느 때쯤 모더니즘의 영향을 받은 화가가 그린 듯한 가족 초상화도 몇점 보이는데, 석고처럼 창백한 인물들의 얼굴에는 진홍색과 보라색의 끔찍한 얼룩들이 번져 있다. 현관에는 3미터가 넘는 거대한 박제 곰이 서 있다. 좀이 슨 누런 털가죽을 덮어쓴 곰은 비탄에 잠긴 유령 같다. 관람객에게 개방된 써머레이턴의 공간들을 걷다보면 때로 자신이 써퍽의 저택에 있는 건지, 아니면 일종의 역외권에 속하는 아주 외딴곳, 예컨대 북해 연안이나 검은 대륙 아프리카의 한가운데에 있는 건지 분간이 가지 않는다. 지금이 어느 세기인지, 몇십년대인지조차 얼른 짐작하기 어려워지는데, 그도 그럴 것이 수많은 시대가 여기서 집적되어 어깨를 맞대고 있기 때문이다. 그 8월의 오후, 이따금 걸음을 멈추곤 하는 관람객들과 함께 써머레이턴 홀을 걸어가면서 나는 때때로 전당포나 중고매장을 떠올릴 수밖에 없었다. 따지고 보면 온통 부조리하기 짝이 없는 재산이었지만, 여러 세대에 걸쳐 쌓인 그 물건들의 엄청난 숫자가, 벌써부터 경매날짜만 기다리고 있는 듯한 바로 그 모습들이 나를 사로잡았다. 대기업의 경영주이자 국회의원이던 모턴 피토의 시대, 지하실에서 천장까지, 연회용 그릇 세트에서 화장실까지 온통 새것뿐이었고, 미세한 구석까지 빈틈없는 조화를 이루고 있었으며, 예외없이 고상한 취향 일색이었을 그 시절에 써머레이턴은 얼마나 쌀쌀맞은 인상을 주었을까, 하고 나는 생각했다. 반면, 바야흐로 알게 모르게 서서히 해체되어가면서 적요한 폐허에 가까워지는 현재의 써머레이턴은 내게 얼마나 아름답게 느껴졌던가. 그러나 저택을 둘러본 뒤 다시 바깥으로 나왔을 때, 대부분의 문이 열려 있는 큰 새장 안에 외로이 남은 중국 메추라기 한마리가 새장 오른쪽 측면의 창살을 따라 연신 왔다갔다하는 것을 보고 나는 마음이 무거워졌다. 치매에 걸린 것이 분명한 그 새는 뒤

돌아설 때마다 도대체 어떻게 자신이 이런 암담한 상황에 빠지게 된 건지 이해할 수 없다는 듯이 고개를 흔들곤 했다. 서서히 어둠속으로 침잠해가는 저택과 달리 주위의 녹지는 써머레이턴의 영예롭던 시절이 끝나고 나서 한세기가 지난 지

금, 바야흐로 그 진화의 정점에 도달해 있었다. 물론 그 시절
에 화단과 묘상(苗床) 들은 더 화려하고 손질이 잘돼 있었겠
지만, 모턴 피토가 심어놓은 나무들은 이제 녹지 위의 하늘까
지 가득 채우고 있었으며, 더러 2000제곱미터에 이를 만큼 넓
게 가지를 뻗어 당시에 이미 방문객들을 놀라게 한 삼나무들
은 이제 저마다 하나의 완전한 세계를 이루고 있었다. 60미터
가 넘게 치솟은 세쿼이아가 있는가 하면, 희귀한 시커모어의
가장 멀리 뻗은 가지들은 잔디밭으로 내려앉다가 땅과 만나
는 지점에서 다시 뿌리를 내리고 위로 자라기 시작하여 완전
히 새로운 순환을 시작하고 있었다. 플라타너스 일종인 이 나
무는 동심원을 그리며 물에서 퍼져가는 파문처럼 사방으로
번져가 주위를 정복한 뒤에는 서서히 힘을 잃고 너무 빽빽해
진 나머지 안으로부터 궤멸되어가고 있음을 쉽게 짐작할 수
있었다. 밝은색의 몇몇 나무들은 구름에 닿을 듯 하늘로 드높
이 솟아 있었다. 다른 나무들은 빛이 파고들 수 없는 짙은 녹
색을 띠고 있었다. 우듬지들은 서로 계단처럼 연결되어 테라
스를 이루었고, 눈을 찌푸려 약간만 시야를 흐릿하게 하면 마
치 거대한 숲으로 덮인 산맥을 보는 듯했다. 하지만 내게 가
장 촘촘하고 푸르게 여겨진 곳은 그 신비로운 녹지의 한가운
데 있는 써머레이턴 주목(朱木) 미로였다. 나는 그 안에서 완
전히 길을 잃은 나머지, 잘못된 길이라는 게 드러난 덤불 통
로의 입구마다 구두 뒷굽으로 하얀 모래에 뚜렷하게 선을 그
어놓은 뒤에야 겨우 빠져나올 수 있었다. 나중에 나는 채마

밭의 벽돌담에 연이어 지어놓은 온실 안에서 윌리엄 헤이즐과 이야기를 나누었는데, 그는 직업교육을 받지 못한 조수 몇명과 함께 현재의 써머레이턴을 관리하는 정원사였다. 내가 어느 나라 출신인지 알게 되자 그는 학창시절 마지막 몇년과 그뒤의 도제시절에 온통 그의 관심을 사로잡았던 것이 1940년부터 이스트앵글리아(영국 동남부에 있던 고대왕국으로 지금의 노퍽주와 써퍽주에 해당한다) 일대에 세워진 예순일곱개의 비행장에서 독일을 향해 수행된 공중전이었다고 말했다. 이 작전의 규모가 어느 정도였는지 지금은 이해하는 사람이 거의 없다면서 그는 이렇게 말했다. 여덟 비행편대만 해도 작전이 수행된 천구일 동안 10억 갤런의 가솔린을 소비했고, 73만 2000톤의 폭탄을 투하했고, 거의 구천기의 비행기와 오천명의 병사를 잃어버렸어요. 저녁마다 폭격기 편대가 써머레이턴을 지나가는 것을 보았습니다. 매일 밤 나는 잠들기 전에 독일 도시들이 불길에 휩싸이고, 화염이 하늘을 뒤덮고, 생존자들이 폐허 속에서 이리저리 몸을 숨기는 모습을 그려보았지요. 어느날 써머레이턴 경이 이 온실로 와서 심심풀이 삼아 포도나무 자르는 일을 도와주었는데, 그는 연합군의 초토화 공격전략에 대해 설명해주더니, 이내 커다란 독일 지형도를 갖다주더군요. 거기에는 내가 방송에서 듣던 모든 지명이 기이한 문자로 적혀 있었고, 그 옆에는 도시를 상징하는 그림이 인쇄되어 있었지요. 합각머리 지붕과 요철 흉벽, 탑 들이 인구 규모에 따라 다른 숫자로 그려져 있었고, 쾰른 대성당이나 프랑크

푸르트의 뢰머 광장, 브레멘의 롤란트 조각상 등 도시의 상징물들도 그려져 있더군요. 우표만 한 크기의 이 그림들은 기사들의 낭만적인 성처럼 보였고, 실제로 당시에 나는 독일제국이 아주 수수께끼 같은 중세의 나라일 거라고 생각했습니다. 그뒤로 자주 그 지도를 들여다보면서 폴란드 국경에서 라인 강까지, 북쪽의 푸른 저지에서 군데군데 영원한 얼음과 만년설로 덮인 짙은 갈색의 알프스까지 다양한 지역을 공부했고, 도시가 파괴되었다는 보도를 접할 때마다 그 도시의 이름을 찾아보았습니다. 브라운슈바이크, 뷔르츠부르크, 빌헬름스하펜, 슈바인푸르트, 슈투트가르트, 포르츠하임, 뒤렌, 그밖에 수십개 도시를 그렇게 알게 되었습니다. 이런 식으로 결국 독일 전체를 암기했고, 그 나라는 내 머릿속에 낙인처럼 찍혔지요. 어쨌든 그뒤로 나는 공중전과 관련된 것이라면 무엇이든 알고자 했습니다. 심지어 50년대 초에 점령군과 함께 뤼네부르크로 갔을 때는 독일어를 약간 배우기까지 했는데, 독일인들이 공중전과 궤멸된 도시에서의 자신들의 삶에 대해 쓴 글들을 읽고 싶었기 때문이었지요. 그래서 그런 글들을 찾아보려고 했지만, 뜻밖에도 번번이 실패하고 말았습니다. 뭔가 즉시 적어놓거나 기억을 기록해놓은 사람이 전혀 없는 것 같더군요. 사람들에게 직접 물어봐도 그들의 머릿속에서는 모든 일이 지워진 것 같았습니다. 하지만 나는 지금도 잠자리에 들 때마다 랭커스터, 핼리팩스 폭격기와 리버레이터 초계기, 그리고 이른바 날아다니는 요새(미국의 중폭격기 B-17을 말한다)들의 편대가 잿빛 북해 위를 날아 독일로 갔다가 여명 속에서 길게 대열을 이루어 다시 돌아오는 모습을 떠올립니다. 헤이즐은 자른 포도나무 가지들을 쓸어모으면서 말을 이었다. 1945년 4월 초, 그러니까 전쟁이 끝나기 직전에 나는 두대의 미 공군기 선더볼트(미국의 전투기 P-47을 말한다)가 이곳 써머레이턴 위에서 추락하는 것을 보았습니다. 화창한 일요일 아침이었지요. 아버지의 급한 수리작업을 도우려고 실제로는 저수탑으로 사용되던 저택의 종탑으로 갔지요. 작업을 끝내고 나서 우리는 전망대로 올라갔는데, 거기서는 해안 안쪽 지대 전체를 조망할 수 있었습니다. 주위를 막 둘러보기 시작하는데, 정찰을 마치고 돌아오던 비행기 두대가 짐작건대 순전히 들뜬 기분 때문에 써머레이턴 영지 위에서 서로 **공중전**(dog fight)을 시작하는 게 보이더군요. 우리는 유리로 덮인 조종석에 앉은 조종사들의 얼굴까지 똑똑히 볼 수 있었습니다. 으르렁거리는 엔진 소리와 함께 비행기들은 청명한 봄 하늘에서 서로 뒤쫓기도 하고 나란히 날기도 하더니 상승할 때 두 비행기의 날개 끝이 서로 닿았습니다. 마치 다정한 게임처럼 **보였는데, 바로 그 순간에 갑자기 비행기들이 추락하기 시작했습니다**(It had seemed like a friendly game, and yet now they fell, almost instantly). 그것들이 하얀 포플러와 버드나무 뒤로 사라졌을 때, 나는 폭발이 일어날 것이라고 생각하고 극도로 긴장했지요. 하지만 불길이 솟구치지도, 연기가 피어오르지도 않더군요. 바다가 비행기들을 소리없이 삼켜버린 것이었습니다. 우리가 비행기들을 인양한 것은 몇해 뒤였습니다. 하나는 빅 딕, 다른 하나는 레이디 로렐라이라고 불리던 비행기였지요. 켄터키주 버세일즈 출신의 러셀 P. 저드 그리고 조지아주 애선스 출신의 루이스 S. 데이비스, 이렇게 두 조종사이자 비행장교는, 아니 더 정확하게 말하자면 그들 몸의 이런저런 잔해는 이곳 땅에 묻혔습니다(It was years later that we pulled them out. Big Dick one of them was called and the other Lady Loreley. The two pilots, Flight Officers Russel P. Judd from Versailles/Kentucky and Louis S. Davies from Athens/Georgia, or what bits and bones had remainded of them, were buried here in the grounds).

윌리엄 헤이즐과 헤어진 뒤 써머레이턴에서 로스토프트까지 국도를 따라 걸어가는 데는 거의 한시간이 걸렸는데, 도중에 나는 마치 방어시설을 갖춘 하나의 도시처럼 평원에 서 있는 블런드스턴 감옥을 지나쳤다. 그 감옥에는 대개 천이백명가량의 복역수가 수감되어 있었다. 내가 로스토프트 외곽에 도착했을 때는 이미 오후 6시가 넘은 시각이었다. 긴 거리를 지나쳤지만 살아 있는 영혼은 흔적도 찾아볼 수 없었고, 중심가로 다가갈수록 도시의 풍경은 점점 더 을씨년스럽게 느껴졌다. 내가 그전에 마지막으로 로스토프트를 방문한 것은 아마도 십오년쯤 전이었는데, 6월의 어느날에 아이 둘을 데리고 해변으로 갔었다. 그때 이래 내 기억 속에 남게 된 로스토프트는 좀 낙후되기는 했어도 전체적으로 아주 상냥한 곳이었다. 그래서 로스토프트의 중심가로 다가갈수록 나는

무척 짧다고 할 수 있는 그 기간 동안 어떻게 이 도시가 이토록 몰락하게 되었는지 도무지 이해할 수가 없었다. 물론 나도 30년대의 경제공황과 불황 이후로 로스토프트의 쇠퇴는 무슨 수로도 막을 수 없었다는 사실을 잘 알고 있었지만, 북해에 석유 시추시설이 세워지기 시작한 1975년 즈음에는 상황이 반전될 수 있다는 희망이 있었다. 하지만 현실 자본주의에 모든 것을 걸었던 대처 남작의 집권기간 동안 점점 부풀어올랐던 이 희망은 결국 투기광풍으로 변질되더니 완전히 물거품이 되고 말았다. 손실은 처음에는 지하의 화재처럼, 이어서는 들불처럼 걷잡을 수 없이 번져갔고, 보트 조선소와 공장이 하나둘씩 문을 닫았으며, 결국 로스토프트가 내세울 것이라고는 영국 지도의 가장 동쪽을 표시하는 지점이라는 사실만 남게 되었다. 이제 도시의 여러 거리에서는 한집 건너 한

집이 매입자를 찾고 있고, 기업가, 사업가, 개인 들이 갈수록 불어나는 빚더미의 수렁에 빠져들고 있으며, 매주 이런저런 실업자, 파산자 들이 목을 매고, 벌써 주민의 4분의 1이 문맹이며, 갈수록 심각해지는 빈곤의 끝이 어디인지는 누구도 짐작할 수 없다. 나는 사전에 이런 사실을 모두 알고 있었지만, 로스토프트에 도착하자마자 나를 덮친 황량함에는 미처 마음의 준비가 되어 있지 않았다. 신문에서 이른바 **고실업지역**(unemployment blackspots)에 대한 기사를 읽는 것은 불빛을 잃은 저녁에 흉하게 변한 앞면과 그로떼스끄한 앞마당을 드러낸 연립주택이 늘어선 거리를 걷는 것, 그리고 마침내 도시의 중심가에 도착하여 도박장과 빙고 홀, 마권 판매소, 비디오 가게, 열린 문 안쪽 어두운 실내에서 맥주의 신냄새가 퍼져나오는 펍, 싸구려 가게들, 그리고 바다의 여명, 해변의 수집가, 밸모럴, 앨비언, 레일라 로레인(Ocean Dawn, Beachcomber, Balmoral, Albion, Layla Lorraine)과 같은 이름을 내건 미심쩍은 숙박업체들 외에는 아무것도 더 볼 것이 없음을 확인하는 것과는 상당히 다른 일이기 때문이었다. 이런 숙박업체를 이용하는 외로운 휴가객과 장거리 외판원을 떠올리기도 쉽지 않았고, 곤색 유성페인트로 칠해놓은 빅토리아 호텔의 계단을 거쳐 입구로 올라갈 때 이 호텔이 20세기 초에 인쇄된 나의 안내서에 적혀 있듯이 말할 수 없이 멋진(of a superior description) 산책로가 있는 호텔이라는 것도 쉽게 이해되지 않았다. 나는 한동안 텅 빈 로비에 서 있던 끝에 시즌이 한창인데도—로스토프트에도 시즌이라는 게 있다면 말이다—
사람 그림자도 보이지 않는 공간을 어슬렁거리다가 나를 보
고 깜짝 놀라는 젊은 여자와 부딪혔는데, 그녀는 프런트의 명
부를 공연히 뒤적거리더니 이윽고 배 모양의 나무 열쇠고리
에 달린 거대한 방 열쇠를 건네주었다. 그녀의 복장이 30년대
에 유행하던 식이라는 것, 그리고 그녀가 나와 눈이 마주치는
것을 피한다는 것이 눈에 띄었다. 그녀의 시선은 언제나 바닥
을 향했고, 사람을 볼 때도 마치 아무도 없는 듯 상대를 통과
했다. 그날 저녁, 널찍한 식당에 유일한 손님으로 앉아 있는
내게 주문을 받은 것도 바로 그 질겁한 여자였는데, 잠시 뒤
그녀는 벌써 몇년은 냉동고에 파묻혀 있던 것이 분명한 생선
을 내왔다. 군데군데 석쇠에 탄 흔적이 있는, 튀김옷을 입은
껍질을 포크로 눌렀더니 포크가 휘어져버렸다. 결국 단단한
껍질 외에는 아무것도 없음이 드러난 이 생선의 내부로 침투
해 들어가기가 너무나 힘들어 내 접시에는 끔찍한 잔해만 남
게 되었다. 조그만 비닐봉지에서 짜내야 했던 타르타르 소스
는 그을린 빵부스러기와 섞여 끔찍하게 색이 변했고, 생선 자
체 혹은 그 비슷한 것이라도 표현해야 했던 물건은 반쯤 파
괴된 채 풀빛 영국 완두콩과 기름으로 번들거리는 감자튀김
잔해 아래에 놓여 있었다. 호텔 안의 모든 일을 혼자 도맡아
하는 것이 분명한 그 당황한 낯빛의 여자가 이윽고 점점 더
짙은 그늘 속에 파묻혀가는 뒤쪽에서부터 탁자를 치우기 위
해 황급히 다가오기까지, 온 벽을 붉은 포도줏빛 벽지로 덮

어놓은 그 식당에서 내가 얼마 동안 앉아 있었는지는 기억이 나지 않는다. 내가 식사도구를 옆으로 치우자마자 왔을 수도 있고, 한시간쯤 지나 왔을 수도 있다. 그녀가 내 접시를 잡으려고 허리를 숙였을 때 블라우스의 목 부분에서 그녀의 목을 타고 올라오던 진홍빛 반점만이 내 기억에 남아 있다. 그녀가 다시 재빨리 사라진 뒤, 나는 일어나 반원형의 창문으로 다가 갔다. 바깥에는 빛과 어둠 사이의 어딘가에 있는 해변이 뻗어 있었는데, 허공에서도 땅에서도, 물 위에서도 어떠한 미동조차 찾을 수 없었다. 만(灣) 안에서 눈처럼 하얗게 부풀어오르는 파도조차도 정지해 있는 것 같았다.

다음 날 아침 어깨에 배낭을 메고 **빅토리아 호텔**을 떠날 때, 쾌청한 하늘 아래의 로스토프트는 생기를 되찾고 있었다. 남쪽으로 방향을 잡은 나는 수명을 다하거나 일거리를 찾지 못

한 수십척의 연안 항해용 범선이 밧줄에 묶여 있는 선창을 지나, 낮이면 늘 자동차들로 막혀 푸르스름한 휘발유 증기로 뒤덮인 도로를 걸어갔다. 지난 세기에 신축된 뒤로 한번도 수리되지 않은 중앙역 바로 옆에서는 화환으로 덮인 까만 영구차가 다른 차들에 섞여 내 옆을 지나쳤다. 차 안에는 심각

한 표정을 짓고 있는 장의사 직원 둘과 운전사, 교대 운전사가 앉아 있었고, 그들 뒤에, 말하자면 짐칸에는 얼마 전에 생을 마감한 어떤 사람이 정장을 입고, 작은 베개에 머리를 누이고, 눈꺼풀을 닫고, 두 손을 모으고, 신발 끝을 위로 향한채 관 속에 드러누워 있을 터였다. 영구차가 가는 모습을 처

다보고 있자니 여러해 전 암스테르담에서 아주 유명했던 것으로 짐작되는 어떤 상인의 장례행렬에 참가한 투틀링엔(독일 바덴뷔르템베르크주의 소도시) 출신 수공업자가 떠올랐다. 그는 시신이 매장될 때 한마디도 알아듣지 못하는 네덜란드 목사의 추모기도를 경건한 감동을 느끼며 들었다. 그전에 그는 창문을 장식하는 튤립나무, 스톡, 애스터, 먼 동인도에서 차와 설탕·조미료·쌀 등을 가득 담고 항구에 도착하는 궤짝, 둥근 꾸러미, 나무통 들을 보면서 질투심을 느꼈지만, 이제부터는 가끔씩 자신은 왜 세상을 돌아다니면서도 거의 아무것도 이루지 못했는지 스스로 물어보게 될 때마다 거대한 저택과 호화로운 배를 가졌지만 결국 비좁은 무덤에 묻힌 그 암스테르담 상인을, 마지막 가는 길을 자신도 함께 배웅해주었던 그 상인을 떠올렸다. 이런 생각에 잠긴 채 나는 전성기에는 영국에서 가장 중요한 어항(漁港)이었을 뿐만 아니라 국경 너머까지 가장 몸에 좋은(most salubrious) 해수욕장으로 칭송받던 도시였지만 이제는 어디서나 서서히 파고드는 쇠약의 흔적을 드러내는 그 도시에서 벗어나는 길에 올랐다. 당시에, 그러니까 19세기 후반에 모턴 피토의 지휘하에 웨이브니강의 반대편에는 런던 최상류사회의 요구까지 만족시킬 수 있는 일련의 호텔을 갖춘 이른바 강남 신도시가 형성되었는데, 이들 호텔 외에도 산책로와 정자, 모든 종파를 위한 교회와 예배당이 세워졌으며, 대여도서관과 당구홀, 사원처럼 생긴 찻집, 화려한 종착역이 있는 전차노선이 건설되었다. 널찍한 광장과 대로, 시민공원, 식물원, 그리고 해수 수영장과 담수 수영장도 생겨났고, 도시 미화협회와 촉진협회도 창설되었다. 당시의 기사에 따르면 로스토프트는 믿기 어려울 만큼 짧은 기간 안에 세평(世評)에서 최고 등급을 차지했으며, 바야흐로 명성 높은 해수욕장이 되는 데 필요한 일체의 시설을 갖추게 되었던 것이다. 이 기사는 이어서, 누구든 남쪽 해변에 세워진 건물을 둘러본다면 여기서 이루어진 사업의 우아함과 완벽함을 실감하면서 전체적인 계획에서부터 아주 미세한 부분까지 철저하게 지배하는 이성의 유익한 작용을 인정하지 않을 수 없으리라고 지적했다. 어느 면으로 보나 모범적인 이 사업의 정점을 이룬 것은 북해 안으로 400미터가 넘게 뻗어나간 새 부두였는데, 동부해안 전역에서 가장 아름다운 부두라는 평을 받았다. 아프리카산 마호가니 판자를 이어서 조립한 산책로 위에는 날이 어두워지면 가스등 조명을 받는 하얀 상옥(上屋)이 솟아났는데, 여기에는 다른 공간들 외에도 높다란 거울벽으로 치장한 도서실과 음악회장이 있었다. 몇달 전에 세상을 뜬 나의 이웃 프레더릭 패라가 이야기해준 바에 따르면, 이 상옥에서는 매년 9월 말, 왕가의 일원이 후원하는 가운데 보트 경주대회의 폐회를 기념하는 자선무도회가 개최되었다. 프레더릭 패라는 1906년에, 그가 언젠가 쓴 표현을 빌리자면, 너무나 늦게 로스토프트에서 태어났고, 아름다운 세 누이 바이얼릿, 아이리스, 로즈의 보살핌과 보호 속에 자라났으며, 1914년 초에 노샘프턴셔 플로어 근처의 이른바 예비학교로 보내질 때까지 그곳에서 살았다. 프레더릭 패라는 이렇게 회상했다. 나는 거기서 오랫동안, 특히 잠들기 전과 내 물건들을 정리할 때 격리의 고통을 심하게 느꼈는데, 어느날 저녁에 이 고통이 내 가슴속에서 일종의 도착적인 자부심으로 바뀌었지요. 이학년이 시작되던 무렵의 그날 저녁, 우리는 서쪽 마당에 집합하여 방학 때 시작된 전쟁의 고차원적 의미에 대한 교장 선생님의 애국적 연설을 들어야 했는데, 그 연설이 끝난 뒤에 프렌시스 브라운이라는, 지금까지도 잊을 수 없는 소년 사관후보생이 트럼펫으로 군가를 연주했습니다. 프레더릭 패라는 로스토프트에서 공증인으로 일했으며 오랫동안 덴마크와 오스만제국에서 영사로 재직했던 아버지의 뜻을 따라 1924년에서 1928년까지 케임브리지와 런던에서 법학을 공부했고, 그뒤로, 때때로 그가 좀 끔찍하다는 듯이 말했던 것처럼, 반세기가 넘도록 변호사 사무실과 법정에서 세월을 보냈다. 영국에서는 일반적으로 판사들이 고령이 될 때까지 관직을 유지하므로, 프레더릭 패라가 희귀한 장미와 제비꽃을 기르는 데 전념할 생각으로 1982년에 나의 이웃집을 구입했을 때, 그는 이제 막 은퇴한 상황이었다. 그가 붓꽃도 아주 좋아했다는 사실을 굳이 언급할 필요는 없을 것이다. 프레더릭 패라가 매일 그를 도와주는 조수와 함께 수십가지 변종이 어우러진 꽃들 주위로 십년에 걸쳐 꾸며놓은 정원은 그 지역 전체에서 가장 아름다운 정원이었고, 그가 심장마비를 한차례 겪고 나서 아주 노쇠해버린 최근에 나는 자주 그와 함께 그 정원에 앉아 로스토프트와 과거에 대해 이야기를 듣곤 했다. 프레더릭 패라가 삶을 마감한 곳도 바로 이 정원이었다. 5월의 어느 화창한 날 아침, 정원을 둘러보던 그는 언제나 주머니에 넣고 다니던 라이터로 나이트가운에 불을 붙이는 데 성공했던 것이다. 그의 조수가 한시간 뒤에 그를 발견했는데, 온몸에 심한 화상을 입고 의식을 잃은 그는 잎이 거의 검은색에 가까운 작은 알프스제비꽃이 풍성한 군락을 이루고 있던, 옅은 그림자가 드리운 시원한 자리에 누워 있었다. 프레더릭 패라는 이 화상으로 그날을 넘기지 못하고 영면했다. 프레이밍엄 얼(노리치 남쪽의 작은 마을)의 작은 묘지에서 장례식이 치러지던 중에 나는 1914년 여름 어느날 노샘프턴셔의 학교 마당에서 밤하늘을 향해 트럼펫을 불던 프랜시스 브라운과 당시에는 그토록 멀리 바다로 뻗어 있던 로스토프트의 하얀 부두를 떠올려야 했다. 프레더릭 패라가 내게 이야기해준 바에 따르면, 자선무도회가 개최되는 저녁이면 으레 그런 행사에 참가할 수 없었던 일반 주민들은 백척이 넘는 보트와 조각배를 타고 부두의 끝까지 노를 저어나가, 부드럽게 흔들리면서 때로 편류하기도 하는 그들의 망루에서 상류사회 사람들이 오케스트라의 음악에 맞춰 원을 그리며 돌고, 이 초가을에는 이미 안개 무리로 뒤덮이기 일쑤인 검은 물 위로 펼쳐진 빛의 물결 속에서 마치 떠다니는 듯 움직이는 모습을 쳐다보았다고 한다. 이제 그 시절을 돌이켜보면 모든 것이 나풀거리는 하얀 베일 너머로 보이는 듯합니다,

라고 프레더릭 패라는 언젠가 내게 말한 적이 있다. 바다에서 바라보는 도시, 푸른 나무들과 덤불로 에워싸인, 해변까지 이어지는 별장들, 여름의 빛, 소풍을 갔다가 집으로 돌아가면서 거쳤던 바닷가, 다른 남자 한둘과 함께 바지를 걷고 앞서 걸어가는 아버지, 파라솔을 들고 혼자 걸어가는 어머니, 주름진 치마를 입은 누이들, 그리고 그 뒤에서 작은 당나귀를 끌고 가는 하인들, 당나귀 등에 매달린 운반용 바구니 사이에 앉아 있던 나, 그 모든 것들 말입니다. 프레디릭 패라는 또 이렇게 말했다. 심지어 몇년 전 언젠가는 꿈에서 이런 장면을 보기도 했는데, 우리 가족은 마치 덴하흐 연안으로 유배된 제임스 2세의 작은 왕가 같았습니다.

3장

로스토프트 남쪽으로 5~6킬로미디쯤 가면 해변이 큰 곡선을 그리며 육지 쪽으로 약간 휘어 있다. 풀들이 자라난 사구(砂丘)와 나지막한 절벽들 너머로 이어진 보도에 서서 내려다보면 조약돌이 섞인 평평한 모래톱 해변이 보이는데, 거기에는 내가 여러 기회에 확인할 수 있었던 것처럼 막대기와 노끈, 범포, 방수포 등으로 만든 텐트 모양의 온갖 작은 천막들이 밤낮을 가리지 않고 계절과도 상관없이 언제나 늘어

서 있다. 천막들은 아주 규칙적인 간격으로 바다의 가장자리를 따라 길게 줄지어 서 있다. 마치 방랑 민족의 마지막 남은 인원들이 이곳, 지구의 맨 끝에 자리잡고 모두가 예로부터 갈망해왔던, 일체의 결핍과 방황을 사후적으로 보상해주는 기적을 기다리고 있는 것처럼 보인다. 물론 실제로는 그렇게 노천에서 야영하는 사람들은 먼 나라와 황야를 거쳐 이 해변에 도착한 것이 아니라, 오랜 습관대로 낚시자리에 앉아 눈앞에서 연신 모습을 바꾸어가는 바다를 쳐다보는 근처 지역의 사람들이다. 신기하게도 그들의 수는 언제나 거의 똑같다. 누군가 야영을 끝내고 자리를 비우면 곧 다른 사람이 그 자리를 차지하여 멍하니 하루를 보내고, 밤에 깨어 있는 낚시꾼들의 공동체는 얼핏 보기에 전혀 변하지 않는 듯하고, 심지어 기억할 수 있는 것보다 더 오래 이런 형태로 유지되어온 것처럼 보인다. 낚시꾼이 옆에 있는 사람과 접촉하는 일은 아주 드물다고 하는데, 이는 그들 모두가 동쪽을 향해 수평선 위로 석양과 여명이 퍼져가는 것을 보고 있지만, 그리고 동일한 수수께끼 같은 감정에 휩싸일 것으로 짐작되지만, 그들 각자는 줄곧 혼자인 채로 남아 오로지 자기 자신과 몇 안되는 장비들, 예컨대 펜나이프와 보온병 혹은 파도에 밀려 굴러오는 조약돌들이 서로 나누는 이야기 소리처럼 들릴 듯 말 듯 긁는 소리를 내는 작은 트랜지스터라디오만 믿고 있기 때문이다. 나는 이 남자들이 그들의 주장처럼 민어가 지나가거나 가자미가 수면으로 떠오를 때, 혹은 대구가 해변을 향해 헤엄칠 때를 놓치지 않으려고 그렇게 밤낮으로 해변에 앉아 있다고 생각하지 않는다. 세상을 뒤로하고 앞에는 오로지 공허만 남아 있는 장소에 머물고 싶을 따름일 것이다. 실제로 이제 해변에서 무언가 잡아올리는 사람은 거의 없다. 지난날 어부들을 태우고 해변에서 출항하던 보트들은 수지가 맞지 않게 된 뒤로 사라졌고, 어부 또한 멸종되었다. 어부들이 남겨놓은 흔적에 관심을 보이는 사람은 아무도 없다. 여기저기 주인을 잃은 조가배들이 허물어진 곳마다 배의 묘지가 불쑥 뒤어나오고 한때 배를 육지로 끄는 데 사용되던 권양기들이 소금기 섞인 바람에 녹슬어간다. 외해에서는 아직 조업이 이루어지지만, 잡힌 것들조차 대개는 어분(魚粉)으로나 쓰일 수 있다는 사실을 차치하고라도 어획량 자체가 점점 줄어들고 있다. 매년 수천톤의 수은, 카드뮴, 납과 산더미처럼 많은 비료와 농약이 강을 거쳐 독일의 바다로 흘러든다. 대부분의 중금속과 여타의 독성 물질이 도거뱅크(영국 동부의 해역)의 얕은 수역에 침전되는데, 여기에 사는 물고기의 3분의 1은 이미 이상발육과 기형을 안고 태어난다. 면적이 수십제곱킬로미터에 이르고 깊이가 9미터에 달하는 해안 가까이에 독성 해초 무리가 자주 형성되는데, 바다 동물들은 여기서 떼로 고통스런 죽음을 맞는다. 희귀한 편에 속하는 몇몇 가자밋과 물고기, 붕어, 잉어 등의 암컷은 날이 갈수록 괴상한 돌연변이를 거치면서 수컷 생식기를 가지게 되었는데, 이것들이 치르는 번식과 관련된 의식은 이제 기껏해야 죽음의 무도에 지나지 않는다. 어릴 때 우리는 생태계가 놀라운 번식능력과 증식능력을 지녔다고 생각하며 자랐지만, 이런 현상들은 정반대의 모습을 보여주고 있는 것이다. 당시에 청어가 하급반에서 애용되는 학습대상이던 것은 우연이 아닌데, 청어는 말하자면 자연의 근본적인 절멸 불가능성을 보여주는 핵심적인 상징이었다. 나는 지금도 50년대에 우리 학교 선생님들이 구(區) 시각자료도서관에서 대출하여 보여준 단편영화를 또렷이 기억하고 있다. 떨리는 검은 선들이 어른거리던 그 영화에는 빌헬름스하펜(독일 북서부의 항구도시로 독일 해군의 주요 주둔지)의 어떤 범선이 등장했는데, 그 배는 화면 위쪽까지 치솟아오른 검은 파도 사이를 운항 중이었다. 어부들은 밤에 어망을 펼쳤다가 밤에 다시 건져올리는 듯했다. 모든 일이 황량한 어둠속에서 진행되었다. 밝고 하얀 것은 금세 갑판에 가득 쌓인 물고기의 피부와 그 위에 뿌려진 소금뿐이었다. 이 영화에서 검게 번들거리는 방수복을 입은 남자들이 연신 그들을 덮치는 파도 아래에서 영웅적으로 일하던 모습이 기억난다. 청어잡이는 자연의 우위에 맞서 싸우는 인간의 투쟁을 보여주는 전범이었다. 영화가 끝날 무렵 배가 고향 항구를 향해 나아갈 때, 저녁 햇살은 파도에 부딪혀 조각나고 이제 잠잠해진 바다 위로 그 광휘를 흩뿌린다. 깨끗이 씻고 머리를 빗어넘긴 선원 하나가 하모니카를 분다. 선장은 키를 잡고 서서 책임감있는 표정으로 먼 곳을 바라본다. 끝으로 화물을 하역하고, 넓은 실내에서 작업하는 장면이 이어졌는데, 여자들이 청어의 내장을 빼내고 크기에 따라 분류하여 통에 넣고 포장한다. 다음으로 바다의 쉴 줄 모르는 방랑자들(나는 최근 1936년에 제작된 이 영화의 별책을 입수할 수 있었는데, 여기 이렇게 표현되어 있다)은 열차의 화물칸에 실려 지상에서의 마지막 운명을 완수하게 될 곳들로 수송된다. 다른 곳에서, 그러니까 1857년 빈

에서 출판된 북해의 자연사를 다룬 책에서 나는 청어가 봄과 여름에 상상을 초월하는 수백만마리의 떼를 지어 어두운 심해에서 올라와 해안의 하천과 얕은 바다 밑바닥에 산란하여 알들을 겹겹이 쌓아놓는다는 이야기를 읽는다. 느낌표까지 찍어놓은 문장에 따르면 암컷 청어 한마리가 칠만개의 알을 낳으며, 이 알들이 모두 아무런 방해 없이 번식한다면 뷔퐁 (1707~88, 프랑스의 자연사학자)의 계산을 따를 때 오래지 않아 지구의 스무배에 달하는 부피의 물고기들이 생겨날 것이다. 책

에는 청어가 거의 대재앙에 가깝게 과잉공급되는 바람에 청어어업 전체가 파산할 지경에 이르렀던 해들도 연거푸 기록되어 있다. 심지어 바람과 파도로 해안까지 떠밀려 육지에 내던져진 어마어마한 청어떼가 수킬로미터에 걸쳐 몇십센티미터 높이로 해변을 뒤덮은 사건까지 있었다고 한다. 근처 마을의 주민들은 이렇게 쌓인 청어의 극히 일부만 겨우 바구니와 상자에 삽으로 퍼넣어 가지고 갈 수 있었다. 해변에 남은 청어들은 며칠 안에 썩어 자신의 과잉으로 질식하는 자연의 끔찍한 장면을 연출했다. 반면, 청어들이 평소에 들르던 장소를 피하는 바람에 그 해안지역 전체가 빈곤에 빠지는 일도 자주 있었다. 청어들이 어떤 길을 따라 바다를 통과하는지는 지금까지 확실히 밝혀지지 않았다. 빛과 바람의 상황이 청어가 가는 길을 결정한다거나, 지구의 자기(磁氣) 혹은 계속 변하는 물의 등온선이 이를 결정한다는 가정도 있었지만, 이런 모든 추측은 결국 확실하게 입증될 수 없었다. 그래서 청어잡이들은 예로부터 전해오는, 부분적으로 전설에 근거하는 지식과 관찰에만 의지할 수밖에 없었는데, 예컨대 규칙적인 쐐기 모양으로 대형을 이루어 움직이는 청어들은 햇살이 특정한 각도로 입사(入射)될 때 맥동하는 빛을 하늘을 향해 반사한다는 것을 관찰했다. 청어가 있다는 또 하나의 믿을 만한 신호는 수면에 떠다니는, 문질러져 떨어져나온 무수한 비늘인데, 이런 비늘은 낮에는 은도금처럼 반짝거리고 석양이 비칠 때면 눈이나 재처럼 보인다. 일단 청어떼가 확인되고 나면 대개 밤에 잡아들이는데, 앞서 인용한 북해의 자연사 책에 의하면 길이가 60미터에 달하고 거의 이십오만마리의 물고기를 한꺼번에 잡을 수 있는 어망이 사용되었다. 거친 페르시아산 비단으로 짠 이 어망은 경험상 청어들이 밝은색을 싫어한 탓에 검게 염색되었는데, 어망이 물고기들을 포위하는 것이 아니라 마치 벽처럼 물속에 서 있을 뿐이었기 때문에, 물고기들은 절망적으로 어망을 뚫고 나가려다가 아가미가 그물코에 걸려 빠져나가지 못하고, 약 여덟시간에 걸쳐 어망을 끌어올리고 감는 과정에서 질식하게 된다. 그러므로 청어가 물에서 끌어올려질 때는 이미 대부분 죽어 있다. 그래서 라세뻬드와 같은 과거의 자연사학자는 청어가 물에서 벗어나는 순간 일종의 심장마비 혹은 어떤 다른 이유로 순식간에 죽는다고 생각했다. 오래지 않아 자연에 정통한 모든 사람은 이러한 성질을 청어의 특수한 속성으로 간주하게 되었고, 이 때문에 물에서 나왔는데도 여전히 살아 있는 청어를 보았다는 목격자들의 보고는 오랫동안 특별한 관심거리가 되었다. 예컨대 삐에르 싸가르라는 캐나다의 선교사가 뉴펀들랜드 해변에서 오랫동안 파닥거리는 한무리의 청어를 보았음이 입증됐고, 슈트랄준트의 노이크란츠라는 사람은 (폐사 시점으로부터) 한시간 칠분 전에 물에서 끌어올린 청어들이 죽을 때까지 계속하여 파닥거리는 것을 관찰했음이 확인되었다. 루앙의 생선시장 감독관이던 노엘 드 마리니에르도 어느날 두세시간이나 마른 땅 위에 있었음에도 꿈틀거리는 청어들을 보고, 이

물고기의 생존능력을 정확하게 살펴볼 생각으로 지느러미를
잘라내는 등 여러가지 방법으로 절단한 일이 있었다. 우리의
지식욕에서 비롯된 이런 행동은 지속적으로 대재앙의 위협
에 노출된 이 어종이 겪어야 했던 수난사의 극단적인 사례라
고 할 만하다. 알 단계에서 해덕(대구과 물고기)이나 학꽁치에
게 잡아먹히지 않고 살아남은 것들도 바다뱀장어나 움브라,
대구, 나아가 인간까지 포함한 수많은 다른 청어사냥꾼들의
뱃속을 채운다. 1670년경에 이미 팔십만명 이상의 네덜란드
사람과 프리슬란트 사람이, 그러니까 전체 인구의 상당한 부
분이 오로지 청어잡이에만 매달렸다. 백년 뒤, 매년 청어 어
획량은 육백억마리에 달한 것으로 추정된다. 상상하기도 어
려운 이런 막대한 양에도 불구하고 자연사학자들은 인간이
생명의 순환과정에서 지속적으로 일어나는 파괴의 작은 일
부에만 책임이 있으며, 독특한 생리학적 조직 덕택에 청어는
고등동물이 죽을 때 느끼는 몸과 영혼의 두려움과 고통을 느
끼지 않는다고 생각하면서 마음을 놓았다. 하지만 실은 우리
는 청어의 감정에 대해 아무것도 모른다. 우리가 아는 것이라
고는 청어의 골격이 이백개가 넘는 다양하고 지극히 복잡하
게 구성된 연골과 뼈로 이루어져 있다는 것뿐이다. 외모에서
는 힘 좋은 꼬리지느러미와 폭이 좁은 머리, 약간 돌출된 아
래턱, 밝은 은빛 홍채 위에 검은 동공이 떠 있는 커다란 눈이
눈에 띈다. 등은 푸르스름한 녹색을 띤다. 측면과 복부의 비
늘은 하나씩 보면 금빛 오렌지색을 띠지만, 전체적으로는 순

수한 백색의 금속 광채를 보여준다. 역광을 비추어보면 몸통 뒤쪽은 다른 어디서도 찾아볼 수 없는 아름다운 암녹색 빛을 발한다. 그러나 죽은 뒤에는 색깔이 달라진다. 등은 푸르게 변하고, 뺨과 아가미는 피하출혈로 붉어진다. 청어의 또 하나의 특징은, 사체가 공기에 노출되면 반짝거린다는 것이다. 인광과 비슷하지만 그것과는 근본적으로 다른 이 독특한 광력(光力)은 죽은 뒤 며칠이 지나면 정점에 이르렀다가 부패가 시작되면서 차츰 줄어든다. 오랫동안, 아니 내가 알기로는 오늘날까지도 청어의 사체가 이렇게 반짝거리는 원인은 밝혀지지 않았다. 도시에 전면적인 조명을 도입하는 프로젝트들이 도처에서 진행되던 1870년경, 기이하게도 그들의 연구에 딱 맞아떨어지는 이름을 가진 두 영국 과학자 헤링턴(청어를 영어로 '헤링'이라고 부른다)과 라이트바운은 죽은 청어의 몸에서 흘러나오는 발광물질에서 지속적으로 저절로 재생되는 유기적인 광원(光源)을 추출해낼 수 있으리라는 희망을 품고 이기이한 자연현상을 연구했다고 한다. 이 기발한 계획은 실패했지만, 내가 최근 읽은 인공조명의 역사를 다룬 책에도 기록

되어 있듯이 이 실패는 어둠을 몰아내는 거침없는 발걸음에 별로 타격을 입히지 못했다.

해변의 낚시꾼들을 뒤로하고 한참 걸은 뒤 나는 이른 오후에 로스토프트와 싸우스월드 중간쯤의 자갈밭 뒤에 위치한 기수호(바다에 면해 바닷물과 민물이 섞인 호수) 벤에이커브로드에 도착했다. 활엽수의 푸른 우듬지가 호수를 에워싸고 있는데, 해변의 지속적인 침식으로 활엽수는 바다 쪽에서부터 차츰 사멸하는 중이다. 폭풍이 몰아치는 어느날 밤 파도가 자갈밭을 관통하고 주변경관이 완전히 바뀌는 것은 이제 시간문제일 뿐이다. 하지만 고요한 호숫가에 앉아 있던 그날, 나는 아직도 마치 영원을 보고 있는 듯했다. 아침에 바다 쪽에서 몰려온 안개의 장막은 이미 흩어졌고, 텅 빈 하늘은 푸르렀으며, 대기에는 미풍조차 없었고, 나무들은 정물화처럼 서 있었으며, 벨벳 같은 갈색 수면 위로는 새 한마리 날지 않았다. 세상이 마치 유리덮개로 덮인 듯했는데, 이윽고 서쪽에서 강력

한 적운이 솟아올라 땅 위로 회색 그림자를 드리웠다. 그때 내가 몇달 전에 『이스턴 데일리 프레스』에서 기수호 건너편 헨스테드의 커다란 석조 저택에 거주하던 조지 윈덤 르 스트레인지 소령의 죽음에 대한 기사를 오려둔 일을 떠올린 것은 아마도 그 그림자가 몰고 온 어둠 때문이었을 것이다. 그 기사에 따르면 르 스트레인지는 전쟁 중에 대전차연대에서 복무했는데, 이 연대는 1945년 4월 14일 베르겐-벨젠 수용소 (나치의 전쟁포로 및 유대인 수용소로 오만명 이상이 이곳에서 사망했다) 를 해방했다. 휴전 직후 그는 써픽주에 있는 종조부의 소유지를 넘겨받기 위해 독일에서 돌아왔고, 다른 데서 입수한 정보에 따르면 적어도 50년대 중반까지는 모범적으로 소유지를 관리했다. 가정부를 고용한 것도 그즈음이었는데, 그는 나중에 써픽의 소유지뿐만 아니라 가격이 수백만 파운드에 달하는 것으로 추정되는 버밍엄 시내의 부동산까지 포함한 그의 전재산을 그녀에게 물려주었다. 기사에 따르면, 소도시 베클스에서 살던 플로런스 반스라는 이름의 이 젊은 여자를 가정부로 데려오면서 르 스트레인지가 분명하게 내건 조건은 그녀가 직접 음식을 만들고, 그와 함께 식사를 하면서 절대적인 침묵을 지키는 것이었다. 반스 부인이 직접 기자에게 알려준 것으로 보이는 정보에 따르면 그녀는 르 스트레인지의 생활방식이 점점 더 기이하게 변한 뒤에도 그 약속을 엄격하게 지켰다. 분명 신문기자가 집요하게 파고들었을 텐데도 반스 부인은 르 스트레인지의 생활방식에 대해 아주 말을 아꼈다

Housekeeper
Rewarded for
Silent Dinners

A wealthy eccentric has left
his vast estate to the house-
keeper to whom he hardly
spoke for over thirty years.

Major George Wyndham Le
Strange (77), a bachelor, col-
lapsed and died last month in
the hallway of his manor
house in Henstead, Suffolk
which had remained virtually
unchanged since Georgian
times.

During the last war, Le
Strange had served in the 63rd
Anti-Tank Regiment which
liberated the concentration
camp at Belsen on 14 April
1945. Immediately after VE-
Day, he returned to Suffolk to
manage his great uncle's es-
tates.

Mrs. Florence Barnes (57),
employed by Le Strange in
1955 as housekeeper and cook
on condition that she dined
with him in silence every day,
said that Le Strange had, in
the course of time, become a
virtual recluse but she refused
to give any details of the
Major's eccentric way of life.

Asked about her inherit-
ance, she said that, beyond
wanting to buy a bungalow in
Beccles for herself and her
sister, she had no idea what to
do with it.

고 한다. 하지만 내가 그뒤로 조사해본 바에 따르면 르 스트 레인지는 50년대 말에 집에서 일하던 고용인뿐만 아니라 농장 일꾼, 원예사, 관리인 모두를 차츰 해고했고, 그때 이후로 그 커다란 석조 저택에서 베클스 출신의 말없는 가정부와 둘이서만 살았으며, 이에 따라 농장 전체와 녹지, 공원이 날이 갈수록 황폐해졌고, 방치된 경작지는 가장자리부터 관목과 덤불로 뒤덮이기 시작했다. 실제로 일어난 일을 본 대로 말한 이런 언급 외에도 근처 지역의 마을에서는 소령과 관련된 이야기들이 돌아다니고 있었는데, 그대로 믿을 수는 없는 것들로 여겨진다. 짐작건대 이런 이야기들은 세월이 흐르는 동안 르 스트레인지의 공원 내부로부터 흘러나온 얼마 되지 않는 소문에 근거하고 있었는데, 가까운 지역에 사는 주민들에게는 당연히 화젯거리가 되었다. 예컨대 헨스테드의 어떤 술집에서 사람들이 나누는 이야기를 들어보니, 르 스트레인지는 나이가 들어 입던 옷들이 다 닳았는데도 새옷을 사고 싶어하지 않아 필요할 때마다 다락방의 상자에서 옛날 옷을 꺼내 입었다는 것이다. 때때로 그가 카나리아처럼 노란 프록코트나 단추와 단춧구멍이 많이 달리고 색이 바랜 제비꽃빛 태피터(광택이 있는 얇은 견직물)로 지은 일종의 장례식용 외투를 입고 다니는 것을 보았다고 주장하는 사람들도 있었다. 나아가 예전부터 길들인 수탉을 방 안에서 키우던 르 스트레인지가 나중에는 뿔닭과 공작, 비둘기, 메추라기, 온갖 종류의 지저귀는 정원 새들로 언제나 둘러싸여 있었다는 이야기도 있었는데, 이 새들은 바닥에서 그의 주변을 오가기도 하고 그를 에워싸며 날아다니기도 한다는 것이었다. 몇몇 사람은 어느 여름날, 르 스트레인지가 정원에 굴을 하나 파고는 황야의 성 (聖) 히에로니무스(기독교 교부로 수행을 위해 시리아의 칼키스사막에 서 은둔생활을 했다)처럼 밤낮을 가리지 않고 그 안에 틀어박혀 지내더라고 이야기하기도 했다. 그러나 가장 기이한 것은 렌섬의 장의사에서 일하던 한 종업원이 퍼뜨린 것으로 짐작되는 이야기였는데, 이에 따르면 소령이 죽을 때 그의 흰 피부가 녹황색으로 변했고, 밝은 회색 눈은 어두운 짙은 색으로 바뀌었으며, 그의 백발 또한 칠흑빛을 띠었다고 한다. 나는 지금까지도 이런 이야기들을 어떻게 받아들여야 할지 모르겠다. 다만 확실한 것은 지난가을에 열린 경매에서 어떤 네덜란드 사람이 르 스트레인지의 공원과 이에 속한 모든 토지를 사들였다는 것과 소령의 충실한 가정부였던 플로런스 반스는 오래전부터 계획했던 대로 그녀의 여동생 주마이마와 함께 고향 베클스에서 방갈로식 주택에 살고 있다는 것이다.

벤에이커브로드에서 남쪽으로 십오분쯤 걸어가면 백사장이 좁아지고 한동안 가파른 절벽이 이어지는데, 여기에 어지러이 쓰러진 수십그루의 죽은 나무는 여러해 전에 코브히스(로스토프트와 싸우스월드 사이에 위치한 작은 마을)의 낭떠러지에서 떨어져내린 것이 분명하다. 소금물과 바람과 햇빛에 의해 표백되고 껍질도 다 벗겨진 채 부러진 나무들은 마치 오래전에 쓸쓸한 바닷가에서 몰락한, 매머드나 공룡보다도 더 거대했던 종의 유골처럼 보인다. 나뭇가지들이 얽혀 있는 곳을 에두르며 이어지는 길은 금작화가 핀 경사면을 지나 가파른 점토 언덕을 올라가다가 늘 붕괴될 위험에 놓여 있는 육지의 가장자리로부터 약간 떨어진 곳에서 고사리들 사이로 이어지는데, 가장 높이 자란 고사리는 내 어깨에 닿을 정도였다. 납빛

바다 저쪽에서는 돛단배 하나가 나를 따라왔는데, 더 정확히 말하자면 돛단배는 가만히 있는 듯했고, 나는 아무리 발걸음을 옮겨도 마치 정지한 배에 탄 보이지 않는 유령 항해사처럼 전혀 앞으로 나아가지 못하는 듯했다. 그래도 차츰차츰 고사리들이 흩어지더니 코브히스의 교회 쪽으로 펼쳐진 들판 방향으로 시야가 탁 트였다. 나지막한 전기철조망 너머 저쪽에는 변변찮은 캐모마일 덤불이 조금 흩어진 갈색 대지에 대략 백마리쯤 되는 돼지 무리가 진영을 치고 있었다. 나는 울타리를 넘어 꼼짝도 않고 잠에 빠진 육중한 돼지에게 다가갔다. 내가 몸을 숙여 쳐다보자 돼지는 밝은 빛의 속눈썹으로 둘러싸인 작은 눈을 천천히 뜨더니 의아하다는 듯 나를 보았다. 내가 먼지로 뒤덮인 등을 쓰다듬자 돼지는 낯선 느낌에 몸을 떨었고, 이어서 코 윗부분과 얼굴을 쓰다듬고 귀 뒤쪽의 움푹한 부분을 어루만지자 이윽고 끝없는 고통 때문에 괴로워하는 사람처럼 신음 소리를 내뱉었다. 내가 다시 몸을 일으키자 돼지는 지극한 복종심을 보여주듯 다시 눈을 감았다. 나는 한동안 전기철조망과 절벽 가장자리 사이의 풀밭에 앉아 있었다. 바람이 일자 기력을 잃고 이미 누렇게 변해가는 풀줄기들이 허리를 숙였다. 하늘이 재빠르게 어두워졌다. 이제 하얀 띠가 줄줄이 이어진 바다 위 저 멀리서 긴 구름들이 몰려오고 있었다. 그토록 오래 가만히 있던 돛단배는 어느새 사라지고 없었다. 이 모든 풍경이 성스러운 복음사가(福音史家) 마르코가 전해주는 가다라 지방에서의 일을 떠올리게 했는데,

이 이야기는 예수가 겐네사렛 호수의 폭풍을 잠재웠다는, 훨씬 더 유명한 이야기(마르코복음 4장 35~41절)의 바로 뒤에 나온다. 파도가 배를 덮치자 태평하게 잠든 지도자를 흔들어 깨우는, 믿음이 부족해 두려워하는 제자들의 모습은 학교에서의 교리문답에 너무나 잘 맞아떨어졌지만, 미친 가다라 사람의 이야기가 무슨 뜻인지 이해한 사람들은 너무나 적었던 것 같다. 어쨌든 나로서는 학창시절에 가다라 사람의 이야기가 이른바 종교수업에서, 혹은 예배에서 해석은 고사하고 낭독된 일조차 기억할 수 없었다. 자신이 살던 무덤에서 뛰쳐나와 나자렛 사람들을 향해 달려왔다는 그 광인은 힘이 너무나 세어 누구도 그를 제압할 수 없었다고 한다. 어떤 쇠사슬도 끊어버리고, 어떤 밧줄도 찢어버렸다. 그는 언제나 산 위의 묘지에서 살면서 소리치고 울부짖고 돌로 자신을 쳤다고 마르코는 전한다. 그의 이름을 묻자, 그는 이렇게 대답했다. 나는 한둘이 아닙니다. 우리는 무수히 많으니, 이곳에서 우리를 몰아내지 마십시오. 하지만 예수는 악령들에게 풀밭에 있는 돼지 무리 속으로 들어가라고 명령했다. 복음사가가 전하는 바에 따르면, 거의 이천마리에 이르는 그 돼지들은 비탈에서 굴러떨어져 물속에 빠져죽었다. 그때 북해를 내려다보며 앉아서 나는 이 끔찍한 이야기가 믿을 만한 증인의 보고인지 자문해보았다. 만일 그렇다면 예수가 가다라 사람들을 치료할 때 형편없는 의료상의 실수를 저질렀다는 말이 아닌가? 아니면 이는 단지 복음사가가 만들어낸, 돼지가 불결하게 된 원인을 전해주는 우화에 불과한가? 잘 생각해보면 이 우화는 우리가 우리의 병든 정신을 항상 우리 자신보다 저급하다고 생각하는, 얼마든지 파괴해도 좋다고 여기는 종(種)에게 거듭하여 떠넘긴다는 뜻이 아닌가? 이런 생각을 하던 중에 바다 저쪽을 보니 제비들이 재빠르게 날아다니고 있었다. 짤막한 울음소리를 연거푸 내뱉으면서 제비들은 눈으로 좇을 수 없을 만큼 빠르게 그들의 비행장을 가로질렀다. 아주 오래전 어렸을 때, 저녁 무렵 어둑한 계곡 아래에서 당시만 해도 하루의 마지막 빛을 받으며 무수히 하늘 위를 맴돌던 이 비조(飛鳥)들을 보면서 이 새들이 허공에 그어놓는 궤도에 의해 세상이 유지된다는 생각을 한 적이 있었다. 오랜 세월이 흐른 뒤, 나는 1940년에 우루과이의 쌀또 오리엔딸에서 집필된 「뜰룀, 우끄바르, 오르비스 떼르띠우스」(호르헤 루이스 보르헤스의 단편소설)에서 몇마리 새가 원형극장 전체를 구해낸 이야기를 읽었다. 이제 나는 제비들이 내가 앉아 있는 언덕 위 일정한 공간에서만 사냥을 한다는 것을 알게 되었다. 더 높이 솟아오르거나 더 낮게 물 쪽으로 내려가는 놈은 단 한마리도 없었다. 그리고 마치 총탄처럼 해안으로 접근할 때면 그중 몇은 항상 마치 땅속으로 삼켜진 듯 내 발 바로 아래쪽에서 사라지곤 했다. 절벽 가장자리로 다가가서 내려다보니 제비가 절벽 가장 위쪽 점토층에 둥지를 다닥다닥 파놓은 것이 보였다. 그러니 나는 언제든 내려앉을 수 있는, 구멍이 숭숭 뚫린 땅 위에 서 있는 것이었다. 그럼에도 나는 우리가 어릴 때 이층 양봉

장의 평평한 함석지붕 위에서 용기를 시험하기 위해 그랬던 것처럼 최대한 목을 움츠리고 시선을 천정(天頂)으로 향했다가 천공을 따라 서서히 내려오면서 수평선에 이르러서는 물을 따라 안쪽으로 옮겨 결국 내 발밑 대략 20미터 아래의 가느다란 백사장에 이르게 했다. 서서히 숨을 내쉬며 내 속에서 솟아오르는 현기증을 극복하면서 한걸음 뒤로 물러섰을 때, 해변에서 무언가 이상한 색의 물체가 움직이는 기분이 들었다. 나는 갑작스런 공포에 휩싸여 몸을 웅크리고 앉으면서 절벽 가장자리 너머를 내려다보았다. 저 아래쪽 구덩이 바닥에 누워 있는 것은 한쌍의 남녀로, 무릎을 구부린 채 두 다리를 벌린 모습 외에는 아무것도 보이지 않는 한 사람의 몸 위에 어떤 남자가 몸을 쭉 뻗고 누워 있는 모습이었다. 이 형상이 나를 관통하던, 영원처럼 느껴지던 경악의 순간에 남자의 두 발이 마치 방금 처형당한 사람처럼 경련하는 듯했다. 하지만 이제 그는 움직이지 않았고, 여자 역시 꼼짝 않고 누워 있었다. 그들은 육지로 내던져진 거대한 연체동물처럼 흉측하게 뻗어 있었는데, 아주 먼 바다에서 표류해온, 팔다리가 많고 머리가 둘인 바다괴물의 몸처럼, 콧구멍으로 얕은 숨을 내뱉으며 서서히 죽어가는 기괴한 종의 마지막 개체처럼 보였다. 몹시 당황한 나는 다시 몸을 일으켰는데, 마치 난생처음 땅에서 일어서는 것처럼 자세가 불안했다. 그리고 그 섬뜩한 장소를 벗어나 약간 경사진 길을 따라 절벽을 내려가 해변에 이르렀는데, 해변은 그곳에서부터 남쪽 방향으로 넓어지고 있었다. 앞쪽 멀리 어두운 하늘 아래 아주 작은 여러 집, 나무무리, 새하얀 등대 등으로 이루어진 싸우스월드시가 웅크리고 있었다. 거기에 도착하기 전에 빗방울이 떨어지기 시작했다. 나는 몸을 돌려 내가 걸어온 텅 빈 궤도를 되돌아보았는데, 내가 코브히스의 절벽 아래에 있던 창백한 바다괴물을 실

제로 본 것인지, 아니면 그저 그런 것을 상상했을 뿐이었는지 알 수 없었다. 그때 느꼈던 불안감에 대한 기억은 다시금 앞에서 언급한 우루과이에서 집필된 글을 떠올리게 하는데, 이 소설은 제2차의, 혹은 심지어 제3차의 세계를 만들어내려는 우리의 시도들을 주제로 삼고 있다. 소설의 화자는 1935년 어느 저녁, 비오이 까사레스라는 사람과 함께 라모스 메히아의

가오나 거리에 있는 한 시골 별장에서 저녁을 먹으면서 어떤 소설의 작법에 대해 긴 대화를 나누었다고 적고 있는데, 이 소설은 명백한 사실을 부정하고 다양한 모순으로 얽혀 있어서 소수의 독자—아주 적은 소수의 독자—만이 소설 속에 숨겨진 끔찍하기도 하고 전적으로 하찮기도 한 현실을 간파할 수 있게 씌어져야 했다. 화자는 이어서 이렇게 보고한다. 우리가 앉아 있던 방으로 이어진 복도의 끝에는 타원형의 흐릿한 거울이 걸려 있었는데, 이 거울은 모종의 불안한 기운을 내뿜고 있었다. 우리는 이 말없는 거울이 우리를 염탐한다는 느낌을 받았고, 그래서—깊은 밤에는 이런 발견을 하는 것이 거의 피할 수 없는 일이다—우리는 거울이 어떤 끔찍한 면을 갖고 있음을 발견하게 되었다. 그리하여 비오이 까사레스는 우끄바르의 한 이교 창시자가 거울의 무시무시한 점은 성행위와 마찬가지로 인간의 숫자를 증식시킨다는 데 있다고 말한 것을 떠올렸다. 화자는 비오이 까사레스에게 이 의미심장한 잠언의 출처를 물어보았고, 그는 『영미 백과사전』의 '우끄바르' 항목에 이 말이 적혀 있다고 대답했다. 그러나 소설이 진행되면서 우리는 이 항목이 『영미 백과사전』에는 없다는 것, 혹은 오로지 비오이 까사레스가 몇년 전 구입한 사전에서만 발견된다는 것을 알게 되는데, 이 사전의 제26권은 1917년에 출판된 해당 사전의 다른 본들보다 네페이지가 더 많다. 따라서 우끄바르가 있기는 했는지, 아니면 여기서 우리가 거론하는 글이 주요하게 다루고 있는, 뜰뢴에 대한 사전

편찬자들의 프로젝트와 마찬가지로 우끄바르라는 이 미지의 나라에 대한 묘사들 또한 전적으로 비현실적인 것을 거쳐 시간의 흐름 속에서 새로운 현실에 도달하려는 시도로 보아야 하는 것인지 밝혀지지 않는다. 1947년의 후기는 뜰뢴의 미로와 같은 구조가 우리가 알고 있는 세계를 소멸시키려는 중이라고 지적한다. 아직 아무도 능숙하게 구사하지 못하는 뜰뢴의 언어가 이미 학교에 침투 중이고, 우리가 이전에 알고 있거나 알고 있다고 생각한 모든 것이 이미 뜰뢴의 역사로 덧칠되고 있으며, 역사기술에서는 이미 허구적 과거의 명백한 이점들이 드러나고 있다. 거의 모든 지식의 영역이 혁신되었고, 아직 혁신되지 않은 소수의 분과도 조만간 관철될 개혁을 기다리고 있다. 도처에 흩어진 은둔자들로 이루어진 집단이, 뜰뢴의 창작자와 백과사전 편찬자, 개별 항목을 작성하는 사람 들의 집단이 지구의 면모를 바꾸어놓았다. 모든 언어가, 심지어 스페인어와 프랑스어, 영어조차도 우리 행성에서 사라질 것이다. 세계는 뜰뢴이 될 것이다. 소설의 화자는 이렇게 글을 맺는다. 하지만 나는 그런 일에 개의치 않고 내 시골 별장의 고요한 여유 속에서 토머스 브라운의 『유골단지』를 께베도(1580~1645, 스페인 바로끄시대의 소설가이자 시인)풍으로 조심스럽게 번역하는 데 계속 골몰할 것이다(그러나 이 번역을 출판하지는 않을 것이다).

4장

저녁을 먹고 나서 도시의 거리와 골목 들을 처음 둘러볼
때쯤엔 이미 비구름이 사라지고 없었다. 벽돌집들이 늘어선
골목은 벌써 어두워지기 시작했다. 오직 반짝이는 유리실이

있는 등대만이 지표에서 서서히 이륙하는 밝음의 언저리에 걸려 있었다. 로스토프트에서 내려오는 먼 길을 걸은 끝에 발이 무거워진 나는 얼마 걷지 못하고 건힐이라는 이름의 널찍한 잔디밭에 설치된 벤치에 앉아 심연으로부터 어둠이 솟아오르는 고요한 바다를 쳐다보았다. 마지막 저녁 산책자들도 사라지고 없었다. 나는 마치 텅 빈 극장에 앉아 있는 듯한 기분이 들었는데, 눈앞에서 갑자기 막이 오르고 무대에 예컨대 1672년 5월 28일의 광경이 다시 떠오른다고 해도 놀라지 않았을 것이다. 기억할 만한 그날, 바다 멀리서 찬란한 아침 햇빛을 배경으로 수면 위를 떠다니는 안개를 헤치고 모습을 드러낸 네덜란드 함대가 싸우스월드 앞의 만에 집결한 영국 군함들을 향해 포문을 열었다. 아마도 당시의 싸우스월드 주민들은 첫번째 대포 소리가 들리자마자 도시 앞으로 달려가 해변에서 벌어지는 이 진귀한 장면을 관찰했을 것이다. 번득이는 햇살을 가리려 손차양을 하면서 그들은 배들이 아무 계획도 없는 듯 이리저리 움직이고, 약한 북동풍을 받은 돛이 부풀어올랐다가 서툰 조종으로 다시 쪼그라드는 모양을 보았을 것이다. 거리가 멀어서 사람은 알아볼 수 없었을 것이고, 함교에 서 있는 네덜란드와 영국의 해군 대장들조차 찾아낼 수 없었을 것이다. 나중에, 전투가 계속되면서 화약고에서 폭발이 일어나고, 타르를 바른 몇몇 선체가 수면에 닿을 정도로 타오를 때쯤엔 만 전체를 온통 헤치고 다니는 누렇고 검고 따가운 연기가 모든 것을 뒤덮었을 것이고, 구경꾼들은 더

이상 전투의 진행과정을 관찰할 수 없었을 것이다. 이른바 명예의 전장에서 벌어진 전투에 대한 보고란 예로부터 믿을 만한 것이 못되지만, 대(大)해전을 묘사한 그림의 경우도 어느것 할 것 없이 순전한 허구에 지나지 않는다. 심지어 스토르크(1644~1708, 네덜란드의 화가), 판데펠더(1633~1707, 네덜란드의 화가) 혹은 루테르부르(1740~1812, 프랑스와 영국에서 활동한 화가)처럼 칭송받는 해전(海戰)화가들의 경우도 다르지 않다. 나는 그리니치의 해양박물관에서 이들이 쏠 베이 전투를 소재로 그린 그림 몇점을 자세히 관찰한 적이 있는데, 이들은 사실주의적인 의도를 분명하게 드러내고 있음에도 불구하고, 장비와 병사로 온통 과적된 배에서 불타는 돛대와 돛이 무너져내리고 포탄이 사람들로 엄청나게 북적대는 중갑판을 강타할 때 어떤 일이 벌어지는지 제대로 전해주지 못한다. 어떤 등대선의 공격을 받고 불타오른 로열제임스호에서만 해도 천명에 이

르는 승무원 가운데 거의 절반이 목숨을 잃었다. 돛대가 셋 달린 이 배의 침몰을 자세히 기록한 보고는 전해지지 않는다. 여러 목격자들은 영국 함대의 지휘관이었던, 거의 150킬로그램에 이르는 육중한 몸의 쌘드위치 백작이 후갑판에서 화염에 휩싸인 채 절망적으로 발버둥치는 모습을 보았다고 주장한다. 확실한 것은 그의 부풀어오른 시신이 몇주 뒤에 하리치(싸우스월드에서 남쪽으로 60킬로가량 떨어져 있는 항구도시) 근처의 해변에서 발견되었다는 사실뿐이다. 제복의 솔기들이 뜯어져 있고 단춧구멍들도 찢어져 있었지만, 가터훈장(1348년 에드워드 3세가 창설한 영국의 최고훈장)만은 조금도 화려함을 잃지 않고 번쩍였다고 한다. 당대 세계 전체에서 그런 전투 끝에 그토록 많은 사망자가 생긴 도시는 몇 안되었을 것이다. 그들이 겪어야 했던 고통과 전체적인 파괴의 규모는 우리가 상상할 수 있는 것의 몇배는 되었고, 어차피 대부분 파괴될 운명을 가진 배들을 건조하고 무장하기 위해 나무를 벌목하여 가공하고, 광석을 채굴하여 제련하고, 쇠를 단조하고, 돛을 짜고 바느질하는 등 얼마나 엄청난 노동이 필요했을지 짐작하기도 어렵다. 스타보런, 레볼루션, 빅토리, 그루트 홀란디아, 올리판 등의 이름을 얻은 이 진기한 물체들은 세계의 숨을 동력으로 하여 잠깐 동안 바다 위를 미끄러져가다가 이내 다시 사라져버리고 말았다. 경제적 이익을 탈취할 목적으로 싸우스월드 앞에서 치러진 이 해전에서 어느 쪽이 승리했는지는 여전히 확실하지 않지만, 이 전투에 소비된 비용에 비하면 거의 사소하다고 할 만한 힘의 이동과 함께 네덜란드의 몰락이 여기서 시작되었다는 것은 분명한 사실로 인정받고 있다. 반면 거의 파산상태에 가까웠고, 외교적으로 고립되었으며, 네덜란드의 채텀(영국 동남부 켄트주의 항구도시) 습격으로 자존심이 심각하게 훼손된 영국 정부는 거의 아무런 전략도 구사하지 못한데다 해군 지휘부가 해체 위기에 처해 있었음에도 불구하고 전투 당시의 유리한 바람과 파도 덕택이었는지 이후로 오랫동안 지속될 해상 지배력을 여기서부터 붙잡을 수 있었다. 그날 저녁 싸우스월드의 벤치에 앉아 북해를 바라보자니 문득 세계가 어둠을 향해 천천히 회전하는 것이 또렷하게 느껴지는 듯했다. 토머스 브라운은 유골단지 매장에 대한 그의 논문에서, 페르시아 사람들이 깊은 잠에 빠져들 무렵 미국의 사냥꾼들은 잠자리에서 일어난다고 썼다. 브라운은 이어서, 질질 끌리는 긴 옷자락처럼 밤의 그림자가 지구를 쓸고 지나가고, 해가 지면 세상이 한 구역씩 줄줄이 드러누우므로, 지는 해를 계속 따라가면 우리가 사는 행성이 언제나 사투르누스(로마신화에서 농경의 신이지만, 중세의 점성술에서는 낫을 들고 다니며 불행과 병과 중노동을 초래하는 존재로 여겨졌다)의 낫이 쓰러뜨리고 거두어들인 시신들로 가득 차 있는 것을 보게 될 것이라고 썼다— 그런 지구란 간질병에 걸린 인류를 위한 끝없이 긴 묘지일 것이다. 나는 시선을 바다의 멀고 먼 곳으로 돌려 어둠이 가장 짙은 곳에 이르렀는데, 그곳에는 아주 괴상한 형상을 이룬 구름띠가 보일 듯 말 듯 펼쳐져 있었다. 오후 늦게 싸우스월드에 비를 뿌린 날씨의 등짝일 터였다. 이 잉크빛 산맥의 가장 높은 봉우리들은 한동안 깝까스산맥의 빙벽들처럼 번득였는데, 그 봉우리들이 서서히 사라지는 것을 보고 있자니 몇 년 전에 비슷한 모양의 멀고 낯선 산맥을 처음부터 끝까지 걸어가는 꿈을 꾼 적이 있다는 사실이 떠올랐다. 1000킬로미터도 넘는 것으로 느껴졌던 그 노정은 협곡과 작은 골짜기, 계곡을 거쳐 산허리와 산비탈, 눈더미를 넘어갔으며, 거대한 숲의 가장자리를 따라가다가 돌밭과 자갈밭, 눈 위를 지나갔다. 그렇게 꿈속에서 길의 끝에 도달하여 뒤를 돌아봤을 때, 정확히 저녁 6시였다는 것도 기억났다. 내가 거쳐온 톱니 모양의 산 정상들은 청록색 하늘을 배경으로 두려울 만큼 날카로운 윤곽을 드러내고 있었고, 하늘에는 분홍빛 구름이 두어점 떠 있었다. 그 풍경은 내게 이유없이 익숙했는데, 그래서인지 몇 주 동안 뇌리에서 떠나지 않았다. 그리고 결국 나는 그 풍경이 내가 초등학교에 입학하기 며칠 전 몬타폰(오스트리아 서부의 계곡)으로 소풍을 갔다가 저녁 무렵 집으로 돌아올 때 극도로 지친 상태에서 버스 창문을 통해 바라보았던 발릴라산의 모습과 세부까지 일치한다는 사실을 깨달았다. 꿈에서 본 것이 이상하게도 현실보다 더 생생하게 느껴진다면, 이는 아마도 파묻힌 기억 때문일 것이다. 하지만 어쩌면 꿈속에서 다른 무언가를, 흐릿하고 뿌연 어떤 것을 통과하면 역설적이게도 모든 것이 훨씬 더 명료하게 나타나는 것인지도 모른다. 작은 물방울이 호수가 되고, 미풍이 폭풍으로, 한줌의 먼지가 황야로, 유황 입자 하나가 분출하는 화산으로 변한다. 우리가 시인과 배우, 기계 기술자, 무대미술가, 관객 등의 역할을 한꺼번에 떠맡는 이런 연극이란 도대체 어떤 것인가? 꿈의 도열을 거쳐가는 데는 우리가 잠들 때 가지고 있던 것보다 더 많은 사유능력이 필요한가, 아니면 그 반대인가?

오래전부터 이런 것들을 이해할 수 없었지만, 그날 저녁 싸우스월드의 건힐에 앉아 있던 나는 정확히 일년 전에 네덜란드의 해변에 서서 영국 쪽을 바라보고 있었다는 사실조차 믿을 수 없었다. 당시 나는 스위스 바덴에서 뒤숭숭한 밤을 보낸 뒤 바젤과 암스테르담을 거쳐 덴하흐로 갔고, 스타티온스베흐(덴하흐 역 앞의 거리)의 미심쩍은 호텔에 묵었다. 그 호텔이 **로드애스퀴스**였는지 **아리스토**였는지, 아니면 **파비올라**였는지는 기억나지 않는다. 어쨌든 아주 검소한 여행객조차 즉시 극심한 열패감에 휩싸이게 만드는 그 업소의 움푹 들어간 접수처에는 오래전 결혼한 사이임이 분명한, 한창때는 지난 두 남자가 앉아 있었고, 그들 사이에는 말하자면 자식을 대신해서 살굿빛의 푸들 한마리가 끼어 있었다. 나는 방에서 휴식을 좀 취한 뒤에 식사라도 할 요량으로 스타티온스베흐로 나서 시내 쪽으로 걸어갔다. **브리스틀 바**, **육셀의 까페**, **비디오부티크**, 아란 투르크의 피자 가게, 유로-섹스-숍, 이슬람교도가 운영하는 정육점, 그리고 황야를 지나가는 대상(隊商)을 그린 네폭짜리 조잡한 프레스꼬화로 진열장 위의 벽을 장식해놓은 양탄자 가게 등이 줄줄이 나타났다. 양탄자 가게가 있는 낡은

건물의 앞면에는 붉은 글씨로 페르시아 궁전(Perzenpaleis)이라
고 적혀 있었고, 건물 위쪽 층들의 창유리는 모조리 하얀 석

회로 덮여 있었다. 그렇게 건물을 올려다보고 있는데, 긴 옷
위에 낡은 양복 상의를 걸친 검은 수염의 남자가 내 팔꿈치
를 스칠 정도로 바짝 붙어 지나가더니 어떤 문으로 들어갔다.
시간으로부터 완전히 분리된, 잊을 수 없는 그 한순간에 나는
조금 열린 그 문을 통해 목재 대(臺) 위에 백켤레는 되어 보이
는 낡은 야외용 신발들이 반듯하게 위아래로, 좌우로 줄지어
있는 것을 보았다. 나중에야 나는 그 건물의 뒷마당 위로 미
나레트(이슬람교 예배당인 모스크의 첨탑)가 선명하게 푸른 네덜란
드의 저녁 하늘 위로 솟아 있는 것을 보게 되었다. 나는 한시

간이 넘도록 이 지역의 치외법권 구역을 돌아다녔다. 골목길의 창문은 대부분 판자로 못을 박아놓았고, 그을음이 묻은 벽돌 벽에는 **열대우림을 구합시다**(Help de regenwouden redden)나 **네덜란드 왕립묘지에 오신 것을 환영합니다**(Welcome to the Royal Dutch Graveyard)와 같은 문구들이 적혀 있었다. 이제는 식당에 들어갈 마음이 별로 없었다. 그 대신 나는 맥도날드로 갔는데, 판매대를 비추는 날카로운 조명 밑에 서니 마치 내가 오래전부터 전세계적으로 수배된 범죄자처럼 느껴졌다. 거기서 감자튀김을 한봉지 사서 호텔로 돌아오는 도중에 천천히 먹었다. 온갖 유흥장과 식당의 입구에는 동양 남자들이 작은 무리를 지어 모여 있었는데, 대부분은 말없이 담배만 피우고 있었지만, 몇몇은 고객과 거래를 하는 중인 듯했다. 내가 스타티온스베흐를 가로지르는 작은 운하에 도달했을 때, 돌연 온갖 조명으로 장식하고 지붕을 뒤로 젖힌, 번쩍거리는 크롬 칠을 한 미국산 리무진이 무(無)에서 출현한 듯이 나타나 내 바로 옆의 도로를 가로질러 미끄러져갔다. 그 안에는 하얀 정장에다 금테 선글라스를 끼고 우스꽝스런 티롤모자를 쓴 포주가 앉아 있었다. 적잖이 놀란 내가 마치 초현실적인 현상처럼 느껴지는 이 광경을 쳐다보고 있을 때, 길모퉁이에서 경악한 기색이 역력한 거무스름한 피부의 한 남자가 나를 향해 돌진해왔는데, 그가 나를 피하느라 급히 방향을 바꾸는 바람에 나도 그를 추격하는 남자의 이동경로로 밀려들어가게 되었다. 추격자는 외모로 보건대 그와 동향임이 분명했다. 살의

와 분노로 눈빛이 번들거리는 추격자는 앞치마를 두르고 번쩍이는 긴 칼을 든 것으로 보아 요리사나 주방 일꾼인 듯했는데, 그의 칼이 나를 아슬아슬하게 스쳐지나갈 때 칼날이 내 갈비뼈 사이를 파고드는 느낌이 들 정도였다. 이 사건의 후유증 때문에 정신이 혼미해진 나는 호텔방으로 들어가 침대에 누웠다. 불쾌하고 견디기 힘든 밤이었고, 너무나 후덥지근하여 창문을 닫아놓을 수가 없었다. 하지만 창문을 열어놓으면 교차로에서 자동차 소음이 올라왔고, 종착역의 레일 위에서 힘겹게 굴러가는 전차들의 끔찍하도록 날카로운 소리가 몇 분 간격으로 들렸다. 그런 밤을 보낸 탓에 다음 날 오전 마우리츠하위스 미술관에서 거의 4제곱미터 크기에 달하는 집단 초상화 「니콜라스 튈프 박사의 해부학 강의」 앞에 섰을 때 나는 상태가 아주 좋지 않았다. 다음 여러해 동안 계속 나를 몰입시킬 이 그림을 보기 위해 일부러 덴하흐까지 왔음에도 불구하고 전날 밤을 설친 나로서는 외과의사 길드의 시선 아래 뻗어 있는 해부대상 앞에서 어떤 생각도 또렷이 할 수가 없었다. 오히려 나는 왜 그랬는지는 모르지만 이 그림의 묘사에 의해 너무 심한 공격을 받았다고 느낀 나머지 거의 한시간이 지난 뒤에야 야코프 판 라위스달(1628?~82, 17세기 후반 네덜란드 풍경화의 정점을 찍은 화가로 낭만주의에 영향을 미쳤다)의 「표백장이 있는 하를럼의 풍경」 앞에서 어느정도나마 진정할 수 있었다. 하를럼으로 이어지는 평원은 높은 곳에서 내려다본 모습인데, 일반적으로 모래언덕 위에서 바라본 것이라고 해석

되지만 공중에서 전체를 조감한다는 인상이 너무 강해 이 모래언덕이 작은 산까지는 아니라고 해도 적어도 제대로 된 구릉 정도는 될 것이라는 확신을 준다. 물론 실제로 라위스달은 언덕 위에 서 있던 것이 아니라 세상 위로 일정 정도 치솟은 허구적인 인공의 지점에서 그림을 그린 것이다. 그런 지점을 설정함으로써만 그는 화폭의 3분의 2를 차지하는 구름이 핀 거대한 하늘, 모든 다른 건물 위로 우뚝 솟은 성 바보(Bavo) 대성당을 제외하면 그냥 지평선의 해진 옷단처럼 보이는 도시, 짙은 덤불과 잡목림, 전면의 넓은 대지, 길게 펼쳐진 하얀 아마포들을 표백 중인 환한 들판, 그 들판 위에서 일하는, 내가 세어본 바로는 일고여덟명가량의 5밀리미터도 채 안되는 인물 전부를 한꺼번에 볼 수 있었다. 미술관에서 나온 나는 햇빛이 비치는 대저택의 계단에 한동안 앉아 있었다. 내가 구입한 안내서에 따르면 이 저택은 요한 마우리츠 총독이 칠년 동안 브라질에 체류하던 시기에 고향에 짓도록 한 것인데, 그는 이 저택을 자신의 좌우명인 "지구 끝까지"에 잘 들어맞는, 지구의 가장 먼 지역의 기적들까지 반영하는 지리학적 저택으로 꾸미도록 지시했다. 1644년 5월, 그러니까 내가 태어난 해로부터 정확히 삼백년 전에 치러진 낙성식 때는 포석이 깔린 새 건물 앞의 광장에서 총독이 브라질에서 데리고 온 원주민 열한명이 춤 공연을 펼쳤고, 모여든 시민들은 그들 공동체의 권력이 이제 얼마나 먼 나라까지 확장되었는지를 실감할 수 있었다고 한다. 이 공연기록 외에는 어떤 다른 기록에도 남아 있지 않은 이 무용수들은 이미 그림자처럼 소리없이 사라진 지 오래였다. 내가 다시 길을 나설 때, 호프비버르 호수 주변을 엉금엉금 기어가는 자동차들에는 아랑곳없이 규칙적으로 날개를 퍼덕이며 반짝거리는 수면 바로 위를 날아가던 왜가리처럼 그들은 고요히 사라져버린 것이다. 과거에 여기가 어땠는지 누가 알겠는가? 자신의 여행기에서 네덜란드를 유럽의 이집트라고 부른 디드로(1713~84, 프랑스의 철학자)는 이 나라에서는 보트를 타고 들판을 가로지를 수 있고, 눈 닿는 곳 어디서도 범람한 평지 위로 우뚝 솟은 것을 거의 볼 수 없다고 했다. 그는 이 멋진 나라에서는 아주 조금이라도 높은 곳에 서면 최고의 숭고를 느낄 수 있다고 썼다. 또한 모든 모범적인 네덜란드 도시에서 발견되는, 가로수로 에워싸인 깨끗하고 똑바른 운하만큼 인간 정신에 만족감을 주는 것은 없다고 했다. 마치 어떤 예술가가 밤새 세밀한 부분까지 짜놓은 계획이 마술로 승화된 것처럼 마을들은 서로 대열을 이루고, 가장 큰 도시의 한가운데서조차 사람들은 시골에 있다는 착각에 빠진다고도 적었다. 디드로는 당시 인구가 약 사만명에 달하던 덴하흐를 지구상의 가장 아름다운 마을이라고 불렀고, 시내에서 스헤베닝언 해변으로 가는 산책로는 다른 어떤 길과도 비교될 수 없다고 했다. 그러나 직접 파르크 거리를 따라 스헤베닝언을 향해 걸어가면서 나는 디드로의 이런 견해에 쉽게 동조할 수 없었다. 여기저기 정원이 있는 멋진 고급 주택들이 있기는 했지만, 그밖에는 숨통을 틔

워주는 것이 거의 없었다. 아마도 낯선 도시에 가면 자주 그렇듯이 그날도 나는 길을 잘못 택했을 것이다. 스헤베닝언에 가면 멀리서부터 바다를 볼 수 있을 것이라고 기대했지만, 사층짜리 주택들의 그림자에 묻혀 계곡 바닥을 걷듯 걸어야 했다. 이윽고 해변에 도착했을 때 나는 너무 피곤한 나머지 모랫바닥에 누워 오후 늦게까지 잠에서 깨어나지 못했다. 쏴쏴하는 파도 소리를 들었고, 비몽사몽간에 네덜란드 말을 모조리 이해했으며, 난생처음으로 집에 도착했다고 생각했다. 깨어난 뒤에도 잠시 동안 내가 이끄는 사람들의 대열이 황야를 가로지르다가 내 주위에서 쉬고 있다는 느낌을 받았다. 쿠르하우스 호텔의 전면이 내 눈에는 마치 대상(隊商)을 위한 거대한 숙박소처럼 솟아 있었고, 세기전환기에 모래 위에 세워진 것으로 짐작되는 호텔 주위로 최근에야 지어진 것이 분명한, 텐트 모양의 지붕을 덮어쓴 채 늘어선 증축 건물들도 나

의 이런 느낌과 잘 어울렸다. 이 건물들에는 신문 매점, 선물가게, 패스트푸드점이 자리잡고 있었다. 그 가게들 중 하나인 마사다-그릴의 카운터 위쪽 메뉴판 사진에는 일반적인 햄버거 세트 대신 좀더 정결한 음식들이 걸려 있었는데, 돌아오기 전에 나는 거기서 차를 한잔 마시다가 알록달록한 손자, 손녀들에 둘러싸여 행복을 발산하는 어떤 노부부를 보고 감탄했다. 텅 빈 식당에서 그들은 가족파티나 휴가파티를 하는 중인 듯했다.

저녁에 암스테르담에 도착한 나는 그전에도 묵은 적이 있는 폰덜 공원 근처 호텔의 오래된 가구와 그림, 거울 등으로 장식된 조용한 살롱에 앉아 이제 거의 끝나가는 여행 중에 들렀던 곳들에 대해 이런저런 기록을 했다. 온갖 조사로 분주하던 바트 키싱엔에서의 날들, 바덴에서 느낀 급작스런 공포, 취리히 호수에서의 보트 타기, 린다우 카지노에서의 몇번의 행운, 알테 피나코테크(뮌헨의 미술관으로 14~18세기 유럽 회화가 주요 소장품이다) 관람, 그리고 뉘른베르크에 있는 내 이름의 수호성인(8세기 무렵에 살았던 기독교 성인 뉘른베르크의 제발두스, 짧게 제발트로도 불린다) 묘지 방문 등을 적었다. 전설에 따르면 나의 수호성인은 다키아(고대 로마제국의 속주로 현재는 루마니아 영토) 혹은 덴마크 출신의 왕자였는데, 빠리에서 프랑스 여왕과 결혼했다고 한다. 그런데 결혼식 날 밤, 그는 지극한 무상(無常)의 감정에 휩싸였다고 한다. 자료에 따르면 그는 아내에게 이렇게 말했다는 것이다. 봐, 오늘은 우리 몸이 이렇게 꾸며져 있지만, 내일이면 벌레들의 먹잇감이 되고 말지. 여명이 밝아오기 전에 벌써 도망길에 오른 그는 남쪽 이딸리아로 순례를 떠나 거기서 은둔자의 삶을 살다가 이윽고 자신 안에 기적을 행할 수 있는 힘이 생겼음을 느꼈다. 그의 도움이 없었더라면 확실하게 굶어죽었을 영국의 왕자 위니볼드와 우니볼드를 천상의 사자(使者)가 가져다준, 재로 빚은 빵으로 구해내고, 비첸짜에서 고명한 설교를 한 뒤에 알프스를 넘어 독일로 왔다. 레겐스부르크 근처에서 그는 외투를 타고 도나우강을 건넜고, 그 도시에서 깨진 유리를 원상복구했으며, 나무가 부족해 애를 태우는 달구지 목수의 화덕에 고드름으로 불을 피웠다. 얼어 있는 생명물질을 태웠다는 이 이야기는 내게 줄곧 커다란 의미를 지니고 있었고, 내면의 결빙과 황폐화란 결국 일종의 사기에 가까운 쇼를 통해 자신의 가련한 심장이 여전히 불타고 있다고 세상이 믿게 하기 위한 전제조건이 아니었던가 하고 나는 자주 자문하곤 했다. 어쨌든 나의 수호성인은 나중에 레그니츠강과 페그니츠강 사이의 라이히스발트(뉘른베르크 근처의 숲지대)에서 은둔생활을 하면서 수많은 기적을 행하고 병자들을 치유한 끝에 자신이 죽기 전에 남긴 뜻대로 두마리의 충직한 황소가 끄는 수레에 실려 지금도 그의 무덤이 있는 그곳으로 옮겨졌다. 수백년이 지난 1507년 5월, 뉘른베르크의 명문 시민들은 놋쇠 장인 페터 피셔에게 성스러운 천상의 군주 잔트 제볼텐을 위한 놋쇠 관을 제작하게 하자고 결의했다. 십이년 동안의 작업이 끝난 1519년 6월, 수톤

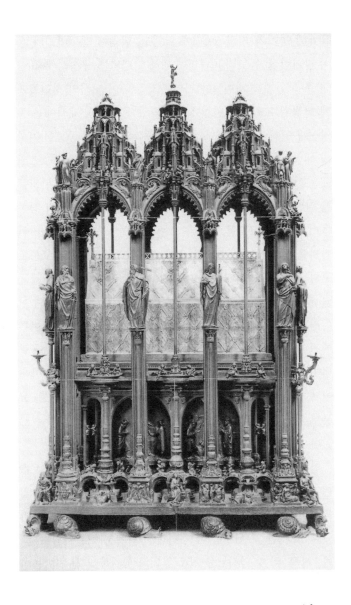

무게에 높이가 거의 5미터에 달하고, 달팽이 열두마리와 등이 활처럼 휜 돌고래 네마리에 의해 지탱되는, 구속사(救贖史)적 우주 전체를 재현하는 기념관(紀念棺)이 도시의 성인들에게 헌정된 교회의 제단실에 설치되었다. 묘비의 대좌에는 목양신과 인어, 상상할 수 있는 온갖 종류의 존재와 동물이 여성의 네 덕목인 현명, 절제, 정의, 용기 주위에 모여 있다. 그 위에는 사냥꾼 니므롯, 몽둥이를 든 헤라클레스, 당나귀 머리를 든 삼손, 두마리 백조 사이의 아폴로 신 등 전설 세계의 형상들이 보이고, 고드름 기적과 굶주린 자들을 먹이는 장면, 이단자를 개종시키는 장면 등의 묘사도 있다. 그 위로 고문도구와 표적을 든 사도들이 이어지고, 맨 위에는 무수한 집들과 세개의 꼭대기로 된 천상의 도시 예루살렘과 고대하며 기다리던 신부(新婦), 사람들 사이의 신의 오두막, 새롭게 이루어진 다른 삶의 형상이 있다. 여든명의 천사가 에워싼, 단 한 덩어리의 주물로 만들어진 틀 내부에는 은제 금속판 함 안에 이 모범적인 사자(死者), 우리의 눈물이 닦이고 괴로움도, 고통도, 비명도 사라질 시대를 예고했던 선구자의 유골이 쉬고 있다.

암스테르담에 밤이 찾아왔다. 나는 폰델 공원 근처의 그 호텔 맨 위층에 얻은 방의 어둠속에 앉아 나무 우듬지들을 휩쓸고 지나가는 돌풍 소리를 들었다. 멀리서 천둥이 우르릉거렸다. 흐릿한 막전(幕電)이 지평선 주위에서 어른거렸다. 새벽 1시쯤, 내 방 망사르드 창문 앞의 함석지붕에 첫 빗방울이 떨어지는 소리가 들릴 때, 나는 난간에 몸을 기대고 빗방울로 충만한 따뜻한 공기 속으로 몸을 내밀었다. 추녀의 홈통에서 흐르는 빗물 소리가 마치 산중의 개울물 소리 같았다. 다시 번개가 하늘을 찌를 때, 나는 멀찍이 아래쪽 호텔 정원을 내려다보다 정원과 공원의 경계를 이루는 널찍한 도랑 안, 수양버들 가지들이 늘어져 있어 비를 피할 수 있는 곳에 오리 한 쌍이 풀빛 버드나무 잎으로 빈틈없이 뒤덮인 수면 위에서 꼼짝 않고 있는 것을 보았다. 이 장면은 일초의 몇분의 일도 되지 않는 순간 완벽하리만치 또렷하게 어둠속에서 떠올라, 지금도 버드나무 잎 하나하나, 깃털의 가장 섬세한 음영들, 심지어 새들의 눈 위로 내려와 있던 눈꺼풀의 미세한 구멍까지도 선명하게 보이는 듯하다.

다음 날 아침 스히폴 공항은 너무나 멋지고 부드러운 분위기로 충만하여 벌써 이승을 한걸음 벗어난 어딘가에 도착한 듯한 기분이었다. 승객들은 마치 진정제를 먹은 듯, 혹은 길게 연장된 시간 속에서 움직이는 듯 천천히 홀 안을 거닐고, 에스컬레이터를 타고 다양한 목적지를 향해 위로 혹은 아래로 부유했다. 암스테르담에서 출발한 기차 안에서 나는 레비스트로스의 『슬픈 열대』를 뒤적거리다가 쌍빠울루의 거리인 깜뿌스엘리세우스에 대한 묘사를 읽게 되었는데, 레비스트로스는 브라질 시절을 회상하면서 그 거리에는 지난날 부자들이 스위스의 환상양식과 비슷하게 지어놓은, 색채가 화려한 목조 빌라와 판자로 엮은 성들이 유칼리나무와 망고나무가 무성하게 자란 정원에 둘러싸인 채 서서히 허물어져가고 있다고 적어놓았다. 그날 아침, 낮은 웅성거림이 흐르는 공항이 마치 어떤 여행자도 되돌아오지 않는 미지의 땅의 앞마당처럼 느껴진 것은 아마도 그 책 때문이었을 것이다. 이따금 분명 육체가 없을 듯한, 마치 천사처럼 메시지를 읽어주는 여성 안내방송자의 목소리가 누군가를 찾았다. 코펜하겐으로 가는 승객 잔트베르크 씨와 슈트롬베르크 씨, 라고스로 가는 프리먼 씨, 로드리고 부인, 와주십시오(Passagiers Sandberg en Stromberg naar Copenhagen. Mr. Freeman to Lagos. La señora Rodrigo, por favor). 조만간 여기 모인 모든 사람의 이름이 불릴 것이다. 나는 이 중간정거장에서 밤을 지낸 몇몇 사람이 여전히 정신없이 널브러지거나 웅크린 채 잠들어 있는 소파 벤치 중 하나를 골라 앉았다. 내게서 멀지 않은 자리에는 눈처럼 하얗고 헐렁한 옷을 입은 아프리카 사람 여럿이 함께 앉아 있었고, 내 바로 맞은편에는 눈에 띄게 외모를 잘 가꾸고 금줄이 달린 회중시계를 조끼 주머니에 찬 신사가 신문을 읽고 있었는데, 그 신문 1면의 대부분은 환상산호도 위로 버섯 모양의 핵구름처럼 뭉게뭉게 솟아오르는 거대한 연기 덩어리를 찍어놓은 사진이 차지하고 있었다. 기사 제목은 피나투보 화산 위의 재구름(De aswolk boven de vulkaan Pinatubo)이었다. 바깥의 콘크리트 바닥에서는 여름의 열기가 가물거리며 빛을 뿜었고, 작은 차들이 쉬지 않고 이리저리 돌아다녔으며, 활주로에는 수백명의 사람을 태운 육중한 기계들이 경이롭게도 차례차례 창공으로 날아올랐다. 이 장관을 쳐다보다가 나는 한동안 잠이 든 것이 분명했다. 갑자기 아주 멀리서 내 이름을 부르는 소리가 들리더니 즉시 게이트 C4에서 **탑승해주십시오**(immediate boarding at Gate C4 please)라는 경고가 뒤따랐기 때문이다.

암스테르담과 노리치 사이를 오가는 작은 프로펠러 비행기는 처음에는 태양을 향해 솟아오르더니 서쪽으로 방향을 틀었다. 우리 아래에는 유럽에서 가장 인구밀도가 높은 지역 가운데 하나가 펼쳐져 있었다. 끝없이 이어진 연립주택, 거대한 위성도시, 비즈니스 파크, 구석구석 철저히 활용되는 땅 위에서 거대한 사각 부빙처럼 표류하는 번쩍거리는 유리 건물들이 보였다. 수백년에 걸친 통치와 개간, 건설 활동은 지역 전체를 기하학적인 무늬로 변모시켜놓았다. 도로와 수로, 철도의 노반은 목초지와 구획된 숲, 인공저수조와 저수지 사이로 직선 혹은 완만한 곡선을 그리며 나아갔다. 자동차들은 무한을 계산하기 위해 발명된 고대의 주판 위를 움직이듯 좁은 차선을 따라 달렸고, 상류로 혹은 하류로 나아가는 배들은 영원히 한자리에 머물러 있는 듯했다. 무리지은 나무에 둘러싸인 개활지가 과거의 유물로서 균형있게 짜인 직물 사이에 삽입되어 있었다. 나는 우리 비행기의 그림자가 저 아래에서 덤불과 울타리, 포플러나무와 운하 위를 급하게 지나치는 모양을 쳐다보았다. 추수가 끝난 들판 위로 트랙터 한대가 직선측정 줄에 매달린 듯 곧게 기어가면서 들판을 짙은 색과 밝은색으로 갈라놓았다. 하지만 어디에서도 사람은 찾아볼 수 없었다. 뉴펀들랜드 위든, 저녁 무렵이면 보스턴에서 필라델피아까지 이어지는 혼잡한 빛 위든, 진주층처럼 은은한 빛을 발하는 아라비아의 황야든, 아니면 루르 지방이나 프랑크푸르트 지역이든, 어느 곳이나 항상 사람은 전혀 없고 오로지 사람이 만들어놓고 그 안에 숨어버린 것들만 남아 있는 것처럼 보인다. 주택과 주택 사이를 연결하는 길들, 주택과 공장에서 솟아오르는 연기들은 볼 수 있지만, 직접 사람을 확인할 수는 없다. 그런데도 사람은 지구 표면의 어디에나 존재하며, 매시간 자신의 영역을 확장하고, 높게 치솟은 탑으로 이루어진 벌집 사이를 움직이며, 모든 개인의 상상력을 훨씬 뛰어넘는 복잡한 네트워크에 점점 더 얽혀 들어가고 있다. 수천의 케이블과 권양기로 얽혀 있던 과거 남아프리카의 다이아

몬드 광산에서도, 쉴 새 없이 지구 위를 몰려다니는 정보의
흐름에 휩싸인 증권거래소와 중개업소 사무실에서도 그러하
다. 비행기가 해변을 지나 녹색 젤리처럼 펼쳐진 바다로 접어
들 무렵, 나는 이런 고도에서 우리 자신을 내려다보면 우리가
우리의 목적과 결말에 대해 얼마나 아는 것이 없는지가 끔찍
하리만큼 분명해진다는 생각을 했다.

  그날 저녁 싸우스월드의 건힐에 혼자 앉아 일년 전 네덜
란드에 머물던 시절을 회상할 때 내게 떠오른 것은 아마도
이런 것들이었을 것이다. 더불어 말해야 할 것이 있다. 싸
우스월드의 산책로 위쪽 작은 집 안에는 **선원 열람실**(Sailors'
Reading Room)이라고 불리는 공공시설이 있는데, 선원들이
거의 사라지고 난 뒤에는 바다 및 해양생활과 관련된 온갖
것을 수집하고 보관하는 일종의 해양박물관으로 사용되고
있다. 벽에는 기압계와 항법도구들, 유리상자와 병 안에 든
선수상(船首像)과 모형선박이 걸려 있다. 탁자 위에는 항만관
리소의 낡은 기록부, 항해일지, 항해 관련 잡지와 책이 놓여
있는데, 이런 잡지와 책에서는 구름이 낮게 깔리면 연통이 구
름 속으로 사라지곤 하는, 강철과 철로 만들어졌으며 길이가
300미터가 넘어 워싱턴 국회의사당 전체를 태울 수 있을 만
큼 거대한 전설의 원양 쾌속범선과 대양 기선 들, 예컨대 꼰
떼 디 싸보이아와 모리테니아의 화보를 찾아볼 수 있다. 싸우스
월드의 열람실은 매일(성탄절이 유일한 예외다) 아침 7시에
개관해 자정 무렵까지 줄곧 열려 있다. 방문객은 기껏해야 휴

가철에 몇 명 정도이고, 그나마 그들도 휴가철 방문객 특유의 몰이해를 드러내며 휙 둘러보고는 금세 다시 나가버린다. 그래서 열람실은 말없이 팔걸이의자에 앉아 시간을 보내는 한두 명의 잔존한 어부와 선원을 제외하고는 거의 항상 비어 있다. 때때로 저녁에 그들은 뒤쪽 방에서 포켓볼을 치기도 한다. 그럴 때면 나지막이 스며드는 바다의 파도 소리와 더불어 공들이 부딪히는 소리가 들리고, 가끔 아주 조용할 때면 그들이 큐 끝에 석횟가루를 묻히고 입으로 부는 소리까지 들린다. 싸우스월드에 가면 나는 어떤 다른 곳보다 이 열람실에 머무르기를 좋아한다. 여기만큼 책을 읽고, 편지를 쓰고, 생각에 잠기고, 긴 겨울 동안에는 창밖으로 눈을 돌려 거칠게 산책로로 파고드는 바다를 물끄러미 바라보기에 적당한 곳도 없다. 그래서 이번에도 나는 습관에 따라 싸우스월드에 도착하여 맞은 첫 아침에 그 전날 체험한 것들에 대해 메모를 좀 하려고 곧장 열람실로 갔다. 우선 나는 그전에도 더러 그랬듯이 1914년 가을에 부두에 정박했던 순시선 싸우스월드의 항해일지를 설렁설렁 뒤적거렸다. 각각 다른 날짜가 기입된 커다란 사각의 페이지에는 **복엽기 모리스파르망이 내륙을 향함**(Maurice Farman Bi-Plane n'ward inland) 혹은 하얀 깃발을 날리는 하얀 증기요트가 수평선에서 S를 향해 나아감(White steam-yacht flying white ensign cruising on horizon to S)과 같은 기록들이 넓은 백색 면에 둘러싸인 채 적혀 있었다. 나는 이 기록들을 해독할 때마다 공중이나 물속에서 이미 사라진 지 오래인 흔적들이 여전히 종이 위에 남아 있다는 사실에 경이를 느낀다. 그 날 아침, 글의 신비로운 지속성에 대해 생각하면서 대리석 무늬가 찍힌 항해일지의 표지를 덮는데, 탁자에서 조금 떨어진 곳에 있는 두껍고 너덜너덜한 이절판 대형서적이 눈에 띄었다. 그전에 열람실을 방문했을 때는 보지 못한 책이었다. 확인해본 결과, 그 책은 1933년에 『데일리 익스프레스』의 편집부가 편집하여 출판한 제1차세계대전의 화보집이었다. 출판 의도는 지나간 재앙을 상기하는 것일 수도, 바야흐로 다가오고 있는 위험을 경고하는 것일 수도 있었다. 그 두꺼운 편서에는 오스트리아-이딸리아 국경지역 알프스 전선의 발 인페르노 고개에서 플랑드르의 들판까지 모든 전장(戰場)이 기록되어 있었고, 쏨강 하구에서의 한 조종사의 추락에서부터 갈리시아 늪지대에서의 대학살에 이르기까지 온갖 형태의 폭력적인 죽음이 제시되어 있었다. 완전히 폐허가 된 프랑스 도시, 참호들 사이의 무인지대에서 썩어가는 시신, 포탄들이 베어놓은 숲, 검은 석유구름 속에서 침몰하는 전함, 군인의 행렬, 끝없는 피난민 대열, 파열된 체펠린비행선(제1차세계대전 때 사용된 독일군의 유력한 병기), 프셰미실(폴란드 남부의 도시)과 쌩깡땡(프랑스 북부의 도시), 몽포꽁(프랑스 남동부의 도시)과 갈리폴리(터키의 서쪽 끝 반도)의 사진들, 파괴와 신체 훼손과 능욕과 기아, 화재와 혹한의 사진들도 수록되어 있었다. 사진의 제목들은 거의 예외없이 날카로운 풍자를 드러내고 있었다. **도시들이 전쟁을 위해 거리를 꾸밀 때!**(When Cities Deck Their Streets for

War!) 이것은 숲이었다!(This was a Forest!) 이것은 남자였다!(This was a Man!) 외국의 들판에 영원히 영국으로 남을 귀퉁이가 있다!(There is a Corner in a Foreign Field that is Forever England!) 당시 영국에서 라호르(파키스탄 동북부의 도시)나 옴두르만(수단 중동부의 도시)보다 더 먼 곳처럼 느껴진 발칸반도의 혼돈을 그려내는 데는 특별히 한장(章)이 온전히 바쳐졌다. 쎄르비아, 보스니아, 알바니아의 사진들이 페이지마다 이어지는 그 장에서는 여름의 뙤약볕 아래 먼지가 일어나는 국도를 따라가며 황소가 끄는 달구지를 당기거나 기진맥진한 나머지 죽기 일보 직전인 작은 말과 함께 눈보라 속을 헤치며 이른바 전쟁이라고 부르는 사건에서 도망치려고 시도하는 낙오된 주민 혹은 개인 들을 볼 수 있었다. 당연한 일이지만, 이 불행의 연대기가 맨 앞에 내세운 것은 세계적으로 유명해진 사라예

보의 스냅사진이었다. 사진 위에는 **프린치프가 도화선에 불을
붙이다!**(Princip Lights the Fuse!)라는 문구가 박혀 있었다. 화창
한 여름날이던 1914년 6월 28일 10시 45분, 라틴 다리 위에서
였다. 두어명의 보스니아인, 몇명의 오스트리아 군인, 그리고
지금 막 체포되는 암살자가 보인다. 맞은편 페이지에는 피로
얼룩지고 구멍이 숭숭 뚫린 황태자 프란츠 페르디난트의 제
복이 실려 있다. 이 제복은 죽은 황위계승자에게서 벗겨져 따

로 마련한 용기에 담긴 뒤 기차로 제국의 수도로 수송된 후
에 언론을 위해 촬영된 것이 분명한데, 지금은 군사박물관 내
검은 틀로 짜인 유물함 안에 높다란 책상과 바지와 함께 전
시되어 있다. 그라호보 계곡에서 농민의 아들로 태어나 그 직
전까지 베오그라드의 김나지움에 다녔던 가브릴로 프린치프
는 페르디난트를 암살할 당시 겨우 열아홉살이었는데, 판결

이 선고된 뒤 테레지엔슈타트의 포곽에 갇혀 있다가 1918년 4월, 소년 시절부터 서서히 그의 몸을 갉아먹은 골결핵으로 죽음을 맞았다. 1993년에 쎄르비아인들은 그의 75회 기일을 기념했다.

오후에 나는 차 마시는 시간이 될 때까지 크라운 호텔의 바 레스토랑에 혼자 앉아 있었다. 부엌에서 접시 달그락거리는 소리가 그친 지도 오래되었고, 떠오르고 저무는 태양과 저녁에 나타나는 달로 장식된 대형 괘종시계 속의 톱니바퀴는 연신 맞물려 돌아갔으며, 추는 규칙적으로 흔들렸고, 큰 바늘은 한걸음 한걸음 순환로를 걸어갔다. 나는 한참 동안 영원한 평화 속에 머무는 기분이었는데, 심드렁하게 『인디펜던트』주말판을 뒤적거리다가 아침에 열람실에서 본 발칸의 사진과 직접적으로 관련이 있는 긴 기사를 읽게 되었다. 오십년 전 보스니아에서 크로아티아 사람들이 독일 및 오스트리아와의 합의하에 진행한 이른바 인종청소 행위를 다룬 그 기사는 크로아티아 우스타샤(반유고슬라비아 분리주의를 추구하던 크로아티아 혁명운동)의 의용군들이 기념으로 찍어놓은 사진에 대한 묘사로 시작되었는데, 몇몇은 영웅처럼 포즈를 취한, 기분이 최고조에 달한 전우들이 브란코 융이치라는 이름의 쎄르비아 사람의 목을 톱으로 자르는 장면이었다. 장난 삼아 찍어놓은 두번째 사진은 마지막 비명을 지르느라 반쯤 열려 있던 입에 담배를 물려놓은, 이미 몸에서 분리된 머리를 보여준다. 이 일이 자행된 장소는 사바강 근처의 야세노바츠 수용

소였는데, 거기서만 칠십만명의 남자와 여자, 아이가 나치 대
독일제국의 전문가들조차 친교모임에서 가끔 소름이 끼친다
고 언급할 정도로 잔인한 방법으로 살해되었다. 톱과 군도(軍
刀), 도끼와 망치, 목을 자르는 데 사용할 목적으로 졸링엔에
서 특별히 제작한, 고정된 칼과 함께 팔 아래에 묶도록 고안
된 가죽 소맷동, 그리고 이른바 이종(異種)민족인 쎄르비아
인, 유대인, 보스니아인을 한데 몰아놓고 까마귀나 까치처럼
한줄 한줄 교수형에 처한 일종의 원시적인 횡렬 교수대가 그
들이 주로 사용한 처형도구들이었다. 야세노바츠에서 멀지

않은, 대략 주변 15킬로미터 안의 지역에 프리예도르, 스타라
그라디슈카, 바냐루카 등의 수용소가 있었고, 거기에서도 크
로아티아 의용군은 독일군의 지지를 등에 업고 가톨릭교회
의 정신으로 무장한 채 비슷한 방법으로 일련의 일상적인 작
업을 수행했다. 수년에 걸쳐 지속된 이 대학살의 역사는 1945

년 독일과 크로아티아가 남겨놓은 오만건의 문서에 기록되어 있는데, 1992년에 작성된 기사의 필자들에 따르면 이 문서들은 오늘날까지 바냐루카의 보산스케크라지네 문서보관소에 보관되어 있다. 이 문서보관소는 1942년 집단군 E의 정보본부 지휘소가 있던 k. & k. 병영에 속해 있었다. 당시 그곳에서는 우스타샤 수용소에서 무슨 일이 일어나고 있는지 어느 정도 알고 있었음이 분명하고, 예컨대 티토 게릴라(유고슬라비아의 정치가 티토가 이끈 반나치 무장투쟁 조직)를 소탕하기 위한 코자라 전선활동 중에 육만명에서 구만명의 사람이 이른바 작전으로 인해 혹은 처형과 추방으로 목숨을 잃는 과정에서 끔찍한 일이 발생했다는 사실도 알고 있었을 것이다. 코자라의 여성 주민들은 독일로 수송되어 제국 전역에 퍼져 있던 강제노동소에서 대부분 비참한 죽음을 맞았다. 의용군은 조국에 남게 된 아이들 이만삼천명의 절반을 현장에서 살해했고, 나머지 절반은 크로아티아의 여러 집결소로 강제 이송했는데, 이들 가운데서도 적지 않은 숫자가 가축용 화물차량이 크로아티아의 수도에 도착하기도 전에 티푸스와 탈진, 두려움으로 숨졌다. 목숨이 붙어 있던 아이들 중 많은 아이는 배가 고픈 나머지 목에 걸고 있던, 개인정보가 적힌 마분지 판을 씹어 먹었으니, 결국 극도의 절망 속에서 그렇게 자신의 이름을 지워버렸던 것이다. 나중에 그들은 크로아티아의 가정에서 가톨릭 교육을 받았고, 고해성사를 했으며, 첫영성체에 참가했다. 모든 다른 아이와 마찬가지로 그들도 학교에서 사회주의의 기초학습을 받고 직업을 선택하여 철도노동자, 판매원, 공구공 혹은 부기계원이 되었다. 하지만 그들의 마음속에서 어떤 기억의 그림자들이 여전히 계속 배회하고 있었는지는 아무도 모른다. 또한 여기서 한가지 지적해야 할 것은 당시에 집단군 E의 정보장교로 근무했던 빈 출신의 젊은 법률가(쿠르트 발트하임을 말한다. 1972~81년 유엔 사무총장을 지내고 1986~92년 오스트리아 대통령을 역임했다)가 있었다는 사실인데, 그의 주된 임무는 인도주의적 견지에서 시급히 실시해야 할 이주작업과 관련된 제안서를 작성하는 것이었다. 그는 이 문서작업의 공로를 인정받아 크로아티아의 국가원수 안테 파벨리치로부터 떡갈나무 잎으로 장식된 즈보니미르 왕실의 은메달을 받았다. 경력이 시작될 때부터 이미 전도양양했고, 뛰어나게 능숙한 행정기술을 발휘했던 이 장교는 전쟁 뒤에 여러 고위직을 역임했고, 심지어 국제연합의 사무총장직에까지 올랐다. 그는 이 직책의 이름으로 우주에 있을지도 모르는 외계인들을 위한 인사말을 녹음했다고 하는데, 이 인사말은 지금 인류의 다른 기념물과 함께 우주탐사선 보이저 2호에 실려 태양계 바깥지역을 향하고 있다.

5장

싸우스월드에 도착한 이튿날 저녁, BBC는 마지막 뉴스가 끝난 뒤에 당시까지 내가 알지 못했던, 1916년 런던의 감옥에서 반역죄로 처형당한 로저 케이스먼트를 다룬 다큐멘터리를 방송했다. 희귀한 역사적 영상기록도 일부 포함한 그 방송화면은 즉시 나를 사로잡았지만, 텔레비전 앞으로 옮겨놓은 녹색 벨벳 안락의자에 앉아 있던 나는 오래지 않아 깊은 잠에 빠져들고 말았다. 서서히 사라져가는 의식 속에서도 내레

이터가 들려주는 케이스먼트의 이야기를, 마치 나에게 들려주려고 따로 준비된 것처럼 느껴지던 그 이야기의 한마디 한마디를 더할 수 없이 또렷하게 듣고 있었지만 이해는 할 수 없었다. 떠들어라, 물레방아여, 떠들어라, 너는 오로지 나만을 위해 떠들고 있다, 마지막에는 이런 생각이 끝없이 머리를 맴돌았다. 몇시간 뒤, 먼동이 틀 무렵 무거운 꿈에서 깨어나 소리없는 상자에서 화상조정용 영상이 떨리는 것을 보았을 때, 기억에 남은 것은 소설가 조지프 콘래드가 케이스먼트를 콩고에서 만났으며, 열대기후 탓에 그리고 그들 자신의 욕심과 탐욕 탓에 타락해가는 유럽인들 가운데 오직 그만을 올곧은 사람으로 여겼다는 것이 프로그램의 첫 부분에 언급되었다는 것뿐이었다. 신기하게도 한마디도 빠짐없이 내 머리에 각인된 콩고 일기의 인용문에서 콘래드는 이렇게 적고 있었다. 한번은 케이스먼트가 막대기 하나로만 무장한 채 루안다(앙골라의 수도) 소년 하나와 자신이 키우던 영국 불도그들인 비디와 패디만 데리고 콩고의 모든 영업소를 에워싼 거대한 야생의 세계로 출발하는 것을 보았다. 그리고 몇달 뒤, 꾸러미를 든 소년과 개들과 함께 그가 그 막대기를 흔들면서 황야에서 되돌아오는 것을 보았는데, 약간 살이 빠진 것을 제외하고는 너무나 멀쩡하여 마치 하이드파크로 오후 산책을 갔다가 돌아오는 길인 것처럼 보였다. 아마도 내레이터는 콘래드와 케이스먼트의 이후 삶에 대해 더 자세히 보고했겠지만, 나로서는 이 몇줄의 기록과 두 남자의 몇몇 희미한 영상

외에는 아무것도 더 기억할 수 없었으므로 그뒤로 나는 싸우스월드에서 (내가 보기에는 무책임하게도) 잠에 빠져 놓쳐버린 이 이야기를 사료를 통해 재구성해보려고 시도하게 되었다.

1862년 끝여름 무렵 마담 에벨리나 코르제니오프스카는 당시 다섯살이 채 되지 않은 아들 테오도르 유제프 콘라드(콘래드의 폴란드어 표기)를 데리고 포돌리아(지금의 우끄라이나 서부 지역으로 당시는 러시아령 폴란드였다)의 작은 도시 지또미르를 떠나 바르샤바로 갔다. 문학활동과 정치적 음모활동을 통해 무수한 사람이 염원하던, 러시아 폭정에 대항하는 봉기를 준비하는 일을 도울 생각으로 이미 그해 초에 별 벌이가 되지 않던 토지관리인 자리를 떨쳐버리고 떠난 남편 아폴로 코르제니오프스키와 합류하기 위해서였다. 9월 중순에는 불법 조직인 폴란드 국민위원회의 첫 회의가 바르샤바에 있던 코르제니오프스키의 집에서 개최되었고, 그뒤 몇주 동안 어린 콘래드는 분명 수많은 비밀스러운 인물들이 부모님의 집을 들락날락하는 것을 보았을 것이다. 흰색과 붉은색으로 치장된 응접실에서 심각한 표정의 남자들이 목소리를 낮추어 대화하는 것을 보면서 콘래드는 이 역사적인 순간의 의미를 적어도 어렴풋이나마 짐작할 수 있었을 것이다. 이때 그는 이미 이 음모활동의 목적에 대해 들었을 수도 있고, 어머니가—금지된—검은 옷을 입는 이유가 타국의 지배하에 고통받는 민중을 향한 슬픔을 표시하기 위한 것이라는 사실을 알고 있었을 수도 있다. 설령 그렇지 않다 해도 10월 말에 아버지가 체포되어 요새 안의 보루에 감금되었을 때는 사람들이 그에게 비밀을 알려주어야 했을 것이다. 약식 군사재판을 거쳐 아버지에게 내려진 선고는 니즈니노브고로드(러시아 북서부의 도시) 뒤편의 황무지 어딘가에 위치한 황량한 땅 볼로그다로의 추방령이었다. 아폴로 코르제니오프스키는 1863년 여름, 사촌에게 보낸 편지에 이렇게 썼다. 볼로그다는 오로지 늪 구덩이일 뿐이며, 거리와 길은 쓰러뜨린 나무줄기로 만들어져 있다. 집들, 심지어 판자로 엮어 알록달록하게 색칠해놓은 지방귀족의 저택까지도 진창 한가운데 말뚝을 박고 세워놓은 것들이다. 주위의 모든 사물이 가라앉고 썩고 문드러져가고 있다. 계절이라고 해봐야 하얀 겨울과 초록 겨울, 이렇게 딱 두가지뿐이다. 구개월 동안 살을 에는 바람이 북극해에서 내려온다. 온도계는 상상하기 어려울 만큼 바닥으로 치닫는다. 끝없는 암흑이 사방을 뒤덮는다. 초록 겨울에는 비가 그치지 않는다. 진흙이 문틈을 파고 집 안까지 쳐들어온다. 시체와 같은 경직이 끔찍한 쇠약으로 넘어간다. 하얀 겨울에는 모든 것이 죽고, 초록 겨울에는 모든 것이 죽어가는 중이다.

이런 환경을 만나자 몇년 전부터 에벨리나 코르제니오프스카를 괴롭히던 결핵이 거침없이 활동하기 시작한다. 이제 그녀에게 남은 여생도 거의 손에 꼽을 정도로 줄어든다. 건강을 회복하라고 짜르의 관청이 우끄라이나에 있는 오빠의 농장에 가서 비교적 장시간 머무는 것을 허용해주었지만, 이는 결국 그녀에게 고통을 더해줄 뿐이다. 온갖 진정과 청원을 넣어보았지만, 그리고 그녀는 이미 산 사람이라기보다는 죽은 사람에 더 가까운 상태였지만, 허가받은 기간이 끝나자 콘래드와 함께 다시 유형지로 되돌아가야 한다. 마침내 떠나야 하는 날, 에벨리나 코르제니오프스카는 한무리의 친척과 하인, 배웅하러 나온 이웃 친구들에 둘러싸인 채 노보파스또프의 저택 옥외 계단에 서 있다. 제복을 입은 사람과 아이들을 제외하고는 모두들 예외없이 검은 천이나 검은 비단으로 만든 옷을 입고 있다. 아무도 말을 하지 않는다. 반쯤 눈이 먼 할머니는 슬픈 광경 너머의 텅 빈 땅만 바라본다. 회양목이 늘어선 원형정원을 감싸며 휘어진 모랫길 위에 기이하게 앞뒤로 늘여놓은 듯한 마차가 서 있다. 끌채는 앞쪽으로 너무 튀어나와 있고, 마부석은 온갖 종류의 여행 궤짝과 행장으로 과적된 마차의 뒷면에서 지나치게 멀리 떨어져 있는 듯하다. 마차 덮개는 마치 영원히 서로 갈라져버린 세계 사이에 놓인 듯 바퀴들 사이에 낮게 걸려 있다. 마차 문은 열려 있고, 그 안쪽, 여기저기 갈라진 가죽의자 위에는 소년 콘래드가 벌써부터 앉아서 후일 그가 책에서 묘사하게 될 장면을 어둠속에서 쳐다보고 있다. 엄마는 처연한 눈빛으로 다시 한번 사람들을 둘러보고 나서 타데우시 삼촌의 팔을 잡고 조심스럽게 계단을 내려온다. 뒤에 남은 사람들은 침착함을 잃지 않는다. 스코틀랜드 치마를 입고 있어서 검은 무리 사이에서 마치 공주처럼 보이는, 콘래드가 좋아하던 사촌조차도 그저 손가락 끝으로 입을 덮는 것으로 두 유형자의 출발에 경악을 표시할 뿐이다. 여름 내내 콘래드의 교육에 온 정성을 쏟아온 못생긴 스위스 아가씨 뒤랑은 평소에 기회만 생기면 눈물을 쏟아대는 사람이었지만, 막상 헤어지는 지금은 손수건을 흔들면서 어린 제자를 향해 씩씩하게 외치고 있다. 얘야, 프랑스어를 잊지 마!(N' oublie pas ton français, mon chéri!) 타데우시 삼촌이 마차 문을 닫고 한걸음 뒤로 물러난다. 마차가 움직이기 시작한다. 순식간에 친구들과 다정한 친척들이 조그만 창에서 모습을 감춘다. 맞은편 창으로 내다보니 저 앞쪽, 원형정원 반대쪽에서 지방경찰서장의 작은 러시아식 삼두마차가 움직이기 시작하고, 경찰서장은 새빨간 띠를 두른, 차양이 있는 납작한 모자를 장갑 낀 손으로 깊숙이 눌러 눈을 가리고 있는 중이다.

노보파스또프를 떠난 뒤 십팔개월이 지난 1865년 4월 초, 서른둘의 에벨리나 코르제니오프스카는 결핵이 그녀의 몸속에 펼쳐놓은 그늘과, 그녀의 영혼을 갉아먹은 향수 때문에 유형지에서 세상을 떠난다. 아버지의 생존 의지도 거의 다 소진되고 만다. 그토록 잦은 불행에 짓눌려 지내야 했던 아들을 교육하는 데 제대로 열의를 보이지도 못한다. 그 자신의 작업에는 거의 손대지 않는다. 기껏해야 빅또르 위고의 『바다의 노동자』 번역원고를 들여다보며 여기저기 몇줄 손보는 게 전부다. 이 지독하게 지루한 책이 그에게는 마치 그 자신의 삶의 거울인 것처럼 보인다. 그는 콘래드에게 이렇게 말한 적이 있다. 그건 고향상실자, 추방당하고 실종된 개인, 운명으로부터 지워진 사람, 고독하고 기피당한 사람 들에 관한 책이야(C'est un livre sur des destinées dépaysées, sur des individus expulsés et perdus, sur les éliminés du sort, un livre sur ceux qui sont seuls et évités). 1867년, 크리스마스 직전에 아폴로 코르제니오프스키는 러시아 유형에서 풀려난다. 그가 이제는 전혀 해로운 일을 할 수 없다는 결론에 도달한 관청은 그에게 휴양 목적으로 마데이라(대서양에 있는 뽀르뚜갈령 제도)로 갈 수 있는 일회용 여권을 발급해준다. 그러나 아폴로의 재정상태도, 이제는 극히 쇠약해진 그의 건강도 그런 여행을 허락해주지 않는다. 오스트리아 분위기가 너무 강하게 느껴졌던 리비우(우끄라이나 서부의 도시)에서 잠시 머물렀다가 결국 그는 크라쿠프(폴란드 남부의 도시)의 포젤스카 거리에 방 몇개를 구해 입주한다. 여기서 그는 세상을 뜬 아내와 자신의 실패한 삶, 그리고 「얀 소비에스키의 눈」이라는 애국적인 극작품을 막 완성한, 불쌍하고 외로운 아들을 생각하며 슬픔에 젖은 채 대부분의 시간을 꼼짝 않고 안락의자에 앉아 보낸다. 그리고 자신이 써놓은 원고를 모조리 벽난로에 넣고 불에 태워버린다. 그렇게 원고를 태우는 중, 이따금 검은 비단조각처럼 보이는, 무게 없는 검댕이 날아올라 한동안 허공을 떠다니다가 이윽고 바닥으로 가라앉거나 어둠속으로 사라진다. 에벨리나와 마찬가지로 그의 죽음도 바깥 날씨가 풀리기 시작하는 봄에 찾아왔지만, 아내와 같은 날에 세상을 뜨는 것은 허용되지 않았다. 5월이 시작되고도 한참 동안 그는 점점 더 쪼그라들면서 침대에 누워 있어야 했다. 이렇게 아버지의 죽음이 임박한 때, 콘래드는 학교가 파하고 오후 늦게 집으로 돌아오면 어김없이 창문 없는 골방에 들어가 초록색 등불이 비추는 작은 책상에서 숙제를 했다. 공책과 두 손에 묻은 잉크 자국들은 그의 심장 속에 숨은 두려움에서 흘러나온 것이었다. 옆방으로 통하는 문이 열리면 아버지의 얕은 숨소리가 들려왔다. 눈처럼 하얀 두건을 쓴 수녀 둘이 병자를 돌봐주었다. 그들은 소리없이 미끄러지듯 오갔고, 이런저런 일들을 했으며, 이제 머지않아 고아가 될 아이가 문자를 이어 쓰고, 숫자를 계산하고, 두꺼운 폴란드와 프랑스의 모험담, 여행기, 소설을 몇시간이고 읽는 모습을 때때로 깊은 근심이 어린 눈으로 쳐다보았다.

애국자 아폴로 코르제니오프스키의 장례식은 대규모의 침묵시위가 되었다. 교통이 통제된 거리를 따라 모자를 쓰지 않은 노동자, 학생, 대학생, 실크해트를 벗어든 시민 들이 엄숙하고 충격에 빠진 표정으로 서 있었고, 건물 위층의 열린 창문마다 검은 옷을 입은 사람들이 모여 있었다. 열두살 소년 콘래드를 상주(喪主)로 삼아 맨 앞에 내세운 장례행렬은 좁은 골목을 벗어나 도심을 거쳐갔고, 성모마리아 교회의 서로 모양이 다른 두 탑을 지나 플로리안 문 쪽으로 나아갔다. 아름다운 오후였다. 푸른 하늘이 궁륭처럼 집들의 지붕 위로 솟아 있고, 높이 뜬 구름은 범선 편대처럼 바람에 몸을 맡긴 채 흘러가고 있었다. 장례식 중에 은실로 수놓은 묵직한 예복을 입은 성직자가 구덩이에 누운 망자를 위해 주문을 웅얼거릴 때, 어쩌면 콘래드는 고개를 들어 난생처음 보는 이 구름 범선들의 장관을 쳐다보다가, 폴란드 지방귀족의 아들에게는 전혀 어울리지 않게도 선장이 되겠다는 생각을 처음 하게 되었는지도 모르겠다. 삼년 뒤에 그는 자신의 후견인에게 처음으로 이 생각을 털어놓았고, 그뒤로는 절대로 이 계획을 포기하려 하지 않았다. 타데우시 삼촌이 그와 개인교사 풀만을 스위스로 보내 몇주 동안 여름여행을 즐기도록 한 뒤에도 그는 요지부동이었다. 풀만은 기회가 닿는 대로 콘래드에게 선장이 되는 것 말고도 얼마나 다른 다양한 삶의 길들이 펼쳐져 있는지 보여주는 임무를 맡았던 것인데, 샤프하우젠 근처의 라인 폭포나 호스펜탈에서도, 성 고트하르트 터널 건설현장을 구경할 때나 푸르카 고갯마루에 올랐을 때도 그에게 온갖 말을 늘어놓았지만 그의 생각은 전혀 바뀌지 않았다. 일년 뒤, 그러니까 1874년 10월 14일에 벌써 — 당시 아직 열일곱도 안된 나이였다 — 그는 크라쿠프 역에서 객차 창밖에 서 있는 할머니 테오필라 보브로프스카와 충실한 삼촌 타데우시와 작별했다. 그의 호주머니에 든 마르세유행 기차표 가격은 137굴덴 75그로셴이었다. 그밖의 짐이라고 해봐야 작은 손가방 하나가 전부였는데, 후일 그가 여전히 해방되지 않은 조국을 다시 방문하기까지는 십육년의 세월이 흘러야 했다.

1875년에 콘래드 코르제니오프스키는 돛대 세개를 단 몽블랑호를 타고 처음으로 대서양을 횡단한다. 7월 말 그는 마르띠니끄섬(카리브해의 서인도제도에 위치한 프랑스령 섬)에 도착하

는데, 배는 여기서 두달 동안 정박한다. 귀향길은 거의 석달
이 걸린다. 겨울 폭풍으로 심하게 훼손된 **몽블랑호**는 크리스
마스에야 비로소 르아브르 항구에 도착한다. 바다생활의 첫
경험이 이렇게 고생스러웠지만 콘래드 코르제니오프스키는
전혀 개의치 않고 서인도제도, **까쁘아이시앵**(아이띠 북부의 항
구도시), **뽀르또쁘랭스**(아이띠의 수도), **쎄인트토머스섬**(미국령 버
진아일랜드에 속하는 섬), 그리고 얼마 뒤에 뻴레 화산 폭발로 파
괴된 **쎙삐에르**(마르띠니끄 북서부 해안의 도시)로 여행한다. 무기

와 증기기관, 화약, 탄약 등이 그렇게 대서양을 건너가고, 유
럽으로 넘어오는 것은 설탕과 열대림에서 벌목한 목재다. 바
다에 있지 않을 때면 코르제니오프스키는 마르세유에서 동
료들뿐만 아니라 상류층 인사들과도 교류한다. 쎙페레올 거

리의 **까페 부돌**에서, 그리고 은행가이자 선박회사 사장인 들레스땅의 위엄있는 부인의 살롱에서 그는 귀족, 보헤미안, 금융업자, 모험가, 스페인 왕당파 등이 모인 기이한 모임들에 끼게 된다. 기사정신의 마지막 흔적이 지극히 파렴치한 음모와 뒤섞이고, 복잡한 공작이 꾸며지고, 밀수조직이 만들어지고, 불투명한 거래가 이루어진다. 코르제니오프스키는 여러 일에 연루되고, 버는 것보다 훨씬 많이 쓰며, 그와 동년배이지만 이미 과부가 된 정체가 모호한 부인의 유혹에 넘어간다. 지금까지 누구도 확실하게 정체를 밝힐 수 없었던 이 부인은 왕당파 사이에서 중요한 역할을 했는데, 그들은 그녀를 리따라고 불렀다. 그녀가 부르봉 왕가의 왕자 돈 까를로스의 애인이었다는 주장도 있는데, 당시 그를 이런저런 방식으로 스페인 왕위에 오르게 하려는 시도들이 있었다. 나중에는 쎌바벨 거리의 빌라에서 살던 리따 부인이 파울라 데 쏘모지라는 여자와 동일인물이라는 소문이 여러 쪽에서 흘러나왔다. 이 이야기에 따르면 1877년 11월, 러시아-튀르크 전쟁의 여러 전선을 시찰하고 돌아온 뒤에 돈 까를로스는 하노버 부인이라는 여자에게 페스트(헝가리 왕국의 옛 수도로 현재 부다페스트의 일부) 출신의 파울라 호르바트라는 젊은 여성 연대기 집필자를 데려와달라고 부탁했다. 그녀가 몹시 아름다워서 그의 눈에 띈 것이 분명했다. 돈 까를로스는 새로이 얻은 동반자와 함께 빈에서 출발하여 우선 그라츠에 있는 형을 방문한 뒤, 여기서 다시 베네찌아와 모데나, 밀라노로 갔는데, 밀라노에서 사람들에게 그녀를 데 쏘모지 남작부인이라고 소개했다. 두 애인이 같은 사람이라는 소문은, 리따가 마르세유에서 사라진 시점이 장남 하이메의 첫영성체가 다가옴에 따라 양심의 가책을 느낀 돈 까를로스에 의해 남작부인이 버려진 시점, 혹은 그녀가 테너 앙헬 데 뜨라바델로와 결혼한 시점과 일치했던 데서 처음 비롯된 것으로 보인다. 그녀는 1917년에 죽을 때까지 런던에서 뜨라바델로와 행복하고 만족스러운 결혼생활을 한 것으로 보인다. 리따와 파울라가 실제로 동일인물이었는지는 의문으로 남겨놓아야 하지만, 청년 코르제니오프스키가 이 여자, 까딸루냐의 고원에서 염소 치는 소녀로 자랐는지 아니면 벌러톤(헝가리 서부의 호수) 호숫가에서 거위를 키우며 자랐는지는 모르겠지만 어쨌든 이 여자의 마음을 얻으려고 노력했다는 점에는 의심의 여지가 없다. 마찬가지로 1877년 2월 말에 코르제니오프스키가 자신의 가슴에 직접 총을 쏘았거나 어떤 연적의 총격으로 가슴에 총상을 입었거나 했을 때, 여러모로 비현실적으로 들리는 이 사랑이야기가 그 정점에 달했다는 사실 또한 확실하다. 다행히도 치명적이지는 않았던 이 부상이 결투로 인한 것인지, 아니면 타데우시 삼촌이 짐작한 대로 자살시도로 인한 것인지는 지금까지도 밝혀지지 않았다. 어쨌든 스스로 스땅달 추종자라고 생각하는 이 젊은이가 상황을 분명하게 하려는 의도로 감행한 이 극적인 몸짓에는 오페라가 큰 영향을 미쳤는데, 당시에는 마르세유뿐만 아니라 유럽의 모든 도시에서 오페라가 사회의 습속과 특히 사랑에 대한 갈망의 표현방식을 결정했다. 코르제니오프스키는 마르세유 극장에서 로시니와 마이어베어의 음악 작품을 접했고, 특히 당시에도 여전히 높은 인기를 끌던 자끄 오펜바흐의 오뻬레따들에 매료되었는데, 누가 **콘래드 코르제니오프스키와 마르세유의 까를로스 추종자들의 음모**라는 제목의 대본을 썼다면 이 또한 오펜바흐 오뻬레따의 좋은 원본이 되었을 것이다. 그러나 실제로 코르제니오프스키의 프랑스 수업시절은 다른 식으로 마감되었으니, 1878년 4월 24일 그는 증기선 **마비스**를 타고 마르세유를 떠나 콘스탄티노플로 갔던 것이다. 러시아-튀르크 전쟁은 끝났지만 코르제니오프스키가 나중에 보고한 바에 따르면 그는 평화조약이 체결되던 천막의 도시 싼스테파노(터키 이스탄불 서쪽 교외에 있던 마을)가 마치 신기루처럼 지나가는 것을 배에 서서 볼 수 있었다고 한다. 로스토프트의 항만 관리소장실에서 찾은 책들의 기록에 의하면, 콘스탄티노플에서 다시 출발하여 아조프해(흑해 북쪽의 내해) 끝에 있는 예이스끄로 간 증기선 SS. 마비스는 거기서 아마기름을 적재한 뒤 1878년 6월 18일 화요일 영국의 동해안에 도착했다.

7월부터 9월 초까지, 그러니까 그가 런던으로 출발하기 전까지 코르제니오프스키는 로스토프트와 뉴캐슬 사이를 오가는 화물선 **스키머오브더씨즈**(Skimmer of the Seas)에서 선원으로 일하면서 여섯번가량 배를 탔다. 그가 마르세유와는 판이하게 다른 항구도시이자 해수욕의 도시 로스토프트에서

6월 하순을 어떻게 보냈는지는 별로 알려진 바가 없다. 아마도 방을 빌리고, 앞으로의 계획에 필요한 정보를 입수하며 보냈을 것이다. 바다 위로 어둠이 몰려오는 저녁이 되면 스물한살의 이 이방인은 온통 영국 사람뿐인 광장에서 외롭게 산책했을 것이다. 예컨대 관악대가 「탄호이저」 서곡을 세레나데로 연주하는 선창에 그가 서 있는 모습이 떠오른다. 바다에서 불어오는 부드러운 미풍을 맞으며 다른 청중 사이를 지나 천천히 집을 향할 때, 그는 지금까지 온통 낯설기만 하던 영어가 갑자기 아주 쉽게 들리고, 그 언어가 그에게 아주 새로운 확신과 목표의식을 불어넣어주는 것을 느끼고는 놀란다. 후일 세계적 명성을 얻게 되는 소설들을 그는 바로 이 언어로 쓰게 될 것이다. 그 자신의 말에 따르면, 코르제니오프스키가 처음 영어로 읽은 글은 『로스토프트 스탠더드』와 『로스토프트 저널』에 실린 기사들이었는데, 그가 도착하던 주에 여기 실린 기사를 보면 이 신문들 특유의 뒤죽박죽인 성질이 드러난다. 위건에서 발생한 광산폭발로 이백명이 사망하다. 루멜리아에서 이슬람교도 봉기가 일어나다. 남아프리카에서 일어난 코사족 폭동이 진압되다. 그렌빌 경이 여성 교육에 대해 장황하게 이야기하다. 공문서 송달용 쾌속선이 인도 부대를 검열할 계획인 케임브리지 공작을 몰타로 보내기 위해 마르세유를 향해 출발하다. 횟비의 한 하녀가 파라핀기름을 잘못 쏟은 옷을 입고 벽난로 앞에 앉아 있다가 옷에 불이 붙어 산 채로 불에 타죽다. 증기선 라고베이가 스코틀랜드

이주자 삼백오십이명을 싣고 클라이드를 떠나다. 거의 십년 동안 미국에 머물던 아들 토머스가 갑자기 문 앞에 나타나자 썰즈든의 딕슨 부인이 기쁨의 눈물을 쏟다. 스페인의 젊은 왕비가 갈수록 허약해지다. 이천명이 넘는 육체노동자가 작업 중인 홍콩의 방어설비가 빠른 속도로 완공에 접근하고 있으며, 보스니아에서는 국도마다 강도들이 창궐하고 있는데, 그중 일부는 말을 타고 다니다. 사라예보 주위의 숲조차 약탈자, 탈영병, 온갖 종류의 비정규병으로 들끓다. 그 때문에 여행이 중단되다(rapidly approach completion and in Bosnia all highways are infested with bands of robbers, some of them mounted. Even the forests around Sarajevo are swarming with marauders, deserters and franc-tireurs of all kinds. Travelling is, therefore, at a standstill).

1890년 2월, 그러니까 로스토프트에 도착한 지 십이년 만에, 그리고 크라쿠프 역에서 이별한 지 십오년 만에, 영국 국적과 선장 자격증을 취득하고 세상에서 가장 먼 곳까지 항해해온 코르제니오프스키는 처음으로 타데우시 삼촌의 집이 있는 카지미에루프카를 방문한다. 훨씬 나중에 작성한 기록에서 그는 베를린과 바르샤바, 루블린에서 잠깐씩 머무른 뒤에 이윽고 우끄라이나의 역에 도착하고, 갈색 말 네필이 이끄는, 거의 장난감처럼 보일 정도로 작은 썰매에 앉아서 그를 기다리던 삼촌의 마부와 집사를 만나는 과정을 서술한다. 카지미에루프카까지는 썰매를 타고 여덟시간을 더 달려야 했다. 코르제니오프스키는 이렇게 쓴다. 집사는 내 옆자리에 앉기 전에 발끝까지 닿는 곰 모피 외투로 내 몸을 빈틈없이 감싸고, 귀덮개가 달린 거대한 털가죽 모자를 씌워주었다. 썰매가 움직이기 시작하자, 나지막하게 규칙적으로 딸랑거리는 방울 소리와 함께 유년시절로의 겨울여행이 시작되었다. 대략 열여섯 정도로밖에 보이지 않은 어린 마부는 눈으로 뒤덮인 끝없는 들판을 확실한 육감으로 헤쳐나갔다. 어디에서도 망설이지 않고 단 한번도 길을 헤매지 않는 우리 마부의 놀라운 방향감각에 대해 한마디 하자, 집사는 그 젊은 마부가 늙은 마부 유제프의 아들이며, 유제프는 돌아가신 나의 보브로프스카 할머니를 줄곧 모시고 다녔고 나중에는 콜레라에 걸려 세상을 뜰 때까지 타데우시 영주를 똑같은 충성으로 모셨다고 말했다. 집사는 이어서, 유제프의 부인과 아이들로 가득했던 집 전체가 얼음이 녹는 계절에 닥친 이 병으로 인해 죽음을 맞았고, 유일하게 남은 것이 마부석에 앉아 있는 농아라고 설명했다. 사람들은 그를 학교에 보내지 않았고, 그가 쓸모있게 되리라고는 전혀 기대하지 않았는데, 나중에 말들이 모든 하인 중에 그를 가장 잘 따른다는 것을 알게 되었다. 그리고 그가 열한살쯤 되었을 때, 사람들은 그가 지역 전체의 지도를 마치 그것과 함께 태어난 듯 빈틈없이 정확하게 머릿속에 새겨놓고 있다는 사실을 우연한 기회에 알게 되었다. 코르제니오프스키는 그의 동반자가 전해준 이야기에 이렇게 덧붙인다. 그때 우리 주위에 번져가던 어둠속으로 나아갈 때보다 더 기분 좋게 여행한 적이 없다. 아주 오래전처럼 나는 태양이 들판 위로 저무는 것을 보았다. 거대하고 붉은 원반이 마치 바다 너머로 가라앉듯이 눈 아래로 사라져갔다. 우리는 몰려오는 암흑 속으로, 나무로 에워싸인 마을이 그림자 섬처럼 떠다니고 별이 총총한 하늘과 맞닿은 끝없는 하얀 들판 속으로 재빨리 달려갔다.

폴란드와 우끄라이나로 여행하기 전에 이미 코르제니오프스키는 콩고 상업주식회사에 취직하려고 노력한 바 있었다. 카지미에루프카에서 돌아오자마자 그는 다시 한번 브뤼셀의 브레데로더 거리에 있는 그 회사의 본사로 직접 찾아가 경영자 알베르트 티스를 만났다. 젤리처럼 말랑말랑한 몸을 너무 꽉 끼는 프록코트에 쑤셔넣은 티스는 아프리카 지도가 벽면 한쪽을 온통 뒤덮은 침침한 사무실에 앉아 코르제니오프스키의 이야기를 듣고 나서, 잠시도 망설이지 않고 그에게 콩고강 상류를 오가는 증기선의 지휘권을 맡겼다. 아마도 그 배의 선장이었던 프라이어슬레벤이라는 이름의 독일인 혹은 덴마크인이 그 직전에 원주민들에 의해 살해되었기 때문일 것이다. 이주일 동안 황급히 준비를 하고, 유령처럼 뼈만 남은 회사의 촉탁의사에게 열대환경을 대비한 약식 적격검사를 받은 뒤, 기차로 보르도에 도착한 코르제니오프스키는 거기서 5월 초에 보마(콩고 서부의 도시)를 향해 출발하는 **빌드마세이오호**에 승선했다. 떼네리페섬(북아프리카 모로코 근해의 까나리아제도에서 가장 큰 섬)에서 이미 그는 불안한 예감에 휩싸였다. 얼마 전에 남편을 잃은 아름다운 외숙모 마르그리뜨 포라도프스카에게 브뤼셀로 보낸 편지에서 그는 인생이란 좋든 싫든 자신이 맡은 역할을 연기해야 하는 희비극——꿈은 많고 행복의 빛은 드물며, 약간의 분노에 환멸이 더해지고, 고통의 세월 뒤에 끝이 오는 것이지요(beaucoup de rêves, un rare éclair de bonheur, un peu de colère, puis la désillusion, des années de souffrance et la fin)——이라고 썼다. 긴 항해를 하는 동안 코르제니오프스키는 이런 불길한 기분에서 출발하여 서서히 식민지사업 전체의 허황됨을 인식한다. 날이 바뀌어도 해변의 풍경은 똑같아서 배는 마치 제자리걸음을 하는 듯하다. 코르제니오프스키는 이렇게 쓴다. 하지만 우리는 그랑바샴이나 리틀포포 등 모두들 어떤 그로떼스끄한 익살극에서 이름을 따온 듯한 여러 부두와 외국교역소를 거쳐왔다. 한번은 근처에 사람 사는 흔적이라고는 보이지 않는 황량한 해안지대에 정박한 전함을 지나치기도 했다. 보이는 것이라고는 바다와 하늘, 그리고 덤불로 이루어진 가느다란 녹색 띠뿐이었다. 돛대에 걸린 깃발은 힘없이 축 늘어져 있고, 육중한 철선(鐵船)은 끈적끈적한 파도의 굴곡을 타고 굼뜨게 오르락내리락했으며, 기다란 6인치 대포는 분명 아무 목적도, 목표도 없이 낯선 아프리카 대륙을 향해 규칙적으로 포탄을 발사했다.

보르도, 떼네리페, 다카르, 코나크리, 시에라리온, 코토누, 리브르빌, 로앙고, 바난, 보마—— 사주간의 항해 끝에 코르제니오프스키는 마침내 어린 시절부터 꿈꾸어오던 먼 여행지 중의 하나인 콩고에 도착했다. 그 시절, 콩고는 그가 몇시간이고 그 앞에 웅크리고 앉아 유색(有色) 이름들을 조용히 웅얼거리던 아프리카 지도의 어떤 하얀 점에 불과했다. 이 대륙의 내륙에는 표시된 것이 거의 없었다. 철도도, 도로도, 도시도 없었고, 당시의 지도제작자들은 이런 텅 빈 공간에 으르렁대는 사자나 입을 쩍 벌린 악어와 같은 이국적인 동물을 그려넣기를 좋아했으므로, 해변에서 수천킬로미터 떨어진 곳에서 발원한다는 것 외에는 아무것도 알려지지 않은 콩고강 대신 거대한 땅을 구불구불 기어가는 뱀을 그려넣었다. 물론 이제는 지도가 표시들로 빽빽했다. 하얀 부분은 암흑의 땅이 되어 있었다(The white patch had become a place of darkness). 여전히 대부분 기록되지 않은 채 남아 있는 식민주의 역사를 통틀어 이른바 콩고 개발보다 더 어두운 장(章)은 없다. 1876년 9월에는 모든 민족적, 사적 이익을 제쳐두고 지극히 선량한 의도를 추구한다는 선포와 함께, 아프리카 연구와 문명을 위한 국제협회가 창립된다. 사회 전영역의 최고 인사들, 상류 귀족과 교회, 학계, 경제 및 금융계의 대표자들이 창립총회에 집결하고, 이 모범적인 기업의 후원자인 레오폴드왕은 인류의 벗들이 오늘 더할 나위 없이 고상한 목적을 위해, 다시 말해 지금까지 문명의 은총을 전혀 받지 못한 지구상 마지막 부분의 희망을 위해 한자리에 모였다고 선언한다. 이어서 레오폴드왕은 여전히 여러 민족들이 조금도 벗어나지 못하는 어둠을 부수어야 한다고 주장하면서, 이들이 세운 기획이야말로 진보의 세기를 비로소 완성으로 이끌 십자군의 기획이라고 강조한다. 이 선언문에서 표현된 드높은 대의가 이후 날이 갈수록 퇴색된 것은 당연한 일이었다. 1885년 콩고자유국 군주라는 칭호를 사용하게 된 레오폴드는 이미 이때부터 누구 앞에서도 책임을 질 의무가 없는 단독 지배자로서 세계에서 두번째로 긴 강 유역 100만 제곱마일을 포괄하는, 다시 말해 모국보다 면적이 백배나 큰 영토를 마음대로 통치하고, 이 땅의 무한한 자원을 가차없이 착취하기 시작한다. 착취의 도구는 콩고 상업주식회사와 같은 무역회사들인데, 이 회사가 오래지 않아 획득한 전설적인 이득은 모든 주주와 콩고에서 활동한 모든 유럽인에 의해 승인된 강제노동체계와 노예체계에 바탕을 두고 있다. 콩고의 여러 지역에서 원주민 인구는 강제노역으로 급격히 감소하고, 아프리카의 다른 지역과 대서양 너머에서 강제로 끌고 온 사람들도 이질과 말라리아, 천연두, 각기병, 황달, 기아, 기력소진과 쇠약으로 집단 사망한다. 1890년에서 1900년까지 매년 오십만명의 이름없는 사람들, 어느 연감에도 기록되지 않은 희생자들이 목숨을 잃은 것으로 추정된다. 같은 기간에 콩고 철도회사의 주식은 320 벨기에프랑에서 2850벨기에프랑으로 급등한다.

보마에 도착한 코르제니오프스키는 빌드마세이오호에서 내려 작은 강(江)증기선으로 갈아탄 뒤 마타디(콩고 서부의 도시)를 향하고, 6월 13일에 도착한다. 여기서부터는 육로로 이동해야 하는데, 콩고의 마타디와 스탠리풀(콩고강 중류에서 강폭이 호수처럼 넓어지는 지역인 말레보호의 옛 이름) 사이에는 폭포와 급

류가 많아 배가 다닐 수 없기 때문이다. 주민들은 참담한 거주지 마타디를 돌의 도시라고 부르는데, 오늘날까지도 정복되지 않은 이 400킬로미터에 이르는 구간의 끝부분에서 강이 급격히 꺾여 여기서 수천년 이래 쉬지 않고 물소리를 뿜어내며 진행된 엄청난 침식작용으로 지난 수천년간 돌무더기가 쌓인 나머지 마치 돌조각을 덮어쓴 궤양처럼 보이기 때문이다. 돌무더기들과 녹슨 함석판 지붕이 얹힌, 근처 여기저기 임의로 설치된 막사들 사이, 강물이 솟구쳐나오는 높다란 절벽 아래, 그리고 강변의 가파른 언덕 어디서나 검은 형상들이 무리지어 작업을 하거나 긴 줄을 이루어 울퉁불퉁한 지형 속에서 운반작업을 하느라 움직이는 모습을 볼 수 있다. 밝은 색 신사복을 입고 하얀 안전모를 덮어쓴 감독자들이 그들 사이에 드문드문 서 있다. 그칠 줄 모르는 소음으로 가득한, 거대한 채석장을 연상시키는 지역을 며칠 동안 통과한 뒤, 그는 후일 자신의 대리인 말로우로 하여금 「어둠의 심연」에서 말하게 하듯 거주지에서 약간 벗어난 널찍한 터에 이르는데, 거기서는 병들어 몸이 망가지고 굶주림과 노역으로 기력이 소진한 사람들이 죽음을 기다리며 누워 있다. 마치 대학살 뒤의 광경처럼 그들은 흐릿한 빛이 흘러드는 움푹한 곳에 드러누워 있다. 그 그림자 같은 존재들 중 누군가가 빠져나와 덤불 속으로 도망가도 말리는 사람은 없는 듯하다. 이제 그들은 자유롭다. 마치 그들을 에워싼, 그리고 이제 그들이 서서히 그 속으로 흩어져갈 공기처럼. 말로우는 이렇게 보고한다. 피안으로부터 나를 노려보고 있는 몇몇 눈의 광채가 어둠에서 빠져나온다. 나는 허리를 숙이고 내 손 옆의 얼굴을 본다. 눈꺼풀이 서서히 올라간다. 얼마 뒤, 그 공허한 시선 뒤쪽 멀리 어딘가에서 눈먼 불꽃이 언뜻 비치다가 이내 다시 사라진다. 이제 겨우 어린 티를 벗기 시작한 한 사람이 그렇게 마지막 숨을 쉬는 동안, 아직 끝에 이르지 않은 사람들은 식료품, 공구 상자, 폭약, 온갖 종류의 설비부품, 기계부품, 분해해놓은 배의 몸체 따위를 짊어지고 늪과 숲 사이로, 혹은 햇빛에 말라버린 고원을 가로질러 나르고, 팔라발라산과 음포조강 유역 마타디를 콩고강 상류와 이어줄 철도의 노반에서 작업한다. 코르제니오프스키는 얼마 뒤에 송골로, 툼바, 티스빌 등의 지점들이 생겨나게 될 경로를 아주 힘들게 이동한다. 그가 거느린 짐꾼 서른한명에 더해 달갑지 않은 동행인이 하나 있는데, 아루라고 하는 뚱뚱한 프랑스인이다. 그는 하필 다음 그늘진 곳이 수킬로미터 떨어져 있을 때마다 기절을 하여, 길고 긴 거리를 해먹에 태우고 이송해야 한다. 행군은 거의 사십일이 걸리는데, 이 기간 동안 코르제니오프스키는 그가 겪어야 하는 고생이 아무리 심하다 해도 단지 그가 거기 있다는 이유만으로 콩고에 저지르는 죄에서 벗어날 수는 없다는 사실을 깨닫기 시작한다. 레오폴드빌부터는 작은 증기선 루아데벨주를 타고 스탠리 폭포까지 강 상류를 거슬러올라갈 수 있지만, 여기서 주식회사를 위해 지휘권을 넘겨받으려 한 당초의 계획은 점점 더 역겹게만 느껴진다. 모든 것을 문드러지게 하는 습기, 맥박에 맞춰 요동치는 햇살, 언제나 안개로 덮여 먼 곳이 흐릿하게만 보이는 단조로운 물길, 루아데벨주에 모여 있는, 날이 갈수록 제정신이 아닌 듯 보이는 사람들——그는 조만간 되돌아가야 할 것임을 알고 있다. 외숙모 마르그리뜨 포라도프스카에게 그는 이렇게 쓴다. 이곳의 모든 것이 싫습니다. 사람들도, 사물들도 모두 싫습니다. 특히 사람들이 싫군요. 아프리카 상인들과 상아 거래업자들은 비열한 본능만 드러내고 있습니다. 여기 온 것이 후회되는군요. 그것도 아주 비통하게 (Tout m'est antipathique içi, les hommes et les choses, mais surtout les hommes. Tout ces boutiquiers africains et marchands d'ivoire aux instincts sordides. Je regrette d'être venu içi. Je le regrette même amèrement). 레오폴드빌로 돌아온 코르제니오프스키는 몸과 영혼이 심하게 병들어 차라리 죽기를 원한다. 그러나 절망으로 인한 발작증상으로 이때부터 집필작업을 거듭 중단해야 하는 그가 마침내 보마에서 귀향길에 오를 수 있게 되기까지는 석달을 더 기다려야 한다. 1891년 1월 중순에 그는 오스땅드(벨기에의 도시)에 도착하는데, 며칠 뒤에는 요제프 뢰비라는 사람이 보마로 가는 증기선 벨지언프린스호를 타고 같은 항구를 떠난다. 당시 일곱살이었던 프란츠 카프카의 삼촌인 뢰비는 전에 빠나마운하에 출자한 적도 있어 이 여행이 어떨 것인지를 잘 알고 있다. 다섯번에 걸쳐 몇달씩 유럽의 휴양지들에서 보낸 시간을 제외하면, 그는 총 십이년간 줄곧 마타디의 여러 곳에서 머무는데, 그곳의 생활조건은 그와 같은 사람들에게 점점 더 나아져간다. 예컨대 1896년 7월, 노선의 중간 지점에 있는 툼바 역사가 완공되었을 때, 초청된 손님들에게 토착적인 진미뿐만 아니라 유럽 음식과 포도주도 제공되었다고 한다. 이 의미심장한 사건이 있은 지 이년 뒤, 이제 상업조직 전체의 수장으로 진급한 뢰비(사진의 맨 왼쪽)는 콩고 철

도의 마지막 구간이 개통된 것을 기념하는 행사에서 레오폴드왕으로부터 왕실사자훈장 금메달을 받는다.

오스땅드에 도착하자마자 마르그리뜨 포라도프스카가 사는 브뤼셀로 떠난 코르제니오프스키는 이제 날이 갈수록 건물들이 거창해져가는 벨기에 왕국의 수도를 검은 시신더미 위에 솟아오른 묘비처럼 느낀다. 거리의 행인들도 그의 눈에는 저마다 콩고의 어두운 비밀을 간직한 사람들처럼 보인다. 실제로 벨기에에서는 오늘날까지도 콩고 식민지를 서슴없이

약탈하던 시대의 낙인이 찍힌, 특정한 살롱들의 섬뜩한 분위기와 주민들의 눈에 띄는 기형에서 드러나는 특이한 추함이 발견되는데, 이런 종류의 추함은 다른 데서는 찾아보기 힘들다. 어쨌든 나는 1964년 12월 브뤼셀을 처음 방문했을 때, 다른 곳에서는 일년 동안 볼 수 있는 수보다 더 많은 곱사등이와 정신병자를 보았던 것을 똑똑히 기억하고 있다. 실제로 어느날 저녁에는 로드쌩주네즈(브뤼셀 남쪽에 접한 소읍)의 어떤 바에 갔다가 경련으로 몸을 심하게 실룩거리는 기형의 남자가 당구를 치는 모습을 보았는데, 그는 자기 차례가 되면 잠시 동안 완벽한 평온의 상태를 되찾아 가장 어려운 캐넌들을 지극히 안정적으로 쳐내는 것이었다. 당시 나는 샹브르 산림공원 근처의 호텔에서 며칠 묵고 있었는데, 그 호텔방은 육중한 마호가니 가구, 온갖 종류의 아프리카 전리품, 그리고 더러 엄청난 크기를 자랑하는 수많은 관상식물, 엽란, 몬스테라, 4미터 높이의 천장까지 닿는 고무나무 따위로 꽉 차 있어서, 대낮에도 마치 일식이나 월식 때문에 세상이 초콜릿빛으로 변한 것처럼 느껴졌다. 수많은 조각들로 장식된 육중한 사이드보드가 아직도 눈에 선한데, 그것의 한쪽 위에는 뒤집은 종 모양의 유리용기 안에 인공가지, 알록달록한 비단리본, 박제한 작은 벌새 등이 있었고, 반대쪽 위에는 도자기로 만든 열매를 원뿔 모양으로 모아놓은 형상이 놓여 있었다. 그러나 브뤼셀을 처음 방문한 때부터 줄곧 벨기에의 추함의 정점으로 여겨지는 것은 워털루 전투지에 있는 사자기념물과 이른

바 역사기념지라 불리는 모든 곳이다. 그때 왜 내가 워털루로

갔는지는 기억나지 않는다. 하지만 버스 정거장에서 내려 삭막한 농지를 따라가다가, 작은 점포처럼 보이지만 실제로는 높이 치솟은 건물들을 지나 기념품 가게와 조잡한 복원물로 이루어진 장소를 향해 걸어갔던 것은 기억할 수 있다. 크리스마스가 얼마 남지 않았던 우중충한 납빛의 그날, 방문객이 전혀 보이지 않은 것은 당연한 일이었다. 견학 나온 학생들조차 보이지 않았다. 그런데 그런 적막에 반항하기라도 하듯, 나뽈레옹 군대의 복장을 한 작은 부대가 북을 쳐대고 피리를 불어대면서 몇 안되는 골목길을 행진했고, 맨 뒤에서는 난잡한 화장을 한 너절한 종군 매점상 여자가 괴상하게 생긴 수레를 끌고 있었는데, 수레 안에는 거위 한마리를 가두어놓은 작은 우리가 있었다. 나는 마치 영원히 행진을 끝낼 수 없을 것 같은 이 인물들을 한동안 쳐다보고 있었는데, 그들은 집들 사이로 사라지는가 하면 이내 다른 데서 다시 모습을 드러내곤 했다. 이윽고 나는 거대한 궁륭이 얹힌 원형 홀 안에 자리

잡은 파노라마관의 입장권을 샀다. 한가운데에 솟아 있는 전망대에서 전투를—주지하다시피 파노라마 화가들이 좋아하는 주제가 전투다—사방으로 조망할 수 있게 만들어놓은 곳이었다. 말하자면 관람객은 사건들의 상상의 중심에 서 있게 되는 것이다. 나무 난간 바로 아래에 설치된 일종의 연극무대에는 나무 그루터기와 덤불 사이에 실제 크기의 말들이 온통 핏자국으로 물든 모래 위에 쓰러져 있고, 눈이 고통으로 일그러지거나 이미 함몰된, 살해된 보병과 경기병 들이 널브러져 있는데, 밀랍으로 만든 얼굴, 이동 무대장식, 가죽제품, 무기, 갑옷, 그리고 해면식물이나 솜 같은 것들로 속을 채워놓은 것으로 보이는 요란한 색깔의 제복 등은 사건 당시의 모습을 그대로 재현한 듯했다. 관람자의 시선은 흘러간 시간의 차가운 먼지를 뒤집어쓴 잔혹한 삼차원의 광경 너머 지평선 위에 그려진 거대한 원형 그림으로 옮겨간다. 프랑스의 해양화가 루이 뒤물랭이 1912년에 서커스장과 비슷한 모양의 원형 홀 내부에 있는 가로 110미터, 세로 12미터의 벽에 그린 것이다. 관람객은 천천히 원을 그리듯 걸으면서, 바로 이게 역사를 재현하는 기술이구나, 하고 생각하게 된다. 이 재현은 시선의 위조에 기초한다. 살아남은 자들인 우리는 모든 광경을 위에서 내려다보고, 모든 것을 동시에 보면서도 실제로 현장이 어떠했는지는 모른다. 우리를 에워싸고 펼쳐진 것은 병사 오만명과 말 일만필이 몇시간 안에 목숨을 잃은 황량한 벌판인 것이다. 전투가 끝난 밤, 여기서는 온갖 그르렁거리는 숨소리와 신음 소리가 뒤섞였을 것이다. 하지만 이제 남아 있는 것은 갈색의 흙뿐이다. 당시에 사람들은 그 많은 시체와 뼈를 어떻게 처리했는가? 그것들은 원뿔형 기념물의 아래에 묻혀 있는가? 우리는 시신의 산 위에 서 있는 것인가? 결국 이것이 우리의 관점인가? 이런 지점에서 보면 많은 사람이 주장하는 역사적 조망이라는 것을 갖게 되는가? 내가 들은 이야기에 따르면, 브라이턴(영국 남부 해안의 도시) 해변 근처에 자그마한 숲이 두곳 있는데, 이곳들은 워털루 전투 뒤에 이 의미심장한 승리를 기념하기 위해 조성되었다고 한다. 그중 하나는 나뽈레옹의 삼각모자 형태로 만들어졌고, 다른 숲은 웰링턴 사령관의 장화 모양을 하고 있다. 물론 땅 위에서는 이 모양을 인식할 수 없다. 이 상징물들은 나중에 기구를 타고 여행할 사람들을 위해 만들어진 것이라고 한다. 파노라마 안에서 보낸 그날 오후, 나는 동전 몇개를 어떤 박스에 넣고 플라망어(벨기에 북부에서 사용되는 네덜란드어)로 녹음된 전투 설명을 들었다. 여러 전투 과정에 대한 설명 가운데 내가 이해한 것은 기껏해야 절반 정도였다. 오앵(벨기에 란 지방의 마을)의 움푹한 길, 웰링턴 공작, 프로이센 포진에서 일어나는 연기, 네덜란드 기병들의 반격(De holle weg van Ohain, de Hertog van Wellington, de rook van de pruisische batterijen, tegenaanval van de nederlandse cavalerie)——아마도 전투는 대개의 경우 그렇듯이 오랫동안 전진과 후퇴를 거듭했을 것이다. 확실한 전세는 나타나지 않았다. 그때나 지금이나 마찬가지다. 눈을 감자 비

로소 비스듬한 궤도를 날아가는 포탄이 보였던 기억이 생생
한데, 그 포탄이 줄지은 포플러나무들 사이를 뚫고 지나가는
바람에 푸른 나뭇가지들이 찢겨 공중에서 날아다녔다. 이어
서 나는 스탕달이 창조해낸 젊은 주인공 파브리스(장편『빠르
마의 수도원』의 주인공)가 창백한 낯빛에 불타는 눈으로 전투장
을 오가는 모습을 보았고, 말에서 떨어진 한 육군대령이 다
시 몸을 추스르고 일어나면서 자신의 하사관에게 이렇게 말
하는 것을 보았다. 오른손의 오래된 부상밖에 느껴지지 않아.
브뤼셀로 돌아오는 길에 나는 어떤 식당에서 잠시 몸을 녹였
다. 반대편에는 등이 휜 연금생활자 할머니가 벨기에의 불투
명한 둥근 창유리를 통해 흘러드는 흐릿한 빛을 받으며 앉아
있었다. 그녀는 털실로 짠 두건과 돌기가 있는 두꺼운 천으

로 된 겨울 외투, 그리고 손가락 없는 장갑을 걸치고 있었다. 여종업원이 커다란 고기 한점이 얹힌 접시를 그녀 앞에 놓았다. 할머니는 잠시 접시를 쳐다보더니 핸드백에서 나무 손잡이가 달린 날카로운 작은 칼을 꺼내 고기를 자르기 시작했다. 지금 생각해보니 그녀가 태어난 날은 콩코 철도가 완공된 시점과 거의 비슷했을 것이다.

콩고가 개발되면서 토착민들에게 저질러진 범죄의 종류와 규모에 대한 최초의 보고가 1903년에 일반에게 알려진 것은 당시에 보마에서 영국 영사직을 맡고 있던 로저 케이스먼트 덕택이었다. 코르제니오프스키는 자신이 오래전부터 잊으려고 애쓰는 것들을 케이스먼트가 보고할 수 있으리라고 런던의 어떤 지인에게 말한 바 있는데, 실제로 케이스먼트는 외무장관 랜스다운 경에게 제출한 보고서에서 조금의 배려도 없는 흑인 착취에 대해 상세하게 서술했다. 식민지의 모든 공사장에서 흑인들은 임금도 없이, 최소의 영양만 공급받으면서 일을 하고, 흔히 서로 사슬로 묶인 채 정해진 일과에 따라 일출부터 일몰까지, 그리고 결국은 말 그대로 실신할 때까지 노역하도록 강요받고 있다는 내용이었다. 케이스먼트는 이렇게 말을 이었다. 돈을 향한 탐욕으로 눈이 멀지 않은 사람이라면 콩고강 상류를 올라가면서 한 민족 전체가 단말마의 비명을 지르며 죽어가는 모습을, 성서에 기록된 수난사와는 비교가 안될 정도로 끔찍하고 심장을 찢는 온갖 사례를 보지 않을 수 없을 것이다. 백인 감독관들이 매년 수십만명의 사역노예를 죽음으로 몰아넣고, 손과 발을 자르는 등 불구로 만들고, 권총으로 사살하는 등의 행위가 규율유지를 위해 콩고에서 일상적으로 행해지는 처벌이라는 것은 의심할 여지 없는 사실이라고 케이스먼트는 강조했다. 레오폴드왕은 케이스먼트를 브뤼셀로 불러 개인면담을 했는데, 이는 케이스먼트 때문에 조성된 상황을 완화하고 그의 책동으로 벨기에의 식민지사업에 닥칠 위험을 가늠하기 위한 조치였다. 흑인이 제공하는 노동성과는 전적으로 정당한 세금에 해당한다고 보며, 백인 감독관들이 간혹 우려할 만하게 흑인들의 권리를 침해한다는 사실을 결코 부정할 뜻은 없지만, 이는 콩고의 기후가 백인들에게 더러 일종의 치매 증상을 유발하기 때문이며, 이를 언제나 제때에 예방할 수 없는 것이 안타깝지만 어쩔 수 없는 현실이라는 것이 레오폴드의 입장이었다. 그러나 케이스먼트가 이런 논리를 받아들일 생각이 없었으므로, 레오폴드는 왕이 지닌 특권적인 영향력을 런던에 행사했고, 그 결과 관계자들은 외교적으로 모호한 태도를 보여 케이스먼트의 보고를 한편으로는 모범적이라고 칭찬하며 성 마이클과 성 조지 최고훈장을 수여하면서도, 다른 한편으로는 벨기에의 이익이 침해받을 수 있는 어떤 조치도 취하지 않았다. 몇년 뒤 케이스먼트는—아마도 내심 이 불편한 인물을 당분간 제거하기 위해—남아메리카로 보내졌는데, 그는 거기서도 뻬루와 꼴롬비아, 브라질 등지의 정글 지역에서 콩고와 별다를 바 없는 상황을 발견했다. 다만 여기서 활동하는

조직이 벨기에의 상업회사가 아니라 런던 중심가에 본사를
둔 아마존 회사였다는 차이가 있었다. 당시 남아메리카에서
도 여러 종족 전체가 절멸되었고 여러 지역이 완전히 소각되
었다. 케이스먼트의 보고서들과 권리를 잃고 박해받는 사람
들을 위한 그의 헌신적인 노력에 대해서는 외무부도 일정한
존경심을 갖게 되었지만, 요직에 있는 많은 고위관리는 전도
유망한 이 사신의 직업적 전망에 전혀 보탬이 되지 않는 이
런 돈 끼호떼와 같은 열정에 고개를 절레절레 흔들었다. 그들
은 지구상의 노예화된 민족을 위해 활동해온 그의 공적을 기
린다는 뜻을 분명히 내세우며 그에게 귀족신분을 부여함으
로써 사태를 조정하려고 했다. 그러나 케이스먼트는 권력의
편으로 넘어갈 생각이 없었다. 오히려 그는 이 권력의 본성
과 근원에, 그리고 이로부터 비롯되는 제국주의적 사고방식
에 점점 더 깊은 관심을 갖게 되었다. 그가 결국 아일랜드의
문제, 다시 말해 자기 자신의 문제에 부딪히게 된 것은 피할
수 없는 일이었다. 케이스먼트는 앤트림주(州)에서 신교도 아
버지와 구교도 어머니 사이의 아들로 자라났으며, 그가 받은
교육은 영국의 아일랜드 지배 유지를 삶의 과제로 삼도록 하
는 데 중점을 두고 있었다. 제1차세계대전 전에 아일랜드 문
제가 첨예화되었을 때, 케이스먼트는 "아일랜드의 백인 원주
민들"의 문제를 자신의 문제로 받아들이기 시작했다. 무엇보
다도 특히 연민의 감정에 예민했던 그의 의식은 수백년에 걸
쳐 아일랜드인들에게 가해져온 부당한 행위들에 대한 관심

으로 점점 더 채워져갔다. 아일랜드 인구의 거의 절반이 크롬웰의 병사들에 의해 살해되었다는 것, 그뒤에는 수천명의 남자와 여자가 백인 노예가 되어 서인도제도로 보내졌다는 것, 백만명이 넘는 아일랜드 사람들이 머지않은 과거에 기아로 목숨을 잃었다는 것, 새롭게 자라나는 세대들이 여전히 고향을 등지고 이민을 떠나도록 강요받고 있다는 것, 이 모든 사실이 그의 머리에서 떠나지 않았다. 자유주의적 정부가 아일랜드 문제를 해결하기 위해 자치 프로그램을 제안했다가 다양한 영국 이해집단들의 공개적인 혹은 은밀한 지원을 받은 북아일랜드 신교도들의 광적인 저항에 부딪혀 실패한 1914년은 케이스먼트의 운명을 최종적으로 결정한 해였다. 우리는 영연방이 혼란에 휩싸인다고 해도 아일랜드 자치법에 대한 얼스터(아홉개 주로 구성된 북아일랜드 지역)의 저항 앞에 움츠러들지 않을 것이다(We will not shrink from Ulster's resistance to home rule for Ireland, even if the British Commonwealth is convulsed). 이것이 소수파 신교도의 가장 유명한 대표자인 프레더릭 스미스의 선언이었다. 이들은 자신들의 특권을 위해서라면 정부군에 대해서도 무기로 맞서는 것을 국가에 대한 충성이라고 불렀다. 십만명에 달하는 얼스터 의용군이 창설되었고, 남쪽 지방에서도 자원병 군대가 만들어졌다. 케이스먼트는 병력을 모집하고 무장하는 작업에 참가했다. 자신이 받은 훈장 표장은 런던으로 돌려보냈다. 자신에게 교부된 연금도 더이상 받지 않았다. 1915년 초, 그는 독일제국 정부가 아일랜드 해방군에 무기를 제공하도록 설득하고, 독일 내 아일랜드 전쟁포로들이 아일랜드 여단을 구성하도록 설득하는 임무를 떠맡고 비밀리에 베를린을 방문했다. 하지만 두가지 시도 모두 실패로 돌아갔고, 케이스먼트는 독일 잠수함에 실려 아일랜드로 돌려보내졌다. 죽을 만큼 지치고 얼음 같은 물속에서 꽁꽁 언 몸으로 그는 트랠리 근처 배나 해변의 만에서 진흙을 헤치며 육지에 도착했다. 이제 그도 쉰한살이었다. 그리고 즉시 체포될 운명이었다. 아일랜드 전역에서 시작하기로 한, 그러나 이제는 실패할 것이 분명한 부활절 봉기를 막기 위해 한 성직자의 도움을 받아 **독일의 지원은 없다**(No German help available)는 소식을 전하는 것이 그가 할 수 있는 일의 전부였

다. 그럼에도 불구하고 더블린에서 책임을 맡고 있던 이상주의자, 문인, 노동조합지도자, 교사 들이 지지자들과 함께 칠일간의 거리투쟁에 나섰다가 희생된 것은 따로 평가할 문제였다. 봉기가 진압되던 시점에 케이스먼트는 이미 런던 탑의 감방에 갇혀 있었다. 법률고문은 없었다. 원고 측 대표로는 그사이에 수석검사로 승진된 프레더릭 스미스가 나섰고, 따라서 재판의 결과는 처음부터 이미 정해져 있는 것이나 다름없었다. 영향력있는 측에서 시도할 수도 있는 사면청원을 막기 위해 케이스먼트의 가택수색 중에 발견된 이른바 검은 일기장의 발췌문이 영국 왕과 미국 대통령 그리고 교황에게 전달되었다. 이 일기장에는 피고의 동성애 관계에 대한 일종의 연대기가 수록되어 있었다. 얼마 전까지 런던 남서쪽 큐의 공문서 보관소에 비공개 상태로 보관된 케이스먼트의 이 검은 일기장의 신빙성은 오랫동안 극히 의심받았다. 더욱이 이른바 아일랜드 테러리스트를 상대로 한 소송에서 증거자료 제출과 기소장 작성을 맡은 국가 행정기관과 사법기관이 최근까지도 어설픈 추측과 비방뿐만 아니라 사실관계를 고의적으로 왜곡하는 잘못을 거듭 저질러왔기 때문에 케이스먼트의 일기장 역시 의심받을 수밖에 없었다. 어차피 아일랜드 해방운동의 베테랑들로서는 자신들의 순교자 가운데 한 사람이 영국의 악덕에 물들어 있었다고 믿을 수 없었다. 그러나 1994년 초 일기장이 공개된 뒤로는 케이스먼트가 직접 이 글들을 썼다는 사실을 의심할 여지가 없게 되었다. 이로부터 도

7.51 *Lauro of* | *Manuel & Violetta* 19

March 29 Sunday 5 in Lent [88-277] 3rd Mo **1903**

Santa Cruz — gone to Las Palmas

● 1h 26m A.M. (Greenwich)

Pepe & Juan again — Stayed in cabin. Feeling
very seedy. Bleeding badly aft coin Santa
Cruz. Ran 372 miles from S/
Leone 39°3 . Will not get in until
about 4 p.m. Tomorrow — so I
will probably be kept all
night there. I rather hope so
so it will give more time make
enquiry for basket. Hope
to find it or hear of it.
Feeling very seedy indeed.
Turned in 10.30 after talk with Bh—

30 MONDAY [89-276]
Mohammedan Year 1321 begins

Much hotter today. Busy writing in
Cabin in morning. Wrote many
letters Borrowed £20 from Ship
for J.B. . Ran 327 miles —
S/ Leone 66°b . arr. there about
5.15. "Tenerife" in no sign
basket Wrote J.B. with £15 to
go by "Jebba" tomorrow + other
letters about basket.
On shore to agents with Captain
Left at 8.35 p.m. —

Ran 201 miles to noon. Splendid!
285 left to Cape Palmes + total from
S/Leone to Axim 840. Reed lots
" Mon frère Yves". B boy - on bar
Read "Smart Set". Very Hot indeed

" Mon frère Yves " is peculiar
" John " not very well -
poor old soul with the
heat.

1 April WEDNESDAY [91-274]
Very hot
only did 286 - 1 mile
short of Cape Palme.
Passed along near it -
a steamer there. 344 to
Axim. Passed Cavally &
Dube + then to sea.
Reed "Les Caprices du Roi"
stupid exposition of a
Beast - King.

출할 수 있는 유일한 결론은, 바로 케이스먼트의 동성애가 그에게 사회계급과 인종의 벽을 넘어서 권력의 중심에서 가장 멀리 있는 사람들에 대한 지속적인 억압과 착취, 노예화와 불구화를 인식할 수 있는 능력을 부여해주었다는 것이다. 처음부터 미리 예상할 수 있던 것처럼, 케이스먼트는 런던 중앙형사법원에서 진행된 공판 끝에 반역죄에 해당한다는 선고를 받았다. 전에 루퍼스 아이작스로 불렸던 수석판사 리딩 경이 케이스먼트에게 최종판결을 내렸다. **따라서 피고는 법정 교도소에 수감된 뒤 사형집행장으로 옮겨져 교수형에 처해질 것이다** (You will be taken hence to a lawful prison and thence to a place of execution and will be there hanged by the neck until you be dead). 1965년에야 비로소 영국 정부는 로저 케이스먼트의 시신이 내던져진 펜톤빌 감옥 마당의 석회구덩이에서 더이상 신원을 입증하기도 어려운 그의 유골을 발굴하도록 허가했다.

6장

싸우스월드와 월버스윅 마을 사이의 해변에서 멀지 않은
곳에 좁다란 철조다리가 블라이드강을 가로지르고 있는데,

한때는 양모를 실은 육중한 배들이 이 강을 따라 바다로 나
아갔다. 서서히 모래로 채워져가는 이 강을 오가는 배는 이제
거의 없다. 기껏해야 아래쪽 강변에 폐기된 여러 조각배들 사
이에서 밧줄로 묶여 있는 돛단배 한둘 정도를 발견할 수 있

을 뿐이다. 육지 쪽으로는 회색의 강물과 개땅(바닷물이 드나드
는 땅) 그리고 공허뿐이다.

블라이드강 위의 다리는 헤일스워스와 싸우스월드 사이를
오가는 협궤철도용으로 1875년에 세워졌는데, 여러 향토역
사가들의 주장에 따르면 이 철도를 달리던 차량들은 원래 중
국 황제에게 납품할 목적으로 제작되었다고 한다. 그렇게 추
정되는 주문자가 정확히 중국의 어느 황제였는지 알아내려
고 오랫동안 추적해보았지만 성과는 없었고, 이 납품계약이
왜 결국 이행되지 않았는지, 그리고 아마도 당시에는 소나무
로 둘러싸여 있었을 베이징과 여름별궁 중의 하나를 연결할
계획이던 이 차량들이 왜 결국 영국동부철도의 지선(支線)
에 투입된 것인지도 밝혀낼 수 없었다. 불확실한 자료들 가
운데 서로 일치하는 한가지 사실은, 주로 해수욕이나 휴가를
즐기러 온 여행객들이 이용하던, 최고속도가 시속 25킬로미
터로 제한된 기차의 검은 래커칠 아래에서 자신의 입김에 뒤

덮인 꼬리 달린 황제의 문장동물을 분명히 알아볼 수 있었다는 것이다. 문장동물에 대해서라면, 이 보고의 초반에서 이미 인용한 『환상의 존재들에 대한 책』에 하늘과 땅과 바다의 용 등 동양의 용을 총망라한 매우 완전한 분류법과 묘사가 실려 있다. 이에 따르면 한 용은 신들의 궁전을 등에 짊어지고 있고, 다른 용들은 강과 개울의 흐름을 결정하고 지하의 보물을 보호한다. 이들은 노란 비늘로 무장한 갑옷을 몸에 두르고 있다. 입 아래에는 수염이 있고, 귀는 짧고 두꺼우며, 입은 항상 열려 있고, 오팔과 진주를 먹고 산다. 길이가 5~6킬로미터에 이르는 것들도 있다. 이들이 자세를 바꾸면 산들이 무너진다. 허공을 날아가면 끔찍한 폭풍우가 일어나, 도시 가옥의 지붕이 날아가고 작물이 온통 파괴된다. 바다의 심연에서 솟아오르면 회오리와 태풍이 생겨난다. 예로부터 중국에서는 이 불가항력적인 힘을 진정시키는 일이 제국의 황제를 둘러싸고 벌어지는, 지극히 사소한 업무조차 중차대한 국무라도 되는 듯이 엄격하게 다루는 의전행위와 밀접히 결부되어 있었는데, 이 의전은 황제 한 사람에게 집결된 엄청난 세속권력을 정당화하고 영구화하기 위한 것이기도 했다. 오로지 환관과 여성으로만 구성된, 육천명이 넘는 황궁의 구성원은 자주색 담 뒤에 숨겨진 자금성 안의 유일한 남성 거주자 주위를 정확히 측정된 궤도에 따라 밤낮 매순간 에워싸고 있었다. 19세기 후반은 황제 권력의 의식화(儀式化)가 정점에 이른 시기이자 그 권력이 극단적으로 공동화된 시기이기도 했다. 지극히 엄격한 위계질서를 따르는 궁정 업무가 세부까지 더 철저히 정해진 규정에 따라 수행되는 사이에, 제국은 내외에 포진한 적들의 압력이 증가함에 따라 와해될 지경으로 치닫고 있었다. 1850년대와 1860년대에 기독교와 유교에 영감을 받은 세계구원운동을 좇는 태평천국의 난이 중국 남부의 거의 전역으로 들불처럼 번져갔다. 기아에 빠진 농민, 아편전쟁 뒤에 해고된 군인, 짐꾼, 선원, 배우, 창녀 등 가난과 곤궁에 시달리는 무수한 민중들이 열병에 걸려 꿈을 꾸던 중 찬란하고 정의로운 미래를 보았다면서 스스로 천왕이라 칭한 홍수전(洪秀全)에게로 모여들었다. 점점 수가 늘어나던 태평군은 얼마 뒤 광시로부터 북쪽을 향하여 이동하기 시작했고, 후난과 후베이, 안후이 지방을 휩쓴 뒤 1853년 초에는 막강한 도시 난징의 성문 앞에 도착했다. 이틀간의 포위공격 뒤에 도시를 점령한 태평군은 이 도시를 운동의 천경(天京)으로 선포했다. 행복의 기대로 충만해진 봉기는 이때부터 새로운 파도를 거듭 일으키며 거대한 나라를 휩쓸어간다. 육천개가 넘는 보루가 봉기군에 의해 정복되고 한시적으로 점령되었으며, 다섯 지방이 계속되는 전투로 철저히 파괴되었고, 십오년 가까운 세월 동안 이천만명이 넘는 사람이 목숨을 잃었다. 당시 중국을 휩쓸던 유혈 낭자한 끔찍함은 분명 상상할 수 없을 정도였을 것이다. 1864년 한여름, 그러니까 황제군이 칠년에 걸쳐 포위공격을 한 뒤에야 난징이 함락되었다. 성을 지키던 사람들은 마지막 수단까지 다 써버린 지 오래였고, 운동이 처음 시작될 때는 그토록 가까이 있는 것만 같던 지상낙원의 희망도 버린 지 오래였다. 굶주림과 환각제로 감각이 남김없이 망가진 상태로 그들은 종말로 다가갔다. 6월 30일, 천왕이 목숨을 끊었다. 그에 대한 충성심에서였든, 아니면 정복자들의 복수가 두려워서였든, 수십만명의 추종자가 그의 모범을 따랐다. 장검과 단도, 불과 밧줄을 사용하거나 옥상이나 지붕에서 몸을 던지는 등 생각할 수 있는 모든 방법을 다 동원하여 그들은 자신들을 절멸했다. 산 채로 구덩이에 뛰어들어 스스로를 묻은 사람도 많았다고 한다. 이런 태평군의 자기파괴는 역사에서 유례가 없다. 7월 19일 아침, 적들이 도시로 몰려들어왔을 때, 그들은 살아 있는 목숨을 하나도 발견하지 못했고, 사방에서 파리들이 윙윙대는 소리만 가득했다. 베이징으로 보내진 보고에 따르면 태평천국의 왕은 어느 하수구에서 얼굴을 바닥에 처박고 쓰러져 있었는데, 그가 언제나 입고 다니던, 무엄하게도 황제의 색인 노란색으로 짓고 용 그림으로 장식한 비단옷만이 부풀어 올라 너덜너덜해진 그의 시신을 겨우 붙들어 매고 있었다.

당시 중국에 주둔하던 영국군이 황제군과의 전투를 끝내고 황제군에 협력하지 않았더라면 중국 정부는 아마도 태평군의 반란을 진압할 수 없었을 것이다. 무장한 영국 국가권력이 중국에 주둔한 것은 1840년부터였는데, 그해에 이른바 아편전쟁이 선언되었던 것이다. 1837년부터 중국 정부가 아편 거래를 저지하기 위해 실시한 조치들로 동인도회사는 가장 큰 벌이가 되는 사업 중 하나가 위협을 받는다고 생각했다. 동인도회사는 벵골 지방의 들판에서 양귀비를 재배하여 그 씨앗에서 얻은 마약을 주로 광저우, 샤먼, 상하이 등지로 운송하는 사업을 벌이고 있었던 것이다. 이어진 영국의 선전포고는 이백년 동안 오랑캐의 침입을 막고 나라를 폐쇄해온 중국제국이 강제적으로 개국되는 과정의 시작을 의미했다. 기독교 신앙의 이름으로, 그리고 문명이 발전하기 위한 기본전제로 간주된 자유무역의 이름으로 서방은 유럽 대포의 우월성을 과시했고, 일련의 도시들을 점령했으며, 강화조약을 강요했는데, 이 조약에는 영국 상관(商館)의 해안영업 보장과 홍콩의 이양, 그리고 특히 어마어마한 배상금 지급 등의 내용이 들어 있었다. 영국의 입장에서 볼 때 처음부터 잠정적 조치에 불과했던 이 조약에는 내륙의 상업 중심지로 접근하는 데 대한 조항이 없었으므로 영국은 장기적 관점에서 다시 군사행동을 취해야 할 필요성을 외면하기 어려웠다. 특히 랭커셔의 방적공장에서 생산한 면제품의 구매자가 될 수 있는 사억이라는 중국인의 수를 고려할 때 더욱 그러했다. 그러나 1856년에야 비로소 징벌적인 출정에 다시 나설 충분한 구실이 생겼다. 광저우 항구에서 중국 관헌이 중국인으로만 구성된 선원들 가운데 몇몇 해적 용의자를 체포하기 위해 화물선한척을 무력으로 점취한 것이었다. 이 과정에서 중국 분견대는 주돛대에서 펄럭이는 영국 국기를 떼어냈는데, 이는 당시영국 국기가 흔히 불법거래를 위한 위장도구로 내걸렸기 때문인 것으로 짐작된다. 그러나 점취된 배가 홍콩에 등록되어 있었고, 따라서 엄연히 합법적으로 영국 국기를 걸어놓고 있었으므로, 광저우의 영국 이익대표자들은 사실상 그 자체로는 가소로운 이 에피소드를 고의적으로 중국 관헌과의 갈등을 키우는 데 활용하여, 결국 항구의 요새들을 점령하고 지방 총독의 청사에 포격을 가하는 것 외에는 달리 방법이 없다고 주장하기에 이르렀다. 거의 같은 시기에 광시의 지방 관리들이 선교활동을 하던 신부 샤들렌을 처형하도록 지시했다는 보도가 프랑스 언론에 실린 것도 유리하게 작용했다. 고통스러운 처형과정에 대한 묘사는 교수형리들이 이미 목숨을 잃은 신부의 심장을 도려내어 끓는 물에 익혀 먹었다는 주장에서 정점에 달했다. 그 직후 프랑스에서는 처벌과 복수를 외치는 목소리가 커졌고, 이런 상황은 웨스트민스터의 전쟁론자들의 시도와 딱 맞아떨어져서 이후 일정한 준비를 거친 뒤에 제국주의적 경쟁시대에 거의 찾아볼 수 없는 영국과 프랑스의 공동출정이 이루어질 수 있게 되었다. 수송작업이 지극히 힘들었던 이 작전은 1860년 8월 만팔천명의 영불 연합군이 베이징에서 250킬로미터도 떨어지지 않은 바이허강 하구에 상륙하여 광저우에서 모집한 중국인 부대의 지원을 받는 가운데 해수 늪과 깊은 도랑, 거대한 흙벽과 대나무 방호벽으로 에워싸인 하이허강 하구 근처의 타이구 요새를 정복했을 때 정점에 이르렀다. 요새 수비대가 무조건 항복한 뒤에 연합군 대표들은 군사적 시각에서 볼 때 이미 성공적으로 완료된

출정을 협상의 길을 거쳐 제대로 끝내려고 집중적으로 시도했지만, 그들이 명백히 우위에 있었음에도 불구하고 용의 제국이 복잡한 예의범절을 요구하고, 황제가 두려움과 당혹감에서 벗어나지 못함에 따라 중국이 외교적 지연전술을 구사하는 바람에 점점 더 악몽 같은 미로에 빠지게 되었다. 결국 협상이 결렬되고 만 것은 아마도 완전히 다른 정신세계 속에서 살아온 사절들이 서로를 전혀 이해하지 못하여 어떤 통역자도 이 세계 사이를 중재할 수 없었기 때문으로 보인다. 영국과 프랑스 측은 자신들이 강요하는 강화가 문명의 정신적, 물질적 성과를 거의 접하지 못한 낡은 제국을 식민지화하는 첫 단계라고 생각했던 반면, 황제의 사신들은 중국의 관습을 전혀 알지 못하는 것으로 보이는 이방인들에게 조공 의무가 있는 위성국가가 예로부터 천자(天子)에게 이행해야 하는 책무들을 알려주느라 고심했다. 결국 연합군은 포함(砲艦)을 이끌고 하이허강을 거슬러오르는 동시에 육로를 통해 베이징으로 진격하는 방법밖에 없었다. 9월 22일, 어린 나이에도 불구하고 몸이 극히 쇠약하고 수종(水腫)을 앓던 황제 함풍제(咸豊帝)는 적과 직면하는 상황을 피하기 위해 궁정 환관들과 노새, 짐수레와 가마가 뒤섞인 어수선한 무리에 섞여 만리장성 너머의 도피처 러허성(지금의 허베이성)으로 출발했다. 적군의 지휘자들에게는 황제가 법에 따라 가을에는 사냥에 나서야 한다는 통지가 전달되었다. 이제 황제와 마찬가지로 일을 어떻게 진행해야 할지 알 수 없게 된 연합군은 10월 초에 추측건대 우연히 베이징 근처의 원명원(圓明園)을 발견한다. 원명원은 무수한 궁전과 정자, 산책로와 환상적인 회랑, 사원, 탑 등을 갖춘 신비로운 정원이었는데, 인공 산의 비탈에서 자라는 덤불과 연한 빛의 나무 사이에서 신기한 모양의 뿔을 지닌 사슴들이 풀을 뜯고, 인간이 자연 속에 더해놓은 기적이 자연과 어우러져 연출하는, 온갖 상상을 초월하는 장관이 바람 한점 없는 수면 위에 반사되는 곳이었다. 그날 이후 며칠 동안 이 전설적인 정원에서 자행된, 군기는 고사하고 일체의 분별력을 잃은 듯한 끔찍한 파괴행위는 결정적 전환이 자꾸 미루어지는 데 대한 분노를 감안하더라도 제대로 이해되지 않는다. 추측건대 그들이 원명원을 불태운 진정한 이유는, 중국인이 미개하다는 생각이 얼마나 어리석었는지를 보여주는, 현세에서 창조된 이 낙원이 고향에서 끝없이 멀리 떨어져 강요와 궁핍과 갈망의 억압밖에 알지 못하는 병사들에게 어처구니없는 도발로 비쳤던 데 있었을 것이다. 그 10월의 며칠 동안 벌어진 일에 대한 보고들은 별로 신빙성이 없기는 하지만, 나중에 영국 진영에서 진행된 노획물 경매만 보더라도 황급히 도망친 왕실이 남겨놓은 운반 가능한 장식물들의 대부분, 비취와 금과 은, 비단으로 만든 모든 것이 약탈자들의 손에 들어갔다고 짐작할 수 있다. 이어서 광활한 땅에 펼쳐진 정원과 근처 궁전 지역의 이백채가 넘는 정자와 사냥용 별장, 사당 등이 지휘자의 명령에 따른 방화로 소진되었는데, 이는 명목상으로는 영국의 밀사 로치와 파크스를 학대한 데 대한 보복조치였다고 하지만 실은 무엇보다도 그전에 자행된 파괴행위를 알아볼 수 없게 하려는 의도에서 취한 행동이었다. 공병 중대장 찰스 조지 고든의 보고에 따르면, 대부분 히말라야삼나무로 지어진 사원과 대궐, 암자 들은 믿기 힘든 속도로 신속하게 불길에 휩싸였고 불은 타닥거리는 소리를 내며 튀어오르면서 푸른 덤불과 수풀로 번져갔다. 오래지 않아 몇몇 석조 교량과 대리석 탑을 제외하고는 남아 있는 것이 없었다. 길게 뻗은 연기가 오랫동안 하늘을 뒤덮었고, 태양을 가리는 거대한 연기구름이 서풍에 실려 베이징으로 날아가 얼마 뒤 사람들의 머리와 지붕 위로 내려앉았다. 베이징 사람들은 하늘이 천벌을 내린 줄 알았다. 연합군이 원명원에서 본때를 보여준 그달 말에 황제의 관리들은 연거푸 미뤄오던 톈진 강화조약에 서명하는 일을 더이상 미룰 수 없었다. 이 조약의 주요 조항들은 새롭게 추가된 거의 지불 불가능한 수준의 배상 요구 외에도 자유무역권, 중국 내에서의 자유로운 선교활동권, 아편 거래의 합법화를 위한 세율표 협상 등의 내용을 담고 있었다. 반대급부로서 서방 국가들은 황조수호를 위해 조력할 것을 약속했는데, 이는 태평군을 절멸하고 산시(陝西), 윈난, 간쑤 등지의 계곡에 사는 무슬림 주민들의 독립시도를 진압하는 데 협력하겠다는 뜻이었다. 다양한 추정에 따르면 이 과정에서 고향에서 내쫓기거나 목숨을 잃은 사람들이 육백만에서 천만명에 이른다고 한다. 앞에서 언급한, 당시에 채 서른살이 되지 않은 왕실 공병연대 중대장 찰스 조지 고든은 신앙이 독실하고 수줍음이 많은가 하면 불끈 화를 내기도 하고 아주 우울한 성격이기도 했는데, 후일 하르툼(수단의 수도)에서 포위되어 명예로운 죽음을 맞은 그는 이때 총사령관직을 맡아 군기가 흐트러진 황제군을 단기간 내에 강력한 전투병력으로 변모시켰다. 이 공로를 인정받은 그는 총사령관직에서 물러날 때 중국이 수여하는 최고상인 황색기사 상의를 받았다.

1861년 8월, 몇달 동안 결정을 미루던 끝에 함풍제는 도피처 러허에서 방탕으로 파괴된 짧은 생애를 마감하려는 중이었다. 물이 아랫배에서 가슴까지 올라왔고, 서서히 허물어져가는 몸의 세포들은 혈관에서 빠져나와 조직 사이의 모든 틈에 고인 염수 속에서 바닷물고기들처럼 떠다녔다. 의식이 깜빡깜빡하는 함풍제는 외병들이 자기 제국의 지방으로 침략해오는 것을 사지가 죽어가고 몸의 기관이 독극물로 범람하는 과정을 통해 생생하게 체험했다. 이렇듯 그 자신이 중국의 몰락이 진행되는 싸움터였으며, 결국 그달 22일 밤의 그림자가 그를 덮자 그는 죽음의 혼미 속으로 완전히 침잠했다. 황제의 시신이 입관되기 전에 치러야 하는, 점성술 계산과 결부된 복잡한 처리절차로 베이징으로의 이송은 10월 5일 전에 실행될 수 없었다. 이윽고 때가 되자 거대한 황금 들것에 얹힌 관대(棺臺)가 선발된 인부 백이십사명의 어깨 위에서 연거푸 위험하게 흔들리는 가운데 1킬로미터가 넘는 장례행렬이 시작되었다. 행렬은 그칠 줄 모르고 떨어지는 가을비를 맞으며 산을 오르내리고, 어두컴컴한 계곡과 협곡을 통과하고, 회색으로 흩날리는 눈발 속에서 모습을 감추기도 하는 황량한 고갯길을 넘어 나아갔다. 장례행렬이 11월 1일 마침내 목적지에 도착했을 때, 자금성의 대문으로 이어지는, 노란 모래가 흩뿌려진 거리의 양쪽으로는 푸른 난징 비단으로 만든 차단막이 설치되었는데, 이는 일반 백성이 다섯살 난 어린 황제 동치제(同治帝)의 용안(龍顔)을 보지 못하게 하기 위해서였다. 죽기 직전 함풍제가 용의 황위에 임명한 동치제는 지난날 황제의 후궁이었다가 이제 황태후라는 귀한 칭호를 사용하게 된 어머니 서태후와 함께 방석이 깔린 가마에 앉아 부친의 시신 뒤를 쫓아 자신의 집으로 돌아가는 중이었다. 황가가 베이징으로 복귀한 뒤에 미성년 군주의 손에서 임시로 통치권을 넘겨받기 위한 투쟁이 시작된 것은 당연한 일이었는데, 오래지 않아 이 싸움은 불굴의 권력의지를 보여준 황태후의 승리로 끝났다. 함풍제가 도피한 동안 황제의 대리인 역할을 했던 황족들은 합법적 군주에 대항하는 용서할 수 없는 역모죄를 저지른 것으로 간주되어 능지처참 형을 받았다. 이 판결은 반역자들에게 비단 끈을 주어 스스로 목을 맬 수 있도록 허가하는 형태로 바뀌었는데, 이는 새 정부의 자비로운 관대함으로 받아들여졌다. 황족 청, 쑤슌, 이가 조금도 망설이지 않고 자신들에게 허락된 특전을 활용한 뒤에 황태후는 중국 내에서 누구도 대적할 수 없는 섭정이 되었다. 이제 통치할 수 있는 나이가 된 아들이, 완벽한 권력을 더욱더 확장하기 위해 그녀가 도모하고 부분적으로는 이미 실현한 계획들에 맞서기 전까지는 그랬다. 이러한 사태의 전환을 고려할 때, 동치제가 실질적으로 황위에 오른 지 일년도 채 되지 않아 천연두 때문이었는지 아니면 사람들이 수군거리듯이 베이징의 홍등가에서 춤꾼과 여장남자 들을 만나다가 얻은 다른 병 때문이었는지는 모르지만 급속히 몸이 쇠약해져 금성이 태양을 가로지르던 — 이는 불길한 징조였다 — 1874년 가을, 채 열아홉이 되기도 전에 때이른 죽음의 징후를 보인 것은 서태후의 입장에서 보자면 섭리의 신호나 마찬가지였다. 실제로 동치제는 몇주 뒤인 1875년 1월 12일에 세상을 떠났다. 사람들은 그의 얼굴을 남쪽으로 향하게 하고 저승으로 떠나는 여행을 위해 영생의 야회복을 입혔다. 장례식이 절차에 따라 끝나자마자 여러 사료에 기록되어 있듯이 당시 만삭이던 열일곱 나이의 황후는 조상들 곁으로 간 황제의 뒤를 따라 음독자살했다. 이상한 정황 속에서 닥친 그녀의 죽음에 대해 공식 발표문은 그녀가 억누를 수 없는 슬픔에 못 이겨 자살했다고 했지만, 서태후가 자신의 섭정을 연장하기 위해 젊은 황후를 제거했다는 의심은 사라지지 않았다. 서태후는 자신의 지위를 확고히 하기 위해 겨우 두살 난 조카 광서(光緒)를 황위계승자로 선포했는데, 이는 모든 전통을 무시하는 처사였다. 광서는 동치제와 항렬이 같았고, 따라서 철칙으로 수호되던 유교의 규정에 의하면 사자(死者)가 된 동치제에게 영혼의 안식을 주는 데 필요한 기원과 예우의 봉사를 할 자격이 없기 때문이었다. 평소에는 지극히 보수적인 태도를 보이던 황태후가 부득이한 경우에는 이렇게 신성한 전통을 무시해버린 것은 무소불위의 권력을 행사하고자 하는 그녀의 욕망이 해가 갈수록 안하무인이 되어갔다는 사실을 보여주는 징표다. 그리고 모든 절대적 권력자들이 그러하듯이 그녀도 자신의 드높은 지위를 세상과 자기 자신에게 과시하기 위해 상상을 초월하는 사치를 했다. 그녀의 심복이었던 고위 환관 이연영(李蓮英, 사진의 맨 오른쪽)이 관리하던 개인비용만 해도 매년 당시로서는 터무니없는 금액이던 600만 파운

드스털링을 집어삼켰다. 그러나 권위를 과시하기 위한 수단이 과장되면 될수록 그토록 용의주도하게 움켜쥔 전능한 권력을 빼앗길지 모른다는 두려움 또한 그녀의 마음속에서 커져만 갔다. 밤이 되면 그녀는 궁궐 정원의 기묘한 그림자 풍경 속으로 나아가 인공 절벽과 양치식물 풀밭, 짙은 색의 측백나무와 삼나무 사이를 서성였다. 아침 일찍 맨 먼저 상해를 입지 않게 해주는 묘약이라고 여겨지던 곱게 빻은 진주를 먹었고, 때로 낮이면 생명없는 사물들을 가장 애호하던 그녀답게 몇시간이고 방의 창가에 가만히 서서 그림처럼 펼쳐진 고요한 북쪽 호수를 쳐다보았다. 멀리 백합 꽃밭에서 일하는 정원사들이나 겨울이면 푸른 얼음바닥 위에서 스케이트를 타는 환관들의 자그마한 모습을 보며 그녀는 자연과 결부된 인간의 활동을 떠올리는 대신 유리병에 갇힌 파리처럼 이미 자의적인 죽음에 압도된 존재들을 볼 뿐이었다. 실제로 1876년에서 1879년 사이에 중국을 여행한 여행자들의 보고에 따르면, 당시 몇년 동안 끝날 줄 모르던 가뭄으로 광활한 지역 전체가 유리벽으로 에워싸인 감옥처럼 보일 지경이었다고 한다. 정확한 숫자는 한번도 집계된 적이 없지만, 주로 산시(山西)성과 산시(陝西)성, 산둥성에서 기아와 탈진으로 사망한 사람들이 칠백만에서 이천만명에 달했다고 한다. 예컨대 침례교 선교사 티머시 리처드는 이 대재앙이 매주 동작이 뚜렷이 더 느려지는 사람들의 모든 행동에 어떤 영향을 미쳤는지를 묘사한다. 사람들은 혼자서, 무리를 지어, 혹은 느슨하게 줄을 지어 비틀거리며 이리저리 떠돌았고, 미약한 바람만 불어도 길가에 쓰러져 끝내 일어나지 못하는 사람들도 드물지 않았다. 때로는 그저 한쪽 손을 들거나 눈을 뜨거나 마지막 숨을 내쉬는 사이에도 마치 반백년의 세월이 흐르는 듯했다. 그리고 시간의 와해와 함께 모든 다른 상황들도 와해되었다. 자기 아이들이 고통스럽게 죽어가는 모습을 차마 볼 수 없었던 부모들은 자식들을 서로 바꾸었다. 마을과 도시는 먼지로 뒤덮인 황야로 에워싸였고, 그 황야 위로는 강물이 흐르는 계곡과 숲으로 에워싸인 호수의 신기루가 어른거리면서 연거푸 떠올랐다. 먼동이 틀 무렵, 가지에 달린 바싹 마른 잎들이 바스락거리는 소리가 얕은 잠 속으로 파고들면, 사람들은 때때로, 앎보다 소망이 더 강력해지는 찰나에, 비가 내리기 시작한다고 생각했다. 수도와 그 주변 지역은 가뭄이 낳은 최악의 결과는 피할 수 있었지만, 남부 지방에서 비보들이 도착하면 황태후는 금성이 떠오르는 시각에 맞추어 신전의 비단 신들에게 피의 제물을 바치도록 했다. 누에들이 먹을 신선한 풀이 부족하지 않도록 기원하기 위함이었다. 세상의 온갖 생물 가운데 그녀가 깊은 애정을 느꼈던 것은 오직 이 신비로운 벌레뿐이었다. 누에를 키우는 비단집은 여름 궁궐에서 가장 아름다운 건물에 속했다. 일이 진척되는 상황을 확인하기 위해 서태후는 매일 하얀 앞치마를 두른 수행원들을 이끌고 바람이 잘 통하는 비단집으로 갔고, 특히 밤이 되면 혼자서 누에가 자라는 대(臺) 사이에 앉아 신선한 뽕나무 잎을 갉아먹는 무수한 누에들이 내는 나지막하고 일정하며 한없이 마음을 안정시켜주는 소리를 듣는 것을 아주 좋아했다. 그녀는 오래지 않아 스스로 자아놓은 귀한 실을 위해 목숨을 잃게 될 이 거의 투명하고 창백한 존재야말로 자신의 진정한 신하라고 생각했다. 열심히 일하고, 기꺼이 죽고, 짧은 시일 내에 마음대로 번식시킬 수 있고, 자신들에게 주어진 유일한 목적에 맞게 활동하는 데만 열중하는 누에들이 황태후에게는 이상적인 백성들로 보였던 것이다. 궁궐 바깥의 이름없는 군중이든, 그녀의 최측근들이든 근본적으로 믿을 수가 없는 인간들과는 정반대였다. 그녀의 최측근들은 그녀 자신이 황위에 올려놓은 두번째 어린 황제의 편으로 언제든 돌아설 수 있는 존재들이었고, 이 황제는 날이 갈수록 자신의 뜻대로 일을 처리하려고 해서 그녀의 근심을 키웠다. 새로운 기계의 비밀에 푹 빠져 있던 광서제는 아직은 베이징의 가게에서 덴마크 업주가 판매하던 기계장치 장난감과 시계를 가지고 놀면서 대부분의 시간을 보냈고, 진짜 기차를 선물해줄 테니 그것을 타고 제국을 돌아다닐 수 있을 것이라고 약속함으로써 아직은 그의 야심을 다른 데로 돌릴 수 있었지만, 그에게 권력이 돌아갈 시점은 이제 멀지 않았다. 하지만 시간이 갈수록 황태후는 이 권력을 더욱더 포기할 수 없었다. 내 생각으로는 나중에 헤일스워스와 싸우스월드 사이를 오가게 된, 중국의 용이 그려진 작은 궁정 기차가 원래는 광서제를 위해 주문된 것이지만, 이 젊은 황제가 개혁운동의 영향을 받아 1890년대 중반 무렵부터 황태후의 의도와는 전적으로 배치되는 이 개혁운동의 목표들을 점점 더 좇게 되면서 주문이 취소된 것이라고 보아야 할 것 같다. 어쨌든 확실한 것은 광서제가 권력을 차지하려고 시도하다가 자금성 앞의 수상궁전에 연금당했고, 통치권을 무조건적으로 황태후에게 위임한다는 포기각서에 서명하도록 강요받았다는 사실이다. 광서제는 이후 십년 동안 망명지인 낙원 같은 섬에서 점점 쇠약해졌고, 결국 1908년 늦여름이 되자 권력을 빼앗긴 뒤로 그를 괴롭히기 시작한 여러 병 ─ 만성 두통과 요통, 신장 발작, 빛과 소음에 대한 극단적인 과민증, 폐기능 저하, 심한 우울증 등 ─ 에 완전히 굴복하고 말았다. 서양 의학을 배운 추 박사라는 사람이 마지막으로 광서제를 맡게 되었는데, 그는 황제가 이른바 브라이트병(현재의 신장염)에 걸린 것이라고 진단하면서도 몇가지 미심쩍은 증상들 ─ 불규칙적 심장박동, 보랏빛을 띠는 얼굴, 노란 혀 ─ 을 기록해두었다. 이후로 여러 사람들이 추정한 바에 따르면 이런 증상들은 그가 서서히 독살된 것임을 암시한다. 또한 추 박사가 황제의 궁전으로 가서 병자를 방문할 때 바닥과 모든 가구가 마치 오래전에 거주자들이 떠나버린 집에서나 보는 것처럼 두꺼운 먼지로 뒤덮여 있는 것이 눈에 띄었는데, 이는 사람들이 이미 여러해 전부터 황제의 건강에 신경쓰지 않았음을 보여주는 것이었다. 1908년 11월 14일, 땅거미가 내려앉을 무렵, 혹은 사람들이 계시(鷄時)라고 부르던 시간에 광서제는 고통 속에서 생을 마감했다. 이렇게 나이

서른일곱에 그는 죽음을 맞이한 것이다. 그의 몸과 정신을 철저히 계획적으로 파괴한 일흔셋의 황태후는 기이하게도 황제보다 단 하루도 더 오래 살지 못했다. 11월 15일 아침에 그녀는 아직 그런대로 기력이 있는 모습으로 대(大)고문회의에 참석하여 새로운 상황을 어떻게 처리할지 상의했지만, 점심 식사 끝에 주치의의 경고를 무시하고 좋아하는 음식—지방 섞인 크림을 바른 야생 능금—을 이인분이나 먹고 나서 이질로 짐작되는 발작을 일으켰는데, 이 발작이 그녀를 제압하고 말았다. 오후 3시경, 죽음이 다가왔다. 이미 사자(死者)의 복장을 갖춘 그녀는 거의 오십년에 이르는 자신의 섭정하에서 해체 지경에 도달한 제국을 향한 고별사를 구술했다. 되돌아보면 역사란 해변으로 거듭 몰려오는 파도처럼 우리를 덮치는 불운과 시험으로만 이루어져 있으니 지상에서 살아가는 모든 날 가운데 어느 한순간도 진정으로 근심에서 자유롭지 않다는 것이 그녀의 말이었다.

오르비스 떼르띠우스에 대한 글에는 시간의 부정이 뜰린 철학학파의 가장 중요한 원칙이라고 적혀 있다. 이 원칙에 따르면 미래는 오로지 우리가 현재 지닌 두려움과 희망의 형태로만 현실성을 지니며, 과거는 기억으로만 존재한다. 다른 견해에 따르면 세계와 세계 속의 온갖 생명은 그 완전하면서도 착각에 지나지 않는 전사(前史)와 함께 바로 몇분 전에 비로소 창조된 것이다. 제3의 학설은 지구가 신의 거대한 도시에 있는 하나의 막다른 골목이라거나, 불가해한 그림들로 가득

한 어두운 방이라거나, 더 나은 태양을 에워싼 연무(煙霧)로
이루어진 집이라고 주장한다. 제4의 철학학파의 대표자들은
이미 모든 시간이 지나갔으며, 우리의 삶이란 돌이킬 수 없는
과정의 여운이 비치는 것일 따름이라고 주장한다. 실제로 우
리는 세계가 이미 가능한 변이들을 얼마나 많이 겪었는지, 그
리고 아직 남아 있는 시간들이 있다면 그게 몇개인지 알지
못한다. 확실한 것은 개별 생명이나 생명 전체, 나아가 시간
자체를 상위의 시스템과 비교해보면, 낮보다 밤이 훨씬 더 오
래 지속된다는 사실뿐이다. 토머스 브라운은 1658년에 발표
한 논문 「키루스의 정원」에서 이렇게 쓴다. 시간의 밤은 낮을
훨씬 더 능가했으니, 분점(태양이 적도를 통과하는 춘분점과 추분점)이
언제였는지 누가 알겠는가?(The night of time far surpasseth the
day and who knows when was the Aequinox?) 블라이드강을 가
로지르는 다리에서부터 버려진 철도를 따라 잠시 걸어 약간
높은 지대에 오른 뒤, 월버스윅에서 남쪽으로 더니치라는 몇
안되는 집들로 이루어진 마을까지 펼쳐진 습지를 향해 내려
가는 동안 내 머릿속을 채운 생각도 바로 이런 것이었다. 이
지역은 인적이라고는 찾아볼 수 없고 쓸쓸하기만 하여 만일
누군가 여기에 버려진다면 자신이 북해 해변에 있는지, 아니
면 카스피해의 연안이나 리안퉁만에 있는지 거의 구별할 수
없을 것이다. 오른쪽으로는 갈대밭이 춤을 추고, 왼쪽으로는
회색빛 모래밭이 펼쳐진 가운데 나는 너무나 멀어 결코 도달
할 수 없을 것처럼 보이는 더니치를 향해 나아갔다. 몇몇 슬

레이트지붕과 기와지붕, 숲으로 뒤덮인 언덕의 둥근 꼭대기
가 창백한 빛깔로 서서히 모습을 드러내기까지 나는 거의 몇
시간을 걸은 기분이었다. 오늘날의 더니치는 중세 유럽에서
가장 중요한 항구로 꼽히던 도시가 마지막으로 남겨놓은 잔
해다. 한때 여기에는 쉰곳이 넘는 교회와 수도원, 병원이 있
었고, 조선소와 방비시설, 여든척이 넘는 어함과 상선을 거느
린 선단, 열두개가 넘는 풍차가 있었다. 이 모든 것은 파괴되
어 5~6제곱킬로미터에 걸쳐 흩어진 채 해저의 모래와 자갈
아래에 파묻혀 있다. 성 야고보, 레오나르도, 마르티누스, 바
르톨로메오, 미카엘, 파트리키우스, 마리아, 요한, 베드로, 니
콜라우스, 펠릭스 등에 바쳐진 교구교회들은 끊임없이 뒤로
물러나는 낭떠러지 아래로 차례차례 무너져내렸고, 한때 도
시를 지탱했던 흙과 돌과 함께 해면 아래 깊숙이 가라앉았다.
기이하게도 벽으로 쌓아올린 우물들의 수직굴만 남았는데,

여러 연대기 기술자가 보고하는 것처럼 한때 자신을 에워싸던 모든 것이 떨어져나간 뒤에도 수직굴은 수백년 동안 마치 지하의 대장간 굴뚝처럼 허공 위로 치솟아 있어 사라져버린 도시의 표적이 되었지만, 결국 이것들도 무너지고 말았다. 하지만 더니치의 해변에서는 대략 1890년까지도 에클스 교회 탑이라고 불리던 탑을 볼 수 있었는데, 어떻게 이 탑이 한쪽

으로 무너지지 않고 원래 있던 상당히 높은 지점에서 해수면 높이까지 내려왔는지 설명할 수 있는 사람은 아무도 없었다. 이 수수께끼는 오늘날까지도 풀리지 않았는데, 얼마 전에 실시된 모형 연구에 따르면 이 신비로운 에클스 탑은 처음부터 모래 위에 세워져서 자체의 무게로 아주 서서히 가라앉았기 때문에 벽에 전혀 손상을 입지 않았다는 설명이 가능하다고

한다. 이 에클스 탑도 허물어져버린 1900년 즈음, 더니치 교회가 무너진 곳의 가장자리에는 만성(萬聖)묘의 폐허만이 있었다. 그러나 이것 역시 1919년 주변의 교회묘지에 묻혀 있던 이들의 유골과 함께 낭떠러지 아래로 쏟아져내렸고, 서쪽의 사각 탑만이 음산한 지대 위로 한동안 솟아 있었다. 더니치의

모습이 가장 급격하게 바뀐 것은 13세기였다. 당시에는 런던, 스타보런, 슈트랄준트, 단치히, 브루게, 바욘, 보르도 등지를 오가는 배들이 매일 들락날락했다. 1230년 5월에 수백명의 기사와 그들의 말, 수천명의 보병, 왕의 수행원 전체를 싣고 포츠머스(영국 남부의 항구도시)에서 출발하여 뿌아뚜(프랑스 서부의 해안지역)로 향한 범선들의 4분의 1을 더니치에서 제공했다. 목재와 곡물, 소금, 청어, 양모, 모피 등의 거래와 조선업은 엄청난 이윤을 안겨주었고, 오래지 않아 이런 경제적 부는 내륙으로부터의 공격과 해안을 끊임없이 갉아먹는 바다의 폭력에서 더니치를 지켜내기 위한 모든 가능한 조처를 시행

할 수 있게 해주었다. 당시에 이런 방비 작업을 통해 더니치의 주민들이 얼마나 안심했는지는 이제 더이상 확실히 말할수 없다. 확실한 것은, 결국 이런 작업마저도 충분하지 않았다는 것뿐이다. 1285년에서 1286년으로 넘어가던 날, 밤의 폭풍이 몰고 온 파도가 도시 아래쪽과 항구를 끔찍하게 휩쓸었고, 이후 몇달 동안 사람들은 과거에 육지와 바다의 경계가어디였는지 분간할 수조차 없었다. 사방이 무너진 담과 건물의 잔해, 폐허와 부서진 각재, 산산조각난 선체(船體), 흐물흐물해진 진흙더미와 자갈, 모래와 물로 뒤덮였다. 재건작업이이루어진 지 몇십년도 지나지 않은 1328년 1월 14일, 평소보다 훨씬 잠잠했던 가을과 크리스마스 시즌이 지나간 그때, 더끔찍한 재앙이 닥쳤다. 이번에도 북동쪽에서 불어온 허리케인 같은 폭풍이 사리와 겹쳤다. 어스름이 몰려올 무렵, 항구지역의 주민들은 옮길 수 있는 재산을 들쳐메고 도시의 높은지대로 피신했다. 밤새도록 파도는 거리를 한줄 한줄 차례로집어삼켰다. 물속에서 떠다니는 지붕들보와 기둥이 아직 무너지지 않은 담장과 벽 들에 공성(攻城) 망치처럼 부딪혔다. 새벽 먼동이 틀 무렵, 피츠리처드나 피츠모리스, 발레인, 드라팔레즈 등의 귀족가문과 일반민중이 뒤섞인 대략 이삼천명으로 추정되는 생존자들이 폭풍에 등을 돌린 채 낭떠러지의 가장자리에 몰려서서 소금기 섞인 포말의 안개 너머 비치는 아래쪽을 경악한 표정으로 내려다보고 있었다. 상품 꾸러미와 나무통, 박살난 기중기, 산산조각난 풍차 날개, 궤짝과 탁자, 상자, 용수철 달린 침대, 장작, 짚단, 익사한 가축 등 온갖 것이 파괴의 분쇄기에 빠져들어 허연 갈색의 물속에서 빙빙 돌고 있었다. 이후 몇세기 동안에도 연거푸 그런 재앙이 바다에서 육지로 몰려왔고, 그사이의 평온한 시기에도 해안의 침식은 당연히 계속되었다. 더니치의 주민들은 서서히 이러한 사태 전개를 바꾸어놓을 수 없음을 인정하게 되었다. 가망없는 투쟁은 포기되었고, 사람들은 바다에 등을 돌리고 갈수록 빈약해져가는 경제적 여력이 허락하는 내에서 도시의 서쪽에 건물들을 지었는데, 이 도피작업은 여러 세대에 걸쳐 오래오래 진행되었다. 서서히 몰락해간 이 도시는 이런 과정을 통해 지구상 인간생활의 기본 이동방향을—반사적으로 그랬다고 할 수도 있으리라—보여주었다. 눈에 띄게 많은 인간의 거주지들이 서쪽을 지향하면서 상황이 허락하는 한 서쪽으로 이동하고 있다. 동쪽은 암담함과 뜻이 같았다. 특히 아메리카 대륙이 식민화되던 시대에 도시들은 서쪽으로 번져간 반면 동쪽 지역은 벌써 와해되어가는 현상이 두드러졌다. 브라질에서는 과잉개발로 지력이 고갈되어 더 서쪽으로 새로운 공간이 개척되면서 넓은 지역의 절반이 다 타고 난 불처럼 꺼져버리는 일이 여전히 일어나고 있다. 북아메리카에서도 주유소와 모텔, 쇼핑센터 등이 있는 무수한 이름없는 부락들이 유료 고속도로를 따라 서쪽으로 이동하며, 이 축을 따라 부유함과 빈곤함이 정확하게 양분된다. 더니치가 도피해간 이동경로는 내게 이런 생각을 떠올리게 했다. 첫번째 끔찍한 파괴가 덮친 뒤에 도시의 서쪽 앞 지대에 재건작업이 이루어졌지만, 거기에 세워진 프란체스꼬 수도원조차 지금은 몇몇 잔해로 남아 있을 뿐이다. 여러 탑과 수천의 영혼을 거느리던 더니치는 이제 물과 모래, 자갈, 그리고 희박한 공기로 해체되고 말았다. 바다 위의 풀밭에서 한때 도시가 서 있었을 위치를 바라보면 공허의 엄청난 흡인력을 실감하게 된다. 더니치가 이미 빅토리아여왕 시대부터 우울한 문인들의 순례지가 되었던 것은 아마도 이런 이유 때문이었을 것이다. 예컨대 1870년대에 앨저넌 스윈번(1837~1909, 빅토리아시대의 영국 작가)은 그를 보살펴주던 시어도어 와츠 던턴과 함께 여러차례 더니치를 찾았는데, 런던의 문인생활과 결부된 자극들이 태생적으로 과민한 그의 신경줄을 끊어버릴 듯할 때마다 그랬다. 젊은 시절에 이미 전설적인 명성을 얻게 된 그는 라파엘전파의 살롱에서 예술에 대한 멋진 대화를 나누거나 경이로운 시적 장광설로 장식된 비극과 시를 쓰다가 정신적인 긴장에 휩싸이면 종종 극심한 열정의 발작을 일으켜 목소리와 팔다리를 통제할 수 없는 지경에 이르곤 했다. 거의 간질처럼 보이는 그런 발작이 지나가면 그는 몇주 동안 침대에 누워 있기 일쑤였고, 결국 오래지 않아 **전반적인 사회생활에 부적격자가 되어**(unfitted for general society) 사람들과의 교류를 몇몇 친한 사람으로 제한해야 하는 상황에 이르렀다. 처음에 그는 가족의 시골 별장으로 가서 상태를 호전시키곤 했지만, 나중에는 와츠 던턴과 함께 해안 지역으로 가는 일이 점점 잦아졌다. 바람에 고개를 숙이는 싸우스월드의 갈대밭을 거쳐 더니치로 가는 소풍이나 물의 황무지를 바라보는 것은 그에게 진정제와 같은 작용을 했다. 「북해에서」(By the North Sea)라고 이름 붙인 장시(長詩)는 생의 점진적인 자기해체에 바친 그의 헌사였다. 나지막한 절벽은 재처럼 부스러지고 제방들은 먼지로 허물어진다(Like ashes the low cliffs crumble and the banks drop down into dust). 어느 여름날 저녁 와츠 던턴과 함께 만성교회 묘지를 방문했을 때 그는 멀리 해면 위에서 초록색이 도는 빛을 본 것 같다고 믿었다. 나는 그런 내용을 스윈번에 대한 한 논문에서 읽은 기억이 난다. 그는 이 빛이 쿠빌라이 칸(1215~94, 몽골제국 제5대 칸)의 궁전을 연상시킨다고 말했다고 한다. 더니치가 영국 왕국에서 가장 큰 도시 중의 하나였던 무렵에 후일 베이징이 될 장소에 지어진 궁전이었다. 내 기억이 틀리지 않는다면, 그 논문은 그날 저녁 스윈번이 와츠 던턴에게 이 궁전을 아주 상세하게 묘사했다고 보고했다. 6킬로미터가 넘는 하얀 성벽, 온갖 종류의 재갈과 안장과 장비로 가득한 요새의 무기고, 창고와 보물 보관소 들, 가장 훌륭한 말들이 끝없이 줄지어 서 있는 마구간, 육천명 이상의 손님을 모실 수 있는 향연장, 거실, 일각수 사육장이 있는 동물원, 칸이 북쪽 면에 쌓아올리게 한 100미터 높이의 전망용 언덕 등에 대해 이야기했다는 것이다. 온통 녹색 공작석으로 덮어놓은 이 원뿔 언덕의 가파른 비탈은 일년 내 완전히 성장한 가장 화려하고 진귀한 상록수로 장식되었는데, 이

나무들은 원래 서 있던 자리에서 흙과 함께 뿌리째 통째로 파내어 특별히 사육된 코끼리에 매달고 먼 길을 수송한 뒤에야 그곳에 이르렀다는 게 그의 설명이었다고 한다. 한겨울에도 푸르름을 잃지 않고, 꼭대기 역시 녹색으로 꾸며진 휴식용 누각이 서 있는 이 인공 언덕보다 더 멋진 것은 그전에도 그 후에도 창조된 적이 없다고 그날 저녁 스윈번은 주장했다. 앨저넌 찰스 스윈번의 생애는 서태후의 생애와 거의 연도까지 일치한다. 그는 1837년 4월 5일 해군 대장 찰스 헨리 스윈번과 애슈버넘 백작 3세의 딸이던 그의 아내 제인 헨리에타 부인 사이의 여섯 자녀 가운데 장남으로 태어났다. 두 가문은 쿠빌라이 칸이 그의 궁전을 짓고, 더니치가 항로로 이를 수 있는 모든 나라와 무역을 하던 시절로부터 유래되었다. 추적해보면 과거에 스윈번 가문과 애슈버넘 가문의 사람들은 왕의 종자(從者)였고 중요한 전사(戰士)이자 무관이었으며, 드넓은 땅의 영주였고 탐험여행가였다. 그에 비하면 기이하게도 앨저넌 스윈번의 종조부인 로버트 스윈번 장군은 아마도 교황권 지상주의적 신념을 지녔기 때문이겠지만 교황의 신하가 되었는데, 나중에 신성로마제국의 남작 신분까지 획득했다. 그는 밀라노 지사로 재직하다가 죽었고, 그의 아들은 1907년 고령으로 죽을 때까지 프란츠 요제프 황제의 시종으로 지냈다. 가문의 방계에서 나타난 이 정치적 가톨릭주의의 극단적인 형태는 몰락의 첫 징조였는지도 모른다. 이와는 별도로 이렇게 생활력으로 충만한 가문에서 어떻게 늘 신경쇠약에 시달리는 존재가 생겨날 수 있었는가 하는 질문은 출생과 유전을 중시하는 스윈번의 전기 작가들에게 오랫동안 풀지 못한 역설로 남았고, 결국 그들은 「칼리돈의 아탈란타」를 쓴 이 시인이 일체의 자연적 가능성을 벗어나 말하자면 무(無)에서 생겨난, 독자적으로 발생한 현상이라는 데 합의했다. 실제로 스윈번은 그의 외모만으로도 완전히 별종처럼 보

였다. 그는 모든 성장단계에서 언제나 평균치에 훨씬 못 미치는 작은 키에 거의 사람을 경악하게 하는 가느다란 체격을 지녔지만, 어릴 때부터 이미 목 언저리에서 가파르게 떨어지는 허약한 어깨 위에 엄청나게 거대한, 실로 어마어마한 머리를 얹어놓고 있었다. 측면으로 벌어져 퍼지는 새빨간 머리칼과 물처럼 푸르게 빛나는 눈으로 더 강조되는 이 참으로 비상한 머리는 스윈번의 또래 중 한 사람이 말하듯이 이튼에서 늘 경악의 대상이었다(an object of amazement at Eton). 학교에 입학할 당시—1849년 여름 스윈번은 겨우 열두살이었다—

이미 그의 모자는 이튼의 모든 모자 중에서 제일 컸다. 스윈
번과 함께 1868년 가을 르아브르에서 출발하여 영불해협을
건너간 린도 마이어스라는 사람이 전하는 바에 따르면, 갑작
스런 바람에 스윈번의 모자가 갑판 너머로 날아가버려 두 사
람은 싸우샘프턴에 도착하자마자 모자를 사러 나섰는데, 세
번째 가게에서야 비로소 그의 머리에 맞는 모자를 발견할 수
있었고, 이것도 그대로는 맞지 않아 가죽띠와 안감을 떼어내
야 했다고 한다. 이렇게 극단적으로 불균형한 신체를 지녔음
에도 불구하고 스윈번은 어릴 때부터, 특히 발라끌라바에서
의 공격(끄림전쟁 중이던 1854년 10월 25일, 러시아제국군이 영국·프랑
스·오스만제국 연합군과 충돌한 전투)에 대한 기사를 신문에서 읽
고 난 뒤부터는 늘 기병대에 입대하여 **멋진 검객**(beau sabreur)
으로서, 그 터무니없는 전투와 비슷한 전투에서 목숨을 잃은
병사처럼 죽고 싶다는 꿈을 꾸었다. 옥스퍼드에서 공부하던
시절에도 그는 미래에 대해 생각할 때 이 꿈이 가장 멋지다
는 생각을 떨쳐버리지 못했지만, 발달이 부진한 신체 탓에 영
웅적인 죽음을 향한 희망이 완전히 좌절되자 결국 자신을 문
학에 가차없이 내던졌고, 이 또한 자기파괴의 극단적인 형태
라는 점에서는 영웅적 죽음에 비해 전혀 손색이 없었다. 만일
날이 갈수록 자신의 생의 동반자 와츠 던턴에게 삶의 지휘권
을 넘겨주고 그를 따르지 않았더라면 스윈번은 점점 더 심해
지던 신경쇠약을 이겨내지 못했을 것이다. 오래지 않아 와츠
던턴은 일체의 서신왕래를 관리했고, 언제나 스윈번을 극도

의 공포로 몰아넣는 모든 사소한 일을 대신 해주었으며, 이렇게 함으로써 거의 삼십년에 이르는 창백한 여생을 시인에게 선사해주었다. 1879년 스윈번은 신경발작을 일으킨 뒤에 차라리 죽었다고 하는 편이 나을 상태로 이른바 사륜 승합마차에 실려 런던 남서쪽의 퍼트니힐로 이송되었다. 그리고 두 미혼 남자는 주소가 **파인즈 2번지**(Nr. 2 The Pines)였던 아담한

변두리 주택에서 일체의 자극을 의도적으로 피하면서 계속 살아간다. 하루일과는 언제나 와츠 던턴이 세밀하게 정해놓은 계획에 따라 진행되었다. 언젠가 와츠 던턴은 자신이 고안

해낸 체계가 적절했다고 자부하면서 이렇게 말한 적이 있다고 한다. 스윈번은 늘 아침에 산책을 하고, 오후에는 글을 쓰고, 저녁에는 책을 읽습니다. 게다가 식사시간에는 마치 애벌레처럼 먹어대고 밤에는 겨울잠쥐처럼 잠에 빠지지요(Swinburne always walks in the morning, writes in the afternoon and reads in the evening. And, what is more, at meal times he eats like a caterpillar and at night he sleeps like a dormouse). 교외로 피신한 천재 시인을 직접 보고 싶어하는 손님을 점심시간에 초대하는 경우도 가끔 있었다. 그럴 때면 세 사람은 어둑한 식당에 함께 앉았다. 귀가 잘 들리지 않는 와츠 던턴은 큰 소리로 대화를 이끌어갔고, 스윈번은 착한 아이처럼 접시 위로 고개를 숙이고 엄청난 양의 소고기를 말없이 먹어치웠다. 세기 전환기에 퍼트니힐을 방문했던 손님 중의 한 사람은 그 두 늙은 남자가 마치 레이던산(産) 병에 든 두마리의 기이한 벌레들처럼 보였다고 적었다. 그 사람은 스윈번을 볼 때마다 잿빛 누에나방(Bombyx mori)을 떠올렸는데, 스윈번이 자신 앞에 놓인 음식을 한조각 한조각 먹어치우는 모습도 그러했거니와, 점심식사 뒤 그를 덮친 몽롱한 상태에서 느닷없이 전기가 번쩍 지나간 듯 새롭고 활기찬 상태로 깨어나더니 내쫓긴 나방처럼 손을 떨면서 서재를 재빨리 왔다갔다하다가 계단과 사다리를 오르락내리락하면서 이런저런 귀한 책들을 책장에서 꺼내는 모습 또한 나방을 연상시켰다고 한다. 그럴 때 그는 열광의 상태에 빠져 그가 사랑하던 말로우와 랜더, 위고 같은 작가에 대해 두서없는 장광설을 터뜨렸는데, 와이트섬과 노섬벌랜드에서 보낸 어린 시절의 회상을 늘어놓는 경우도 드물지 않았다. 언젠가 이렇게 완전한 무아경의 상태에 빠져, 어릴 때 고령의 애슈버넘 이모의 무릎에 앉아 들었던, 그녀가 소녀 시절 어머니와 함께 처음 간 성대한 무도회 이야기를 떠올리기도 했다고 한다. 무도회가 끝난 뒤 귀가하기 위해 그들은 눈이 내려 환하고 추위가 매서운 겨울밤을 몇킬로 달렸는데, 갑자기 어디선가 마차가 섰다. 마차 밖에는 몇몇 검은 형상이 있었고, 곧 밝혀졌듯이 그들은 어떤 자살한 사람을 네거리 근처에 묻는 중이었다. 그 자신도 이미 사망한 지 오래인 이 손님은 백오십 년을 거슬러올라가는 이 기억을 기록하면서 스윈번이 그에게 묘사해주었던 호가스(1697~1764, 영국의 화가이자 판화가)의 무서운 밤의 장면을 지극히 또렷하게 다시 보았다고 적었다. 동시에 머리가 커다랗고 머리카락이 온통 쭈뼛 솟은 작은 소년이 두 손을 간절하게 비비면서 간청하는 모습을 떠올리게 된다고도 했다. 애슈버넘 이모, 더 이야기해주세요, 제발 더 이야기해주세요(Tell me more, Aunt Ashburnham, please tell me more).

7장

한낮에 해변에서 휴식을 취한 뒤 쓸쓸히 바다 위로 솟은 더니치의 들판으로 올라갈 무렵, 주위는 이상하게 어두컴컴하고 후덥지근했다. 이 서글픈 지역의 생성사는 토양의 성질과 해양성기후의 영향뿐만 아니라 오히려 훨씬 더 결정적으로는 수백년, 아니 수천년에 걸쳐 진행된 삼림의 감소 및 파괴와 관련이 있다. 이 숲은 마지막 빙하기 뒤에 영국 섬의 전 지역으로 확산되어갔다. 노퍽과 써퍽에서는 떡갈나무와 느릅나무가 주종을 이루었는데, 이것들은 평야를 넘어 물결을 이루듯 완만한 구릉과 우묵한 지역을 거쳐가다가 해변에까지 이르렀다. 그러나 최초의 개척자들이 나타나면서 방향이 역전되었는데, 이들은 강수량이 적은 동부 해안지대에 거주할 생각으로 숲을 불살랐다. 그전에 숲이 불규칙한 모양으로 지구 곳곳에서 생겨나다가 서서히 합쳐진 것처럼, 이제 점점 더 확산되어가는 재의 땅이 푸른 잎의 세계를 불규칙하게 잠식해 들어갔다. 오늘날 비행기를 타고 아마존강 유역이나 보르네오섬 위로 날아가면서 마치 부드러운 이끼로 덮인 땅처럼 보이는 정글의 지붕 위로 솟아오르는, 가만히 정지해 있는 듯한 거대한 연기의 산맥들을 내려다보면 때로 몇개월 동안 꺼지지 않는 그런 화재가 어떤 결과를 낳을지 가장 잘 떠올릴 수 있다. 유럽에서 선사시대에 화재에서 살아남은 숲의 나무들은 나중에 주택이나 배, 혹은 철을 녹이는 데 필요한 엄청난 양의 목탄을 만들기 위해 벌목되었다. 17세기에 이미 섬 전체에서 지난날의 숲으로부터 남은 것이라고는 대개 하염없이 몰락해버리고 남은 미미한 잔여들뿐이었다. 이제 거대한 불길은 대서양의 반대편에서 타올랐다. 측량할 수 없을 만큼 너른 땅 브라질의 이름이 프랑스어로 목탄을 의미하는 단어에서 유래되었다는 것도 우연이 아니다. 고등식물의 목탄화, 모든 가연성 물질의 지속적인 연소는 지구상에서 우리 인간을 확산시키는 동력이다. 최초의 유리등에서 18세기의 칸델라(휴대용 석유등의 일종)에 이르기까지, 그리고 칸델라의 불빛에서 벨기에 고속도로를 비추는 아크등의 창백한 빛에 이르기까지 모든 것이 연소이며, 연소는 우리가 만들어낸 모든 사물의 내적 원리다. 낚싯바늘의 제작, 사기잔을 만드는 수공업, 텔레비전 프로그램의 제작, 이 모든 것이 결국은 연소라는 동일한 과정에 기초하고 있다. 우리가 고안해낸 기계들은 우리의 신체나 우리의 동경처럼 서서히 작열하는 심장을 갖고 있다. 인간 문명 전체는 애당초부터 매시간 더 강렬해지는 불꽃일 뿐이었으며, 이 불꽃이 어느정도까지 더 강렬해질 수 있을지, 그리고 언제 서서히 사그라질지 아는 사람은 아무도 없다. 당장은 우리의 도시들이 빛을 발하고, 아직은 불이 번져간다. 여름이면 이딸리아와 프랑스, 스페인, 헝가리, 폴란드, 리투아니아, 캐나다, 캘리포니아에서 숲이 불타고, 결코 꺼지지 않는 열대지방의 거대한 불길은 말할 것도 없다. 몇년 전, 1900년경에는 사방이 숲이던 그리스의 어느 섬에 간 적이 있었는데, 그때 나는 바짝 마른 초목이 어떤 속도로 불에 휩싸이는지 보았다. 당시 나는 내가 머물던 항구도시 근처에서 한무리의 흥분한 남자들과 함께 도로 가에 서 있었는데, 우리 뒤에는 암흑의 밤이 있었고, 우리 앞에는 협곡 저 멀리 아래쪽에서 달리고 뛰어오르고 바람에 힘입어 이미 가파른 비탈을 타고 올라오는 불이 있었다. 그리고 나는 검게 반사되던 노간주나무가 차례차례 불의 혓바닥에 닿자마자 마치 부싯깃으로 만들어진 것처럼 둔탁하게 폭발하듯 순식간에 불길을 일으키고, 곧이어 고요하게 흩날리는 불꽃 속에서 허물어지는 것을 보았다.

나의 길은 더니치로부터 우선 프란체스꼬 수도원의 폐허로 이어졌고, 그곳을 거쳐 수많은 밭을 지나친 뒤에 최근에야 급속히 자라난 것이 분명한, 방치된 잡목림으로 접어들었는데, 휘어진 소나무와 자작나무, 다년초 식물이 너무 빽빽하여 앞으로 나아가기가 몹시 힘들었다. 막 뒤돌아 나오려는데 갑자기 눈앞에 풀밭이 펼쳐졌다. 연보라색에서 진보라색에 이르는 색조의 들판은 서쪽으로 뻗어 있었고, 하얀 길이 부드러운 곡선을 그리며 들판 한가운데 나 있었다. 머릿속에서 쉴 새 없이 맴도는 생각에 빠져, 그리고 미친 듯한 개화(開花)에 마취되어 나는 밝은 빛으로 뻗은 모래궤도를 어슬렁거리며 걸어갔는데, 놀랍게도, 혹은 더 가감없이 말하자면 끔찍하게도 내가 한시간쯤 전에, 아니 내가 느끼기에는 어떤 먼 과거에 빠져나왔던 바로 그 야생의 작은 숲 앞에 서 있음을 깨닫게 되었다. 이 나무 없는 풀밭에서 방향을 알려주는 유일한 사물은 사방을 유리창으로 둘러싼 전망탑이 있는 아주 기이한 저택이었는데, 이 저택은 허무맹랑하게도 오스땅드를 연상시켰다. 그런데 그제야 깨달은 사실이지만 내가 넋을 놓고 걷는 동안 이 저택이 연거푸 아주 뜻밖의 각도에서 때로는 가까이 다가왔다가 때로는 멀리 멀어지다가, 한번은 왼쪽에서, 한번은 오른쪽에서 모습을 드러내는가 하면, 전망탑이 눈깜짝할 사이에 마치 캐슬링(체스에서 킹과 룩의 위치를 한번에 바꾸는 특수한 수)을 한 것처럼 건물의 한 면에서 반대 면으로 옮겨지기도 하여 마치 내가 부지중에 실제 저택이 아니라 그 거울상을 보는 것만 같았다. 게다가 걸을수록 나를 더 혼란에 빠뜨린 것은 길이 갈라지는 곳이나 교차로의 표지판에서 글자라고는 찾아볼 수 없고, 지명과 거리를 나타내는 표시 대신에 말없는 화살표만이 이쪽저쪽을 가리킨다는 사실이었다. 할 수 없이 직감을 좇아 걷다보면 오래지 않아 길은 향하고자 했던 목표에서 점점 더 멀어지기만 했다. 풀밭을 직선으로 가로지르는 것은 무릎 높이까지 자란, 나무처럼 억센 에리카 덤불 때문에 불가능했고, 그래서 나로서는 꾸불꾸불한 모랫

길을 걸어가면서 아주 작은 특징들까지, 전망의 아주 사소한 변화까지 최대한 정확히 머릿속에 기록해두는 수밖에 없었다. 나는 벨기에식 저택의 전망탑에서만 전체를 조망할 수 있을 것 같은 그 지역을 몇번에 걸쳐 멀리 되돌아가보기도 했는데, 이 모든 상황은 결국 내게 점점 더 큰 공포를 안겨주었다. 낮게 깔린 납빛 하늘, 시야를 흐리는, 병든 상태를 연상시키는 보라색 풀밭, 조개껍질 속의 바닷소리처럼 쏴쏴 소리내며 귓속으로 파고드는 정적, 내 주위를 떠나지 않고 계속 달려드는 파리들, 이 모든 것이 무섭고 끔찍했다. 내가 얼마나 오랫동안 이런 상태로 헤매었는지, 그리고 어떻게 결국 탈출구를 발견했는지는 나로서도 알 수가 없다. 그저 내가 갑자기 국도 변의 거대한 떡갈나무 아래에 서 있었다는 것, 그리고 마치 지금 막 회전목마에서 내린 것처럼 지평선이 빙빙 돌고 있었다는 것만이 기억날 뿐이다. 지금도 여전히 설명할 길 없는 이 체험을 한 지 몇달 뒤에 나는 꿈속에서 다시 한번 더 니치의 풀밭에서 끝없이 얽힌 길을 걸었고, 마치 나를 위해 따로 만들어놓은 듯한 미로에서 다시금 빠져나올 수가 없었다. 어스름이 몰려올 무렵, 지독히 피곤하여 거의 쓰러질 지경이던 나는 어떤 좀 높은 장소에 이르렀는데, 거기에는 써머레이턴의 주목(朱木) 미로의 한가운데처럼 작은 중국식 정자가 있었다. 그리고 이 장소에서 아래쪽을 내려다보았을 때, 나는 밝은색의 모랫바닥, 어른 키보다 크고, 이미 거의 밤의 암흑 속에 빠져들어가는 덤불의 날카롭게 재단된 선들, 내가 방황

했던 길에 비하면 단순한 무늬로 이루어진 미로 자체를 보게 되었다. 꿈속에서 나는 이 무늬가 내 두뇌의 단면을 그리고 있음을 절대적으로 확신했다.

미로 저편으로는 들판의 연기 위로 그림자가 뻗어 있었고, 이어서 별들이 차례차례 대기의 심연에서 솟아올랐다. 밤이, 모든 인간적인 것과는 다른 이방인인 놀라운 밤이 산꼭대기 위로 애절하고 어슴푸레하게 지나간다(Night, the astonishing, the stranger to all that is human, over the mountain-tops mournful and gleaming draws on). 나는 마치 지구의 꼭대기에, 겨울밤이 영원히 멈추어서서 반짝거리는 곳에 서 있는 것 같았다. 그리고 들판은 한기에 얼어붙어 있고, 모래땅의 우묵한 곳에서는 투명한 얼음으로 만든 살무사, 독사, 도마뱀 들이 졸고 있는 듯했다. 나는 정자의 작은 벤치에 앉아 사방을, 들판 너머 멀리 밤의 심연 속까지 꼼꼼히 살펴보았다. 그리고 해변의 남쪽 저 아래편의 여러 지대가 모조리 무너져 파도 속에 파묻힌

것을 보았다. 벨기에 저택은 이미 낭떠러지 위에서 흔들리고 있었고, 유리창으로 둘러싼 전망탑 안에서는 선장복을 차려입은 뚱뚱한 남자가 황급한 몸짓으로 탐조등을 조작하고 있었는데, 어둠속을 탐색하는, 몹시 각이 좁은 원뿔 모양의 탐조등 빛은 전쟁을 연상시켰다. 꿈속의 들판에서 나는 경악에 휩싸여 꼼짝도 하지 못하고 중국식 정자 안에 앉아 있었지만, 동시에 바깥에, 세상 끝의 가장자리에 바싹 다가가 서 있기도 했는데, 그렇게 깊은 곳을 내려다보는 것이 얼마나 끔찍한 일인지를 실감할 수 있었다. 저 아래 중간 고도쯤에서 선회하는 갈까마귀와 까마귀가 딱정벌레보다도 작아 보였다. 해변의 어부들은 쥐 같았고, 부딪혀 부서지며 무수한 조약돌을 갈아대는 둔탁한 파도 소리는 내가 서 있는 곳까지 올라오지 못했다. 그런데 절벽 바로 아래쪽, 한무더기의 검은 땅 위에 산산조각난 집의 잔해가 있었다. 담장 조각들과 문이 활짝 열린 옷장, 계단 난간, 뒤집어진 욕조, 휘어진 난방관 사이에 거주자들이 기이하게 몸이 뒤틀린 채 쓰러져 있었는데, 집이 부서질 때 그들은 아마도 침대에서 자거나, 텔레비전 앞에 앉았거나, 생선용 칼로 넙치를 자르던 중이었을 것이다. 이 파괴의 광경에서 약간 벗어난 곳에 흐트러진 백발의 남자 하나가 딸의 시신 옆에 무릎을 꿇고 앉아 있었는데, 두 사람은 몇킬로미터 떨어진 무대 위에 있는 것처럼 작디작게 보였다. 마지막 한숨도, 마지막 말도 들을 수 없었고, 이런 절망적인 마지막 부탁도 없었다. 거울을 다오. 내 딸의 입김이 거울을 흐리게 하거나 얼룩지게 하면, 그건 살아 있다는 증거다(Lend me a looking glass; if that her breath will mist or stain the stone, why, then she lives. 셰익스피어의 『리어왕』 5막 3장에 나오는 대사). 아니, 아무것도 없었다. 어떤 소리도, 어떤 말도 없었다. 그리고 들릴락 말락 한 작은 소리로 장송행진곡이 흐르기 시작했다. 밤은 끝나가고, 여명이 다가온다. 저 멀리 창백한 바다 위의 섬에서 싸이즈웰 발전소의 묘처럼 보이는 마그녹스 원자로의 윤곽이 드러난다. 도거뱅크가 있으리라 짐작되는 곳, 지난날 청어떼들이 산란하던 곳, 오래전에는 라인강의 삼각주가 있었고 범람된 모래 위로 푸르른 초지가 자라나던 그곳에서.

풀밭의 미로에서 경이롭게 탈출한 지 두시간쯤 지난 뒤, 나는 마침내 미들턴 마을에 도착했다. 거의 이십년 전부터 거기에 살고 있던 작가 마이클 햄버거를 방문할 생각이었다. 오후 4시쯤이었다. 마을길에서도, 주택들의 정원에서도 사람은 보이지 않았고, 집은 손님을 거부하는 듯한 인상이었으며, 손에 모자를 쥐고 배낭을 멘 내 모습은 지난 어느 세기에서 온 떠돌이처럼 생뚱맞게 보일 것이 분명해 갑자기 골목에서 놀던 한무리의 아이들이 나타나 내 꽁무니를 쫓거나 미들턴의 어떤 주민이 문간으로 나와 "꺼져!"라고 외친다 한들 이상하게 생각하지 않았을 것이다. 모든 도보여행자는, 특히 그가 여가를 즐기는 여행자의 일반적인 모습과 다를 때에는, 오늘날에도, 아니 특히 오늘날에 더욱더 지역 주민의 의심을 사기 마련이다. 마을 가게의 소녀가 그 푸른 눈으로 나를 멍하니 쳐다봤던 것도 아마 그 때문이었을 것이다. 문에 달린 방울이 울린 지도 한참 되고 내가 천장까지 통조림과 그밖의 상하지 않는 상품들로 그득그득한 구멍가게 안에 서 있은 지도 제법 지난 뒤에야 텔레비전의 불빛으로 어른거리는 옆방에서 소녀가 나와 입을 반쯤 벌린 채 마치 외계인을 만난 듯이 놀란 표정으로 우두커니 나를 쳐다보았다. 정신을 좀 추스른 뒤에 소녀는 탐탁지 않은 시선으로 나를 살펴보다가 먼지로 뒤덮인 내 신발을 응시했는데, 내가 인사말을 하자 그녀는 다시 넋이 나간 듯한 표정으로 내 얼굴을 쳐다보았다. 내가 여러번 확인한 바에 따르면 시골사람들은 외국인을 만나면 전율에 휩싸이고, 설령 그 외국인이 그 고장의 언어를 유창하게 한다고 해도 대개는 거의 못 알아들으며, 더러는 전혀 알아듣지 못하기도 한다. 미들턴의 구멍가게 소녀 역시 내가 탄산수를 달라고 하자 영문을 모르겠다는 듯 고개를 흔들기만 했다. 결국 그녀는 얼음처럼 차가운 체리콜라를 건네주었는데, 나는 마이클의 집까지 몇백 미터를 걸어가기 전에 교회 묘지의 담장에 기댄 채 그것을 독배처럼 한번에 길게 들이삼켰다.

1933년 11월 형제들과 어머니, 외조부모와 함께 영국으로 왔을 때, 마이클은 아홉살 반이었다. 이미 몇달 전에 베를린을 떠났던 아버지는 사실상 난방이 되지 않는 에든버러의 석조 주택 안에서 담요를 덮어쓰고 앉아 밤늦게까지 사전과 교과서와 씨름하는 중이었는데, 베를린의 샤리테 병원에서 소아과 교수로 재직했던 그였지만 영국에서 계속 의사로 일하기 위해서는 오십이 넘은 나이에 익숙지 않은 영어로 의사 면허시험을 다시 치러야 했기 때문이다. 나중에 마이클이 쓴 자전적 기록에 따르면, 아버지 없이 미지의 땅으로 이주해가는 가족의 걱정과 두려움이 극에 달했던 것은 도버에서 통관 절차를 밟을 때였다. 마이클의 글은 이렇게 이어진다. 그때까지 여행을 건강하게 잘 버텨낸 할아버지의 잉꼬 두마리가 압수되는 것을 온 가족이 멍하니 쳐다볼 수밖에 없었다. 이 온순한 새들을 빼앗긴 것, 그 새들이 일종의 막 뒤로 영원히 모습을 감추는 것을 무기력하게 가만히 서서 쳐다보기만 할 수밖에 없었던 상황은 새로운 나라로 이주하는 것이 일정한 상황 아래서는 얼마나 터무니없는 경험까지 강요하는지 가장 명확하게 보여주는 사례다. 도버의 세관에서 잉꼬가 사라진 사건은 그 이후 수십년이 흐르는 동안 조금씩 새로 획득하게 되는 정체성 뒤로 베를린의 유년시절이 사라지는 과정의 시작이었다. 이 연대기 기록자는 실종된 아이를 위한 추도사를 쓰기에도 부족할 만큼 별로 남은 것이 없는 기억을 정리하면서 이렇게 적었다. 내 안에는 내 고국이 얼마나 적게 남아 있는가 (How little there has remained in me of my native country). 프로이센 사자의 갈기, 프로이센의 여자 가정교사, 지구를 어깨 위에 짊어진 여인상 기둥, 리첸부르거 거리에서 올라와 집 안까지 스며드는 신비로운 교통 소음과 경적 소리, 벽을 쳐다보고 서 있으라는 벌을 받고 보내진 어두운 구석의 벽지 뒤에서 중앙난방 관이 바삭거리는 소리, 세탁소의 역겨운 양잿물

냄새, 샤를로텐부르크(과거 베를린의 구) 공원에서 하던 구슬놀이, 보리커피, 시럽, 생선간 기름, 그리고 안토니나 할머니의 은제 통에서 몰래 꺼내먹던 나무딸기 사탕—이것들은 환영들, 허공으로 흩어져버린 망상들에 지나지 않는 것이 아닐까? 할아버지의 뷰익 승용차의 가죽좌석, 그루네발트(베를린의 남서쪽 지역)의 하젠슈프룽 정거장, 발트해의 해변, 헤링스도르프(북독일의 읍), 주변이 완전히 텅 빈 모래언덕, **햇빛과 그것**이 **저물던 모습**(the sunlight and how it fell)…… 마음속에서 어떤 변화가 일어날 때 이런 기억의 파편이 떠오르고, 그럴 때마다 우리는 기억을 되살려낼 수 있다고 생각한다. 하지만 물론 실제로 기억할 수 있는 것은 아니다. 너무 많은 건물이 무너졌고, 너무 많은 잔해가 그 위에 쌓였으며, 퇴적물과 빙퇴석 또한 극복할 수 없다. 지금 베를린을 회상해보면, 떠오르는 것이라고는 검푸른 바탕 위의 회색 얼룩, 석필로 그린 어떤 그림, 희미한 숫자와 문자 들, 또렷한 S, Z, 새의 V(알파벳 V를 외우기 위한 표현. 독일어로 새는 V로 시작하는 Vogel이다), 칠판지우개용 헝겊으로 지워져 희미하거나 사라져버린 이런 것들뿐이다. 어쩌면 이 맹점은 내가 잃어버린 시간의 흔적을 찾기 위해 1947년 처음으로 고향 도시로 갔을 때 돌아다녔던 폐허의 풍경이 남긴 잔상인지도 모른다. 당시 나는 며칠 동안 몽유병과 유사한 상태에서 홀로 남겨진 파사드, 방화벽, 폐허를 지나 샤를로텐부르크의 끝날 줄 모르는 거리를 돌아다녔는데, 어느 오후에는 뜻밖에도 온전히 남아 있는—이것이 내겐 말이 안되는 것처럼 보였다──리첸부르거가의 임대주택 앞에 서게 되었다. 바로 우리가 살던 집이었다. 현관을 들어설 때 내 머리를 쓰다듬고 지나가던 차가운 미풍은 아직도 생생하고, 주철로 만든 계단 난간과 벽에 부착된 석고 화환, 언제나 유모차가 서 있던 자리, 그리고 함석 우편함에 적힌 대개 옛날 그대로인 주민들의 이름이 그림 수수께끼(Rebus, 그림이나 기호의 의미를 엮어 해답인 단어나 문장을 찾아내는 수수께끼)의 한 장면인 것처럼 생각되었던 기억이 난다. 내가 이 수수께끼를 올바로 풀어내기만 하면 우리가 이민을 떠난 뒤에 일어난 전대미문의 사건들을 되돌릴 수 있을 것 같았다. 마치 이제 모든 일이 내게 달린 것처럼, 정신을 약간만 집중하면 그간의 일 전체를 철회할 수 있을 것처럼 생각되었고, 내가 원하기만 하면 안토니나 할머니가 예전처럼 칸트 거리에서 살고 계실 듯했다. 우리에게 배달된 적십자 엽서에 따르면, 우리와 함께 영국으로 가기를 거부했던 할머니는 이른바 개전(開戰) 직후에 어디론가 사라졌다고 한다. 하지만 내겐 할머니가 여전히 금붕어를 매일 부엌의 수도꼭지 아래에 놓고 씻기도 하고 날씨가 좋으면 창틀로 옮겨놓고 신선한 바람도 좀 쐬게 하면서 조심스럽게 돌보고 있을 것만 같았다. 한순간만 매우 집중하면, 수수께끼에 숨겨진 핵심 단어의 음절들을 조합해내기만 하면 모든 것이 예전으로 되돌아갈 것만 같았다. 하지만 나는 이 단어를 떠올릴 수 없었고, 계단을 올라가 우리 집 현관문의 벨을 울릴 용기도 내지 못했다. 그 대신 가슴

언저리에 통증을 느끼며 집을 빠져나와 목표도 없이, 지극히 간단한 생각조차 할 수 없는 상태로 베스트크로이츠나 할레셰 문, 혹은 티어가르텐 너머까지 마냥 앞쪽으로만 걸어갔다. 아니, 실은 내가 어디로 걸어갔는지 기억이 나지 않는다. 다만 내가 도착한 곳이 어떤 공터였고, 거기에는 폐허에서 골라낸 벽돌이 정확하게 배열된 긴 줄을 따라 쌓여 있었다는 것만 생각난다. 한무더기는 언제나 가로, 세로, 높이로 각각 열장씩이었고, 따라서 각 입방체는 천개의 벽돌로 이루어져 있었다. 일종의 속죄의 표시였는지, 아니면 그저 갯수를 쉽게 세려고 그랬는지는 모르지만, 천번째 벽돌은 맨 위에 따로 수직으로 세워져 있었으니 입방체는 구백구십구개였다고도 할 수 있겠다. 이즈음 그 보관장소를 떠올려보면 사람이라곤 하나도 보이지 않고 벽돌만이, 수백만개의 벽돌만이, 말하자면 벽돌의 완벽한 질서를 구현하면서 지평선까지 늘어서 있는 것이 보이고, 그 위로 이제 곧 눈이 소용돌이치며 내릴 베를린의 11월 하늘이 떠 있다──죽음처럼 멈춰선 겨울 초엽의 이 그림이 환각에서 비롯된 것은 아닌지 나는 때로 묻곤 한다. 특히 일체의 상상력을 초월하는 이 공허로부터 「마탄의 사수」서곡의 마지막 소절이 들려오고 이어서 몇주 동안 매일 축음기 바늘이 긁어대는 소리가 귓가를 맴돌 때 나는 그렇게 묻게 된다. 다른 곳에서 마이클은 이렇게 쓴다. 나의 환각과 꿈은 일부는 세계도시 베를린의 특징을, 또 일부는 써펙의 시골풍경의 특징을 보여주는 환경에서 전개되는 경우가 잦다. 예컨대 나는 우리 집 위층 창문가에 서 있는데도, 바깥 풍경은 낯익은 습지와 늘 흔들리는 버드나무가 아니라 수백미터 높이에서 내려다보이는 집단 주말농장이다. 이 영역은 크기가 거의 한 나라와 맞먹고, 그 한가운데에는 똑바른 직선으로 차도가 나 있으며, 검은 택시들이 남쪽의 반제(베를린의 남서쪽 구역) 방향으로 질주한다. 혹은 나는 저녁 무렵 긴 여행에서 돌아온다. 어깨에 배낭을 메고 집까지 남은 마지막 길을 걸어가는데, 이상하게도 집 앞에는 육중한 리무진, 거대한 핸드브레이크와 풍선 모양의 경적이 측면에 달린 동력 휠체어, 기독교 자선사업단 여성회원 둘이 타고 있는 상아색의 미심쩍은 구급차 등 온갖 종류의 차들이 주차되어 있다. 여자들이 보는 가운데 나는 우물쭈물하며 문턱을 넘어서는데, 이내 내가 어디에 있는지 알 수가 없다. 방은 어두컴컴하고, 벽은 장식이 없어 삭막하며, 가구는 사라져버렸다. 마루에는 무수한 사람들이 리바이어던(구약성서에 등장하는 거대한 바다괴물)을 먹어치우는 데 사용할 온갖 묵직한 칼, 숟가락, 포크 등 은제 식기들이 놓여 있다. 회색 덧옷을 걸친 두 남자가 벽걸이 양탄자를 떼어내는 중이다. 도자기 보관용 상자에서는 지저깨비가 삐져나와 있다. 꿈속이어서 그런지 내가 미들턴의 집이 아니라 블라입트로이 거리의 널찍한 외조부모 댁에 있다는 것을 깨닫기까지는 한시간 혹은 그 이상이 걸린다. 어릴 적 방문했던 외조부모 댁의 박물관 같은 공간들은 쌍수시 궁전(18세기에 프로이센이 포츠담에 건설한 궁전)의 줄지어 늘어선 방들만큼이나 인상적이었다. 그리고 이제 여기에 베를린의 친척, 독일과 영국의 친구, 내 아내의 가족, 내 아이들, 살아 있는 사람과 죽은 사람 등이 모두 모여 있다. 나는 누구의 눈에도 띄지 않은 채 그들 사이를 걷고, 한 응접실에서 다른 응접실로 가고, 여전히 손님들이 모여 있는 긴 방과 홀과 통로 들을 거쳐가고, 아주 완만하게 경사진 복도의 먼 끝에 이르러 에든버러의 우리 집에서는 차가운 영광이라고 불리던 난방이 안되는 응접실로 들어간다(through galleries, halls and passages thronged with guests until, at the far end of an imperceptibly sloping corridor, I come to the unheated drawing room that used to be known, in our house in Edinburgh, as the Cold Glory). 아버지가 등받이 없는 아주 낮은 의자에 앉아 첼로를 연습하고, 높은 탁자 위에는 야회복을 입은 할머니가 누워 있다. 래커칠을 한 할머니의 번쩍거리는 뾰족한 신발 끝부분이 천장을 향하고 있고, 할머니는 얼굴을 회색 비단 천으로 덮고 있으며, 규칙적으로 찾아오는 우울증에 걸렸을 때 늘 그러셨듯이 지금도 며칠째 한마디도 하지 않고 있다. 창가에 서서 나는 멀리 슐레지엔 지방의 풍경을 본다. 푸른 숲으로 뒤덮인 산들이 에워싼 계곡으로부터 둥근 황금지붕이 빛을 발하며 솟아오른다. 이게 폴란드 어딘가에 있는 미슬로비츠야(This is Myslowitz, a place somewhere in Poland). 아버지가 이렇게 말하는 것이 들리고, 내가 몸을 돌리자 아버지의 말을 나르던 하얀 입김이 얼음처럼 차가운 공기 속에 떠 있는 것이 보인다.

미들턴 외곽의 습지 풀밭에 있는 마이클의 집에 도착했을 때는 오후가 끝나가는 무렵이었다. 나는 내가 헤매었던 들판의 미로를 벗어나 조용한 정원에서 쉴 수 있게 되어 고마운 마음이 들었는데, 이 미로에 대해 마이클에게 설명하자니 나도 모르게 그 모든 것이 순전히 나 스스로 지어낸 이야기처럼 느껴졌다. 마이클이 차를 담아온 냄비에서 장난감 증기선에서처럼 작은 구름이 간간이 솟아올랐다. 그밖에는 모든 것이, 정원 너머 풀밭에 서 있는 버드나무 잎들조차 미동도 하지 않았다. 우리는 텅 비고 적막한 8월에 대해 이야기했다. 마이클이 말했다. **몇주 동안 새 한마리 안 보이네. 마치 만물이 어떤 식으로 파내어진 것처럼 보여**(For weeks, there is not a bird to be seen. It is as if everything was somehow hollowed out). 모든 것이 허물어지기 일보 직전인데, 잡초들만 계속 자라나. 서양메꽃은 덤불의 목을 조르고, 쐐기풀의 노란 뿌리는 땅속에서 앞으로 기어나가고, 다년초 덩굴들은 나보다 머리 하나쯤은 더 크고, 갈색 반점세균과 진드기가 번져가고, 끙끙대며 단어와 문장을 병렬해놓은 종이조차 진딧물이 짜낸 감로로 칠한 것처럼 느껴지네. 몇날 몇주 동안 성과도 없이 머리를 쥐어짜지만, 만일 누가 물어보기라도 하면 계속 글을 쓰는 것이 습관 때문인지, 과시욕 때문인지, 아니면 배운 게 그것밖에 없어서인지, 그도 아니면 삶에 대한 경탄이나 진리에 대한 사랑, 절망, 분노 때문인지 말을 할 수 없고, 글을 쓰면 점점 똑똑해지는 건지 아니면 더 미쳐가는 건지도 대답할 수 없다네. 아마

도 우리 문인들은 누구나 자신의 작품을 써나갈수록 전체적
인 조망을 잃어버리고, 그래서 우리가 만들어낸 정신적 구성
물이 점점 더 복잡해지는 것을 인식이 발전하는 것으로 착각
하는 경향이 있는 것일 텐데, 실은 우리의 길을 실제로 지배
하는 예측 불가능성을 결코 이해할 수 없으리라는 사실을 우
리는 이미 예감하고 있네. 횔덜린(1770~1843, 독일의 시인. 『히페
리온』 등에서 조화와 무한성을 추구하는 독특한 작품세계를 보여주었고,
37년간 정신병을 앓다가 죽었다)의 생일 이틀 뒤에 태어났기 때문
에 그의 그림자가 평생 동안 따라다니는 걸까? 그래서 거듭
이성을 낡은 외투처럼 벗어던지고, 비굴하게도 편지와 시에
스카르다넬리(횔덜린이 한때 사용했던 이름)라고 서명하고, 나를
보러 오는 귀찮은 손님들을 폐하라느니 전하라느니 하고 부
르며 쫓아내고 싶어지는 것일까? 고향에서 쫓겨났기 때문에
열다섯, 열여섯의 나이에 비가(悲歌)를 번역하기 시작하는 것
일까? 나중에 써픽의 이 집에서 살게 된 것도 정원의 무쇠 물
펌프에 1770이라는 숫자가, 그러니까 횔덜린의 출생년도가
적혀 있었기 때문이라는 게 가능한 걸까? 가까운 섬 중 하나가
파트모스(횔덜린의 송가 제목이기도 하다)라는 걸 들었을 때, 거기에
방을 얻고 어두운 동굴로 가보고 싶은 마음이 간절했네(For when I
heard that one of the near islands was Patmos, I greatly desired
there to be lodged, and there to approach the dark grotto). 그리고
횔덜린은 파트모스 송가를 홈부르크 방백(方伯)에게 헌정했
고, 홈부르크는 결혼 전 내 어머니의 성이 아니었던가? 동질

성과 일치가 얼마나 긴 시간을 넘어 나타나고 있는 것인가? 왜 다른 사람 속에서 자기 자신을, 아니 자기 자신은 아니라 해도 적어도 자신의 선발자(先發者)를 보게 되는 것일까? 마이클이 거쳐갔던 영국 세관을 나도 삼십삼년 뒤에 거쳐갔던 것, 그가 했던 것처럼 나도 지금 교직을 포기하려고 생각 중인 것, 그는 써픽에서, 나는 노픽에서 글쓰기로 고생하고 있다는 것, 우리 두 사람이 모두 우리 작업의 의미를 의심하고, 똑같이 알코올 알레르기가 있다는 것, 이런 것들은 특별히 신기하다고 할 것도 없다. 그러나 마이클을 처음 방문했을 때 이미, 마치 내가 그의 집에서, 게다가 그와 똑같은 모습으로 살고 있거나 한때 그렇게 거기서 산 것 같다는 느낌을 받은 이유는 설명할 수가 없다. 다만 내가 창문이 북쪽을 향한, 천

장이 높은 작업실에서 마이클의 가족이 베를린 시절부터 사용해온 육중한 마호가니 책상 앞에 경직되어 서 있었던 것은 기억하는데, 마이클은 여름에도 작업실이 추워서 그 책상을 더이상 작업공간으로 사용할 수 없다고 했다. 그리고 우리가 이렇게 오래된 주택은 난방이 어렵다는 데 대해 이야기를 나누는 사이에 이 추운 작업실을 떠난 사람은 그가 아니라 나이며, 북쪽에서 스며드는 부드러운 빛을 받으며 놓여 있는, 분명 지난 몇달 동안 누구도 손대지 않은 안경집과 편지, 필기도구 따위가 한때는 내 안경집, 내 편지, 내 필기도구였다는 느낌이 점점 강해졌다. 정원으로 연결되는 현관에서도 내가, 혹은 나와 비슷한 사람이 오래전부터 거기서 살림살이를 해온 것처럼 느껴졌다. 창백한 푸른색의 벽 앞 서랍장 위에 묵묵히 모여 있는, 아주 작은 가지를 잘라 만든 불쏘시개가

담긴 와인 바구니와 반들반들하게 갈린 하얀색 혹은 밝은 회색의 돌들, 조개들, 그밖에 해변에서 주워온 물건들, 음식보관실로 이어지는 문 옆의 구석에 쌓여 다시 사용되기를 기다리는 우편봉투와 상자 들은 아무런 가치가 없는 것들을 보관하기 좋아하는 나 자신의 손으로 그려낸 정물화 같았다. 대부분 비어 있는 선반 위에서 절인 음식이 든 유리병들이 멍하니 세월을 흘려보내고, 아주 작고 불그스레한 금빛 사과 수십 개가 떡갈나무에 가려 어두워진 창문 앞의 널빤지 위에서 빛을 내는, 아니 성서의 비유에 나오는 사과들처럼 반짝거리는 음식보관실은 내게 굉장히 매력적인 장소였는데, 여기를 들여다보자니 이것들이, 불쏘시개와 상자, 절인 열매와 바다조개, 조개 안의 쏴쏴거리는 소리가 내가 사라진 뒤에 남은 것들이고, 마이클이 안내해주는 이 집은 내가 오래전에 살았던 집이라는, 인정컨대 전혀 말도 되지 않는 생각이 들었던 것이다. 하지만 이런 종류의 생각은 빠르게 찾아오는 만큼 대개는 빠르게 다시 흩어져버린다. 어쨌든 그뒤로 여러해가 흘렀지만 나는 이 생각을 더 추적해보지 않았는데, 이는 아마도 미치지 않고는 이런 생각을 더 추적할 수가 없기 때문이었을 것이다. 이런 모든 일보다 더 놀라웠던 것은, 얼마 전에 마이클의 자전적인 기록을 다시 읽다가 내가 맨체스터에 있던 시절에 알게 되었지만 그뒤로는 거의 잊고 지냈던 스탠리 케리라는 이름을 발견한 것이었다. 그의 기록을 처음 읽었을 때는 왜 그랬는지 이 이름이 전혀 눈에 띄지 않았다. 해당 부분에서 마이클은 1944년 4월, 그러니까 퀸스 로열 웨스트 켄트 연대(Queen's Own Royal West Kent Regiment)에 입대한 지 구개월쯤 뒤에 메이드스톤을 떠나 맨체스터 근처 블랙번의 폐업한 면방직 공장에 주둔한 대대로 근무처를 옮겼는데, 거기 도착하고 얼마 지났을 때 그의 동료 하나가 부활절 월요일을 번리(맨체스터 북쪽의 도시로 전통적인 면직물 산지)에 있는 자신의 집에서 함께 보내자며 초대했다고 적고 있다. 비를 맞아 새까맣게 번들거리는 자갈로 포장된 길, 폐쇄된 직물공장, 하늘을 배경으로 용의 이빨처럼 뚜렷한 윤곽을 드러내는 노동자주택 지붕의 톱니 모양 선 등 이 도시가 그에게 보여준 모습들은 그가 그때까지 영국에서 보았던 광경 가운데 가장 암담한 것들이었다. 신기하게도 이십이년 뒤인 1966년 가을에 내가 스위스에서 맨체스터로 왔을 때 위령의 날(11월 2일로 모든 죽은 이를 위해 기도하는 가톨릭의 축일)을 맞아 초등학교 교사가 될 예정이던 친구와 함께 처음으로 떠난 소풍의 목적지 역시 바로 번리시와 그 위쪽에 있는 고습지였다. 그 예비교사의 빨간 용달차를 타고 고습지에서 내려와 그 높은 지대에서는 11월이면 오후 4시부터 이미 내려앉는 어스름을 뚫고 번리와 블랙번을 거쳐 맨체스터로 돌아가던 기억이 아직도 생생하다. 내가 처음으로 맨체스터를 벗어나 소풍을 갔던 곳이 마이클이 1944년에 갔던 번리였다는 것도 신기하지만, 내가 맨체스터에서 처음 알게 된 사람들 중 하나가 바로 마이클이 지난날 블랙번에서 번리로 함께 차를 타고 갔던 스탠리 케리였다는 사실도 놀랍다. 내가 맨체스터 대학에서 교직생활을 시작할 무렵 스탠리 케리는 독일학부에서 교수 두 사람을 제외하고는 가장 나이가 많은 교원이었을 것이다. 그는 좀 괴짜라는 평을 받고 있었는데, 이는 그가 동료들과 어울리려 하지 않고, 연구시간과 자유시간의 대부분을 독일학 전문지식을 늘리는 것이 아니라 일본어를 배우는 데 바치기 때문이었다. 그의 일본어 실력은 놀랍도록 신속하게 발전했다. 내가 맨체스터에 도착했을 무렵, 그는 이미 일본식 서예를 연습하는 데 몰두하고 있었다. 그는 몇시간이고 커다란 전지 앞에 앉아 극도로 정신을 집중하면서 붓으로 글자를 하나씩 써내려갔다. 필기도구의 끝부분으로 써야 할 단어에만 집중하고, 묘사하려는 대상은 깡그리 잊어버리는 것이 서예의 가장 어려운 점이라고 그가 말하던 기억이 난다. 그리고 스탠리가 문인들뿐만 아니라 글쓰기를 배우는 학생들에게도 적용될 수 있는 이 말을 하던 그때, 우리가 서 있던 곳이 위던쇼(맨체스터 남부의 구역)의 방갈로식 주택 뒤에 그가 만들어놓은 일본식 정원이었다는 것도 생각난다. 초저녁 무렵이었다. 이끼 낀 암석과 돌들이 검게 변해가는 중이었지만, 단풍나무 잎 사이로 스머드는 마지막 햇빛 속에서 아직은 발아래 자갈들 사이로 갈퀴의 흔적이 보였다. 언제나 그렇듯 이때도 스탠리는 구겨진 회색 양복과 검은 야생동물 가죽구두를 신고 있었고, 자신의 관심뿐만 아니라 최대의 공손함을 보이기 위해 버틸 수 있는 한 최대로 온몸을 말하는 상대방 쪽으로 기울인 채 서 있었다.

이렇게 그가 취하는 자세는 역풍을 맞으며 걷는 사람이나 막 도약대로부터 솟아오른 스키선수를 연상시켰다. 실제로 사람들은 스탠리와 대화하면서 그가 고공에서 내려온다는 인상을 받기 일쑤였다. 상대방의 말을 들을 때면 그는 미소를 지으며 행복감의 표현으로 고개를 어깨 쪽으로 기울였지만, 자신이 직접 말할 때면 절망적으로 헉헉대는 사람처럼 보였다. 그의 표정은 자주 일그러졌고, 긴장한 나머지 이마에 땀방울이 맺혔으며, 단어들은 경련하듯이 혹은 황급히 빠져나와 그의 내면 속의 장애를 보여주었고, 그래서 당시에 이미 그의 심장이 일찍 멈추게 되리라는 것을 짐작할 수 있었다. 이즈음의 스탠리 케리에 대해 회상해보면 이 비상하게 착하고 부끄럼 많은 사람이 나와 마이클의 삶의 궤적이 만나는 교차점이었다는 사실이, 그리고 우리가 제각기 1944년과 1966년에 그를 만났을 때 우리 나이가 똑같이 스물두살이었다는 사실이 믿기지 않는다. 우리 모두는 우리의 유래와 희망이 미리 그려놓은 똑같은 길을 따라 차례차례 움직이기 때문에 이런 우연은 생각보다 훨씬 더 많이 일어난다고 스스로에게 이야기할수록 나는 점점 더 자주 나를 엄습하는 반복의 유령에 이성으로 맞서기가 더 힘들어진다. 사람들과 만나기만 하면 나는 과거에 이미 똑같은 사람들이 똑같은 생각을 똑같은 방식으로, 똑같은 말과 표현과 몸짓으로 말하던 것을 어디선가 보았다는 느낌을 받는다. 이때 느끼는 몸의 상태는 때로 아주 오래 지속되는, 지극히 낯선 상태와 아주 흡사한

데, 심각한 출혈로 야기되는 혼미한 상태와 같으며, 방금 부지불식간에 심장마비가 스쳐지나간 사람에게 나타날 법한, 사고능력과 언어기관과 관절의 마비로까지 번질 수도 있다. 오늘날까지 제대로 설명되지 않고 있는 이 현상은 일종의 종말의 선취, 공허로의 진입, 혹은 일종의 이탈일 수도 있는데, 이는 연거푸 동일한 선율을 반복하는 축음기처럼, 기계의 고장이 아니라 기계에 입력된 프로그램의 교정할 수 없는 결함에서 비롯되는 것이다. 어쨌든 마이클의 집에서 보낸 그 8월 말의 어느날, 과로 때문인지 다른 이유 때문인지는 모르지만 나는 여러번 발밑의 땅이 꺼지는 듯한 느낌을 받았다. 이윽고 내가 떠날 시간이 되었을 무렵, 두어시간 휴식을 취했던 앤이 방으로 들어와 우리 곁에 앉았다. 오늘날에는 누구도 슬픔을 짊어지고 다니지 않으며, 심지어 검은 손목띠나 옷깃의 검은 단추조차 볼 수 없게 되었다는 이야기로 우리의 대화를 이끌어간 사람이 그녀였는지는 기억이 나지 않는다. 어찌되었건 그녀는 이 대화를 하던 중에 이제 거의 퇴직할 나이가 된 미들턴의 스쿼럴이라는 남자에 대해 이야기했는데, 그는 기억하는 한 언제나 슬픔을 달고 살았으며, 웨슬턴의 장의사로 고용되기 전 어린 시절부터 그랬다고 했다. 그의 이름이 짐작하게 하는 것(스쿼럴은 다람쥐라는 뜻)과는 달리 스쿼럴은 특별히 날쌔거나 민첩한 사람이 아니라 음울하고 느릿느릿한 거인이고, 장의사 주인이 그를 고용한 건 그가 슬픔에 심취한 사람이기 때문이 아니라 관을 옮길 때 엄청난 힘을 쓸 수 있기 때문이었을 것이라고 앤은 말했다. 그녀의 말에 따르면 그 고장 사람들은 스퀴럴에게 기억력이 일절 없고, 그가 그의 어린 시절이나 일년 전 혹은 한달 전, 심지어 지난주에 일어난 일도 전혀 기억하지 못한다고 주장했다. 그런데도 어떻게 망자를 추모할 수 있는지는 누구도 알 수 없다는 것이다. 또한 그렇게 기억력이 없는데도 스퀴럴은 어릴 때부터 배우가 되고자 하는 소망을 지녔으며, 미들턴과 그 주변 지역에서 때때로 극작품을 연습하는 사람들에게 계속 졸라대어 결국 웨슬턴의 풀밭에서 상연된 「리어왕」에서 4막 7장에 등장하는, 대사 없이 사건을 지켜보기만 하다가 마지막에 가서야 한두 문장을 말하는 귀족 역할을 얻어냈다는 것도 기이한 일이었다. 앤은 이렇게 말을 이어갔다. 스퀴럴은 일년 내내 이 대사를 연습했고, 결정적인 그날 저녁 실제로 아주 인상적으로 이 대사를 했는데, 지금도 적절한 경우건 적절하지 않은 경우건 기회만 생기면 그 말을 반복해요. 저도 한번 경험한 적이 있는데, 그저 아침 인사를 했을 뿐인데도 길 건너에 있는 나를 향해 큰 목소리로 이렇게 대답하더군요. **그의 추방된 아들이 켄트 백작과 함께 독일에 있다고들 합니다**(They say his banished son is with the Earl of Kent in Germany). 앤이 이야기를 끝내자 나는 그녀에게 택시를 불러달라고 부탁했다. 그녀는 전화를 하고 돌아와서, 수화기를 내려놓을 때 아까 낮잠에서 깨어나기 직전에 꾸었던 꿈이 다시 생각났다고 말했다. 우리가 노리치에 있었는데, 마이클이 어떤 일 때문에 거기 남아야 해서 내가 그녀를 위해 택시를 불러주었다는 것이다. 차가 와서 보니 그건 번쩍거리는 커다란 리무진이었다. 내가 그녀를 위해 문을 열어주었고, 그녀는 뒷좌석에 앉았다. 리무진은 소음도 없이 움직이기 시작했고, 그녀가 채 등받이에 몸을 기대기도 전에 이미 차는 도시를 벗어나 여기저기 햇살이 스며드는 깊은 숲속으로 빠져들어갔으며, 이 숲은 미들턴의 집 문 앞까지 뻗어 있었다. 빠른지 느린지 종잡을 수 없는 속도로 차는 전진했는데, 차가 달리는 길은 도로가 아니라 간간이 완만하게 휘어진 아주 부드러운 궤도였다. 차가 가르고 나아가는 대기는 공기보다 밀도가 높았고, 거의 조용히 흐르는 물처럼 느껴졌다. 앤은 말을 이었다. 나는 바깥에서 미끄러지듯 지나가는 숲을 말로 다 옮길 수는 없지만 지극히 세밀한 부분까지, 더없이 선명하게 보았어요. 푹신한 이끼에서 솟아오른 꽃, 머리카락처럼 가느다란 풀줄기, 몸을 떠는 양치류, 사이사이에 자라난 덤불의 촘촘한 잎에 가려 몇미터 높이에서 사라지는, 수직으로 솟아오른 회색이나 갈색의, 매끄럽거나 거친 나무줄기를 보았지요. 더 위쪽에는 미모사와 당아욱이 바다처럼 펼쳐져 있고, 그 속에서는 다시 이 창궐하는 숲의 세계의 다음 층으로부터 수백종류의 덩굴식물이 눈처럼 흰빛 또는 분홍빛의 구름을 이루면서 난초와 브로멜리아드(파인애플과 식물의 총칭)로 무성한, 거대한 범선의 활대와도 같은 나뭇가지들 아래로 늘어져 있었어요. 그리고 거의 눈이 닿지도 않는 높은 곳에는 야자나무의 우듬지들이 솟아 있었는데, 섬세한 깃털이 달리고 부채꼴 모양으로 펼쳐진 가지들은 예컨대 「마리아의 방문」이나 「지네브라 데벤치의 초상」과 같은 레오나르도 다빈치의 그림에서 나무 우듬지들의 색으로 채택된, 황금색이나 놋쇠색이 섞인 듯한, 뭐라고 표현할 수 없는 흑녹색이었지요. 지금은 그 모든 것이 얼마나 아름다웠는지 아주 흐릿하게만 기억할 뿐입니다. 운전사도 없는 듯한 리무진을 타고 달리던 기분도 이젠 제대로 설명할 수 없어요. 실은 땅위를 달린다기보다는 떠서 가는 것이었는데, 내가 몇인치 정도 땅위에 떠서 갈 수 있던 어린 시절이 지나간 뒤에는 한번도 다시 느껴보지 못한 기분이었어요. 우리는 앤의 이야기를 들으면서 이미 어둠이 깔린 정원으로 나왔다. 택시가 도착하기를 기다리면서 우리는 휠덜린의 출생년도가 적힌 물펌프 옆에 서 있었는데, 거실의 한 창문에서 흘러나와 벽으로 둘러싸인 분수로 떨어지는 희미한 빛을 받으며 물방개 한마리가 분수의 한쪽 기슭에서 맞은편 기슭을 향해 물의 거울 위를 노저어가는 것을 보고는 머리카락 뿌리까지 전해지는 전율을 느꼈다.

8장

미들턴을 방문하고 돌아온 다음 날, 나는 싸우스월드의 크라운 호텔 바에서 코르넬리스 더용이라는 네덜란드 남자와 이야기를 나누었는데, 그는 여러차례 써픽에서 머무른 끝에 이 지역의 부동산 중개인들이 가끔 내놓는, 100헥타르를 넘기 일쑤인 거대한 대지 가운데 하나를 구입하려는 중이었다. 더용이 말해준 바에 따르면 그는 수라바야(인도네시아 자바섬의 항구도시) 근처의 사탕수수 대농원에서 자라났고, 바헤닝언 농업전문학교에서 공부한 뒤에는 데벤터르(네덜란드 동부의 도시) 지역의 사탕무 농부가 되어 축소된 규모로나마 가업을 유지해왔다. 그런데 이제 일터를 영국으로 옮기려는 것은 무엇보다도 경제적 이유 때문이라고 했다. 이스트앵글리아에서는 더러 시장에 나오곤 하는 크기의 단일 토지를 네덜란드에서는 발견하기가 불가능하고, 영국에서 이런 땅을 인수할 때 사실상 덤으로 거저 얻는 저택 또한 네덜란드에는 없다는 것이었다. 네덜란드 사람들은 전성기에 주로 도시에다 돈을 투자한 반면 영국 사람들은 주로 시골에 투자했다는 것이 더용의 주장이었다. 이날 저녁 우리는 가게 문이 닫힐 시간까지 바에 앉아 두 나라의 성장과 쇠퇴에 대해, 그리고 20세기가 시작된 뒤에도 한참이나 지속된, 설탕의 역사와 예술의 역사 사이의 특이하게 밀접한 관계에 대해 이야기를 나누었다. 사탕수수 재배와 설탕 거래를 독점하던 소수의 가문들은 엄청난 이익을 거두었지만, 그렇게 쌓인 부를 뚜렷하게 과시할 방법이 별로 없었기 때문에 오랜 세월에 걸쳐 화려한 별장과 도시저택을 건축하고 장식하며 유지하는 데 상당한 재산을 썼다. 덴하흐의 마우리츠하위스나 런던의 테이트 미술관과 같은 많은 주요한 미술관이 설탕 가문의 기부금으로 세워졌거나 여타의 다른 방식으로 설탕업과 결부되어 있다는 사실을 내게 알려준 사람도 코르넬리스 더용이었다. 18세기와 19세기에 다양한 형태의 노예경제를 통해 축적된 자본은 지금도 여전히 회전되면서 이자를 낳고 이자는 또 이자를 낳고, 늘어나고 몇배로 불어나면서 자신의 동력을 얻어 계속해서 새로운 열매를 맺고 있다고 더용은 말했다. 예로부터 이런 돈을 정당화하는 가장 적절한 수단이 바로 예술을 후원하고, 예술작품을 구매하고 전시하며, 큰 경매시장에서 작품가격을 거의 우스울 만큼 계속해서 높이 올리는 데 있다는 것이 더용의 생각이었다. 그림이 그려진 0.5제곱미터 크기의 아마포 가격이 1억 파운드라는 경계를 넘어서는 일도 몇년 안에 일어날 것이라면서 그는 말을 이었다. 때로는 모든 예술작품이 설탕으로 만든 유약을 바르고 있거나 아예 설탕으로 만들어진 것처럼 보이기도 합니다. 빈의 궁정 과자제조사가 만들었는데 끔찍한 우울증에 시달리던 마리아 테레지아 여제가 모조리 먹어치워버렸다고 전해지는 에스테르곰 전투(1685년 8월 신성로마제국과 오스만제국 사이에 벌어진 전투. 신성로마제국의 승리로 끝났다) 모형처럼 말입니다. 인도차이나반도에서의 설탕 재배방법과 생산방법에까지 이르렀던 대화를 끝낸 다음 날 아침, 나는 더용과 함께 우드브리지(해안에서 13킬로가량 떨어진 써픽주의 마을)로 내

려갔다. 그가 둘러보려던 농지가 이 도시의 외곽에서부터 서쪽으로 뻗어 있고, 북쪽으로는 황량한 불지(Boulge) 공원과 만나고 있기 때문인데, 당초부터 나는 불지를 방문할 예정이었던 것이다. 아래에서 이야기하게 될 작가 에드워드 피츠제럴드가 거의 백년 전에 바로 불지에서 자랐고, 1883년 여름에는 다시 거기 묻혔다. 나는 코르넬리스 더용에게 애틋한 마음을 담아 작별인사를 했고, 그 역시 그런 마음으로 내게 인사

를 했다고 생각한다. 그와 헤어지고 난 뒤에 우선 A12번 도로에서 들판을 가로질러 브레드필드로 넘어갔다. 피츠제럴드는 1809년 3월 31일 그곳의 이른바 하얀 집에서 태어났는데, 지금 그 집은 다 사라지고 온실 하나만 남아 있다. 18세기 중반에 세워진, 식구가 많은 가족과 그에 못지않게 많은 수의 하인들이 살기에도 충분히 컸던 그 집의 몸통 부분은 1944년 5월에 아마도 런던을 향해 날아가던 로켓에 맞아 모조리 파괴되고 말았다. 영국인들이 두들버그라고 불렀던 독일의 보복무기들이 흔히 그랬듯이 이 로켓도 갑자기 궤도에서 벗어나 추락하여 브레드필드에 말하자면 전혀 쓸데없는 피해를 입혔다. 1825년에 피츠제럴드가 입주한, 바로 옆의 저택 불지홀 또한 전혀 남아 있지 않다. 1926년에 전소된 뒤에도 그을음으로 뒤덮인 건물의 전면은 오랫동안 공원 한가운데 서 있었다. 사람들은 전후에야 비로소 폐허를 완전히 철거했는데, 아마도 건축자재를 얻기 위해 그렇게 했을 것이다. 지금은 공원 자체가 황량하게 방치되어 있고, 풀들은 오래전부터 시들었다. 큰 떡갈나무 가지들이 하나둘씩 죽어가고, 여기저기 벽돌조각으로 대충 수리해놓은 도로에는 검은 물이 고인 구멍투성이다. 피츠제럴드가 딱히 세심하게 수리해놓았다고는 할 수 없는 불지의 작은 교회 주변의 조그마한 숲도 황폐하기는 마찬가지다. 썩어가는 나무와 녹슨 쇠 들을 비롯한 온갖 잡동사니가 여기저기 어지럽게 널려 있다. 점점 더 주위로 퍼져가는 단풍나무의 그늘에 가린 무덤들도 반쯤은 땅속에 파묻혔다. 다른 모든 의례와 마찬가지로 장례식도 혐오했던 피츠제럴드가 이 어두침침한 자리에 묻히기 싫은 나머지 자신의 유해를 바다의 반짝이는 수면 위에 뿌려달라고 따로 지시한 것도 무리가 아니라는 생각이 절로 든다. 그럼에도 불구하고 그가 여기 그의 가족의 흉측한 영묘(靈廟) 곁 무덤에 묻

힌 것은 유언으로도 어찌할 수 없는 고약한 아이러니 중의 하나라고 할 것이다. 피츠제럴드 가문은 앵글로-노르만 계통에서 유래했으며, 에드워드 피츠제럴드의 부모가 써픽의 자치주로 이주하기로 결정하기 전 이미 육백년 이상 아일랜드에서 거주했다. 다른 봉건영주들과의 전쟁, 토착민에 대한 가차없는 지배, 그리고 그에 못지않게 가차없는 정략결혼을 통해 여러 세대에 걸쳐 쌓아올린 가문의 재산은 사회 최상층의 부가 일체의 전통적인 척도를 넘어서기 시작하던 시절에도 이미 전설적이라고 평가되었으며, 영국에 있던 소유지 외에도 무엇보다 끝을 알 수 없는 아일랜드의 소유지와 이 땅

에 자리한 동산과 부동산, 그리고 적어도 실제적으로는 예속된 신분이었던, 수천을 헤아리고도 남는 농부들로 구성되어 있었다. 에드워드 피츠제럴드의 어머니 메리 프랜시스 피츠제럴드는 이 재산의 유일한 상속자로서 의심할 여지 없이 왕국에서 가장 강력한 재정적 능력을 가진 여자 중 하나였고, 그녀가 **같은 피, 같은 운명**(stesso sangue, stesso sorte)이라는 가훈에 따라 결혼한 그녀의 사촌 존 퍼셀은 아내의 우월한 지위를 인정하여 자신의 이름을 포기하고 피츠제럴드라는 이름을 취했다. 반면에 메리 프랜시스 피츠제럴드로서는 그녀의 재산권이 존 퍼셀과의 결혼으로 인해 어떠한 제한도 받지 않도록 조치했던 것은 당연한 일이었다. 전해지는 초상화들을 보면 그녀는 위압적인 풍채의 여자였는데, 급하게 내려오는 강인한 어깨선과 거의 두려움을 느끼게 하는 젖가슴을 지닌 그녀의 전체적인 모습을 보며 당대의 수많은 사람은 그녀가 웰링턴 공작과 아주 닮았다고 생각했다. 아내의 집으로 들어온 그녀의 사촌은 예상대로 오래지 않아 그녀 곁에서 경멸스러울 정도는 아니라 해도 적어도 사소한 존재가 되어갔다. 특히 눈부신 속도로 이루어지는 산업발전 속에서 광산업자로서, 그리고 여러 다른 투기성 계획을 통해 독자적인 입지를 확보하려던 그의 시도들이 모두 차례차례 실패로 돌아가자 그는 결국 결코 적다고 할 수 없던 자신의 재산뿐만 아니라 아내가 제공해준 돈까지 몽땅 날렸고, 런던 법정에서 파산절차를 거친 뒤에는 그에게 남은 것이 아내가 아량을 베풀어

데리고 사는, 가망없는 파산자라는 평판뿐이게 되어 존재가 더욱 초라해졌다. 이런 상황에 따라 그는 대부분의 시간을 써 픽의 가족소유지에서 보내며 메추라기나 도요새 따위를 잡는 일로 소일했고, 메리 프랜시스는 계속해서 런던의 저택에서 하인들을 거느리며 살았다. 때때로 그녀는 말 네필이 끄는 선황색 마차에 타고, 따로 꾸린 짐마차와 한무리의 하인과 여자 몸종을 이끌고 브레드필드로 가서 아이들의 상황을 둘러보았고, 이렇게 아주 외딴 영역에서 짧게 체류하는 동안에도 언제나 자신이 권력을 행사하는 사람임을 보여주었다. 그녀가 도착하거나 출발할 때면 에드워드와 그의 형제들은 늘 맨 위층 아이들 방의 창문 뒤에 굳은 듯이 서 있거나 진입로 곁의 덤불 속에 몸을 숨겼는데, 이는 그녀의 장엄함에 너무 겁을 먹은 나머지 그녀를 향해 달려가거나 손을 흔들며 헤어질 엄두조차 내지 못했기 때문이었다. 예순이 넘어서도 피츠제럴드는 브레드필드를 방문한 어머니가 가끔씩 아이들 방으로 올라와서, 사각거리는 옷과 거대한 향수구름에 감싸인 채 마치 낯선 거인처럼 한동안 이리저리 왔다갔다하고 이런저런 것들을 점검하고 난 뒤 딱히 기분이 편하지 않은 우리를 남겨둔 채(leaving us children not much comforted) 금세 다시 가파른 계단을 내려가 사라지던 것을 기억했다. 아버지 또한 갈수록 자신만의 세계로 빠져들었기 때문에 아이들을 감독하는 일은 온전히 남녀 가정교사들에게 맡겨졌는데, 아이들과 마찬가지로 맨 위층에 머물던 이들은 고용주들로부터 드물지 않게 받는 모욕을 아이들에게 분풀이해댔다. 따라서 이런 처벌과 이와 결부된 굴욕에 대한 두려움, 끝날 줄 모르는 산수와 글쓰기 공부, 매주 한번씩 어머니에게 보고서를 쓰는, 아마도 가장 역겨웠을 숙제, 남녀 가정교사와의 별로 달갑지 않은 식사, 이런 것들이 아이들의 하루일과였고, 이런 규제들을 제외하고 남는 것은 한없는 지루함뿐이었다. 또래의 다른 아이들과 거의 접촉할 수 없었던 그들은 자유시간이면 몇시간이고 방 안의 파란색 마룻바닥에 멍하니 드러누워 있거나 창가에 서서 거의 항상 사람 그림자도 보이지 않는 공원을 쳐다보는 것 말고는 할 수 있는 일이 없기 때문이었다. 공원에서 볼 수 있는 사람들이라고는 외바퀴 손수레를 밀며 잔디밭을 지나가는 정원사나 사냥터지기와 함께 사냥에서 돌아오는 아버지뿐이었다. 때때로 아주 드물게 청명한 날에만 브레드필드 너머 15킬로미터 떨어진 해안 앞에서 운항하는 배들의 하얀 돛을 나무 우듬지들 위로 희미하게나마 분간할 수 있었고, 아이들은 어렴풋이 자신들이 갇힌 지하감옥에서 해방되는 꿈을 꾸었다고 후일 피츠제럴드는 회상했다. 그는 나중에 케임브리지에서 공부하고 돌아왔을 때, 육중한 카펫이 깔리고 도금된 가구, 예술작품, 여행에서 가져온 물건 따위로 꽉 찬 가족의 집에 대한 공포가 너무나 컸던 나머지 다시는 그 집에 들어가지 않겠다면서 신분에 어울리는 집 대신 공원 외곽의 방 두개짜리 작은 집으로 들어갔다. 그뒤로 십오년 동안, 그러니까 1837년에서 1853년까지 피츠제럴드는 거기서 독신으로 생활했는데, 이때의 생활방식은 이후의 기이한 습관들을 이미 여러모로 예감하게 하는 것이었다. 이 은신처에서 그는 대부분의 시간을 온갖 다양한 언어를 넘나들며 책을 읽고, 무수한 편지를 쓰고, 상투어 사전을 만들기 위해 메모를 하고, 항해와 인간의 심리에 대한 완전한 용어사전을 만들기 위해 단어와 구문을 모으고, 생각할 수 있는 온갖 종류의 스크랩북을 만드는 데 바쳤다. 특히 그는 과거 시대의 편지들에 심취하여 예컨대 쎄비녜 부인(1626~96, 프랑스의 귀족)의 편지들에 빠져들었는데, 그에게는 살아 있는 친구들보다 그녀가 훨씬 더 현실적인 인물이었다. 그는 그녀가 쓴 글들을 거듭하여 읽었고, 자신의 편지에 그녀의 문구들을 인용했으며, 그녀에 대한 주석들을 계속 작성하여 쌓아나갔고, 그녀와 편지를 주고받은 모든 사람과 편지에서 언급된 모든 인물 및 지명에 대한 해설뿐만 아니라 그녀의 글쓰기 기술의 발전사를 이해하기 위한 일종의 문답집까지 부록으로 실은 쎄비녜 백과사전을 만들 계획도 세웠다. 피츠제럴드는 다른 문학적 프로젝트들과 마찬가지로 쎄비녜 프로젝트 또한 완수하지 못했는데, 어쩌면 애당초 완수할 마음이 없었을지도 모른다. 그 시대가 끝나던 무렵인 1914년에야 비로소 그의 종손녀 중 한 사람이 대단한 분량의 자료를 두권의 책으로 출간했는데, 이 책들은 이제 거의 찾기가 어렵고, 그 자료들은 지금도 여전히 두 종이상자에 담긴 채 트리니티 칼리지 도서관에 보관되어 있다. 피츠제럴드가 죽기 전에 직접 완결하고 출판한 유일한 책은 페르시아 시인 오마르 하이얌의 『루바이야트』를 멋지게 번역한 것이었는데, 그는 팔백년이라는 세월의 간격에도 불구하고 하이얌이 자신과 가장 영혼이 가까운 사람이라고 느꼈다. 피츠제럴드는 이 이백이십사줄의 시를 번역하면서 보낸 끝없는 시간을 사자(死者)의 전언을 우리 후대에 전달하기 위한 그와의 세미나라고 불렀다. 이를 위해 그가 만들어낸, 마치 무심결에 떠오른 듯 아름다운 영어 운문들은 저자의 권리에 대한 일체의 주장을 훌쩍 넘어서는 익명성을 가장하고 있으며, 그 한 단어 한 단어가 중세를 못 벗어난 동양과 퇴색해가는 서양이 불행한 실제 역사과정과는 다른 방식으로 함께 만날 수 있는 보이지 않는 어떤 지점을 지시한다. 안과 바깥, 위와 옆과 아래, 이런 것은 마술 그림자 쇼에 지나지 않기 때문이다. 이 쇼가 연출되는 상자의 촛불은 태양이며, 환영들이 그 주위에서 왔다갔다한다(For in and out, above, about, below, 'T is nothing but a Magic Shadow-Show, Play'd in a Box whose Candle is the Sun, Round which the Phantom Figures come and go). 『루바이야트』가 출판된 1859년은 피츠제럴드에게 아마도 세상 어느 누구보다 더 중요한 인물이었던 윌리엄 브라운이 사냥 중에 입은 중상으로 고통 속에서 죽어간 해이기도 하다. 두 사람의 궤적은 휴가 중에 웨일스에서 도보여행을 하던 때 처음으로 교차했고, 당시 피츠제럴드의 나이는 스물셋, 브라운은 막 열여섯이 된 참이었다. 브라운이 죽은 직후 피츠제럴드는 한 편지에서 회상하기를, 두 사람은 브리스틀에서 출발하는 증기선에서 잠시 대화를 나누었고, 다음 날 아침 두 사람 모두 숙소로 삼고 있던 텐비의 하숙집에서——당구를 치다가 석회가루를 뺨에 묻힌 채——조우했을 때, 마치 터무니없이 오랫동안 서로 보지 못한 사람들처럼 격렬한 감정에 휩싸였다고 했다. 웨일스에서의 첫 만남 이후 여러해 동안 브라운과 피츠제럴드는 써픽과 베드퍼드셔를 오가며 서로를 거듭 방문했고, 말 한필이 끄는 마차를 타고 시골길을 달리거나 들판을 돌아다니다가 점심 무렵 음식점에 들렀고, 언제나 동쪽으로 이동하는 구름을 쳐다보기도 했으며, 아마 때로는 이마를 스치고 지나가는 시간의 흐름을 느끼기도 했을 것이다. 피츠제럴드는 승마를 조금 하고, 마차를 타고, 먹고, 마시는 따위를 하면서 (끽연도 잊지 않고) 하루를 충만하게 보낸다(A little riding, driving, eating, drinking etc. [not forgetting smoke] fill up the day) 라고 적었다. 브라운은 거의 언제나 낚시도구와 엽총, 그리고 수채화를 그리기 위한 간단한 준비물을 지참했고, 피츠제럴드는 책을 갖고 있기는 했지만 친구에게서 눈을 돌릴 수가 없어 실제로 책을 읽는 경우는 거의 없었다. 그가 당시에 혹은 전생애에 걸쳐 단 한번이라도 그의 마음속에서 일던 갈망을 진정으로 토로한 적이 있었는지는 불확실하지만, 언제나 브라운의 건강상태를 몹시 걱정하던 그의 태도만 봐도 그의 깊은 열정을 잘 알 수 있다. 피츠제럴드에게 브라운이 일종의 이상형이었다는 데에는 의심의 여지가 없지만, 바로 그 때문에 그의 눈에는 처음부터 브라운에게 무상(無常)의 그림자가 드리워 있는 것으로 보였고, 그래서 **그를 볼 수 있는 날이 그리 길지 않을 것 같다**(that perhaps he will not be long to be looked at)는 두려움을 떨쳐버리지 못했다. **쇠퇴의 신호들이 그를 에워싸고 있기 때문이다**(For there are signs of decay about him)라고 피츠제럴드는 썼다. 나중에 브라운은 결혼했지만, 그뒤에도 피츠제럴드가 그에 대해 느끼는 감정은 조금도 변하지 않았고, 오히려 이 결혼은 그에게 친구를 붙잡아둘 수 없으며 그가 일찍 죽을 것이라는 암울한 예감을 확인시켜줄 뿐이었다. 피츠제럴드는 아마도 끝까지 용기를 못 내었던 사랑의 고백을 그의 아내에게 보낸 조의편지에서 처음으로 했는데, 그녀는 이 기이한 편지를 읽고 당혹스러워하지는 않았다고 해도 분명 이상하게 생각하기는 했을 것이다. 윌리엄 브라운을 잃었을 때, 피츠제럴드는 쉰살이었다. 그때부터 그는 점점 더 자기 속으로 후퇴했다. 물론 그전에도 그는 함께 식사하는 의례를 상류사회의 가장 혐오스러운 습관 중의 하나로 여겼기 때문에 어머니가 정기적으로 초대하던 런던의 호화스러운 저녁식사에도 가지 않은 지 오래되었지만, 이제는 가끔 방문하던 수도의 미술관이나 콘서트홀에도 가지 않았고, 아주 예외적인 경우에만 인근지역을 벗어났다. 그는 **나를 써퍽의 가장 외딴곳에 가두어놓고 턱수염이 자라게 내버려둘 생각이다**(I think I shall shut myself up in the remotest nook of Suffolk and let my beard grow)라고 썼는데, 자신들이 소유한 농장에서 최대한의 경제적 이익을 뽑아내려던 지주들이 새로운 타격을 가하여 이 외딴 환경까지 망쳐놓지 않았더라면 아마도 계속 그렇게 살았을 것이다. 그는 이렇게 한탄했다. 지주들은 나무를 모조리 베어내고 덤불을 거두어낸다. 오래지 않아 새들은 갈 곳을 찾지 못할 것이다. 작은 숲이 하나둘씩 사라지고, 봄이면 앵초와 제비꽃이 자라나는 길가 비탈의 풀밭도 제초되고 평지로 바뀌었으며, 한때 그토록 아름다웠던 오솔길을 따라 브레드필드에서 해스케턴으로 걸어가면 이제는 마치 황야를 가로지르는 듯한 기분이 든다. 어릴 적부터 자신이 속한 계급에 대해 혐오를 느꼈던 피츠제럴드는 날이 갈수록 더 무도해지는 대지의 착취와 점점 더 의문스러운 수단을 통해 추구되는 사유재산의 축적, 그리고 점점 더 가차없어지는 공동체 권리의 제한 등을 보며 역겨움을 느꼈다. 그래서 나는 물에 도착한다. 어떤 친구도 묻혀 있지 않고, 어떤 오솔길도 가로막히지 않은 물에 말이다(And so, I get to the water: where no friends are buried nor pathways stopt up)라고 그는 말했다. 실제로 피츠제럴드는 1860년 이후 대부분의 시간을 해변에서 혹은 그의 지시로 건조되어 스캔들이라고 이름 붙인, 원양항해가 가능한 요트의 갑판에서 보냈다. 그 배를 타고 그는 우드브리지에서 디벤강을 거쳐 바다로 내려가 해변을 따라 로스토프트까지 올라갔고, 그곳 청어잡이 어부들 중에서 선원들을 모집했으며, 윌리엄 브라운과 닮은 얼굴을 찾았다. 또한 피츠제럴드는 북해 더 멀리까지 돛을 걸고 나갔고, 평소에도 특별한 의식에 맞게 복장을 차려입기를 거부했던 것처럼 이번에도 막 유행하기 시

238

작한 요트용 복장 대신 낡은 프록코트를 걸치고 끈으로 동여
맨 실크해트를 썼다. 요트 주인에게 우아한 외양을 기대하는
사람들에게 그가 유일하게 양보한 것은 길고 하얀 깃털 목도
리였는데, 그는 그것을 두르고 갑판에 오르기를 좋아했고, 바
람이 불면 그의 뒤로 목도리가 나부끼는 것이 멀리서도 보였
다고 한다. 1863년 늦여름 피츠제럴드는 덴하흐 박물관에서
페르디난트 볼이 1652년에 그린 젊은 루이스 트립의 초상화
를 보기 위해 스캔들을 타고 네덜란드로 가기로 결심했다. 로
테르담에 도착했을 때, 그의 여행에 동참했던 우드브리지 출
신의 조지 맨비라는 사람이 우선 거대한 항구도시를 둘러보
자고 제안했다. 피츠제럴드는 이렇게 쓴다. 그래서 우리는 하
루 종일 무개마차를 타고 돌아다녔는데, 이쪽저쪽을 왔다갔
다하는 통에 결국 나는 방향감각을 잃어버렸고, 저녁에는 기

진맥진하여 침대 위에 뻗어버렸다. 암스테르담에서의 다음 날 역시 기분 나쁘게 흘러갔고, 온갖 멍청한 사건들을 겪은 뒤 사흘째 되던 날에야 비로소 덴하흐에 도착했지만, 하필 그날부터 그다음 주 초까지 미술관이 문을 닫아버렸다. 육지에서의 피곤한 여행에 이미 몸이 몹시 상한 피츠제럴드는 이 말도 되지 않는 조처를 네덜란드인들이 그를 노리고 일부러 행한 야비한 짓으로 간주했으며 지독한 분노와 절망의 발작에 휩싸여 편협한 네덜란드인들과 여행 동반자 조지 맨비와 자기 자신에게 번갈아 욕을 퍼붓고는 즉시 로테르담으로 가서 돛을 올리고 귀향하겠다고 고집했다. 그 시절 피츠제럴드는 겨울이 되면 우드브리지의 시장 근처에 사는 엽총 제작업자의 집에 방을 몇개 빌려 몇달간 지냈다. 당시 사람들은 그가 아일랜드 망또와 대개는, 심지어 날씨가 나빠도, 슬리퍼만 걸친 채 생각에 잠겨 도시를 이리저리 배회하는 것을 보곤 했다. 브라운이 죽기 전에 그에게 선물해준 검은 래브라도 개가 그의 뒤를 따랐다. 1869년, 기이한 세입자의 습관을 참기 힘들어진 엽총 제작업자의 부인과 다툰 뒤 피츠제럴드는 그의 마지막 거처가 된, 마을 외곽의 아주 낡은 농가로 들어갔는데, 거기서 그는 그의 표현을 따르자면 극의 마지막 장을 위해 집을 꾸몄다. 늘 지극히 검소하게 살던 그였지만, 날이 갈수록 그가 필요로 하는 것은 더욱더 줄어들었다. 당대 사람들이 기력을 유지하기 위해 엄청난 양의 설익은 고기를 소비하는 것을 혐오했기 때문에 그는 수십년 전부터 이미 채식만

해왔지만, 이제는 요리를 위해 공을 들인다는 것 자체가 도무지 불합리하게만 여겨져 빵과 버터, 차를 제외한 다른 음식은 별로 먹지 않았다. 상태가 좋은 날에는 정원으로 나가 퍼덕거리는 하얀 비둘기들 사이에 앉아 있었고, 그밖에는 오랫동안 창가에 앉아 가지치기가 끝난 나무들로 에워싸인, 거위를 키우는 풀밭을 쳐다보곤 했다. 이미 여러해 전에 어여쁜 여동생 앤덜루지아의 목숨을 앗아간, 그가 파란 악마라고 부르던 멜랑꼴리가 드물지 않게 그를 덮치기는 했지만, 그의 편지들에서 읽을 수 있는 것처럼 그는 이런 고독 속에서도 놀랍도록 잘 지냈다. 1877년 가을 그는 「마술피리」 공연을 보기 위해 다시 한번 런던으로 갔다. 하지만 11월의 안개와 습기, 그리고 지저분한 거리에 기분이 상한 나머지 마지막 순간 코번트 가든 오페라하우스를 방문하지 않기로 마음먹었다. 그는 공연에 가봤자 어차피 말리브란과 존타크(가수들의 이름)에 대한 소중한 기억만 망쳤을 거라고 썼다. 이제 이 오페라들이 개인의 회상 속에 있는 극장에서 공연된다고 보는 것이 최선이라고 생각한다(I think it is now best to attend these Operas as given in the Theatre of one's own Recollections). 하지만 얼마 뒤부터는 끊이지 않는 이명(耳鳴)이 머릿속의 음악을 뒤덮어버리고 말아 피츠제럴드는 이런 기억 속에서의 공연조차 할 수 없게 되고 만다. 그의 시력도 점점 더 쇠퇴해갔다. 이제 그는 늘 파란색과 녹색의 안경을 걸쳐야 했고, 가정부의 아들에게 책을 읽어달라고 부탁해야 했다. 그가 유일하게 찍은, 1870년대 사진이 남아 있는데, 그는 조카딸에게 이해를 구하는 편지에서 썼듯이 사진기를 똑바로 노려보면 병든 눈이 너무 부신 탓에 얼굴을 옆으로 돌리고 있다. 피츠제럴드는 거의 매년 여름이

면 노픽의 머턴에서 목사로 일하던 친구 조지 크래브를 며칠 간 방문했다. 1883년 6월 그는 마지막으로 이 여행에 나섰다. 머턴은 우드브리지에서 대략 100킬로미터밖에 떨어져 있지 않았지만, 그의 생전에 사방팔방으로 뻗어나간 복잡한 철도

망을 이용하여 그곳에 가려면 다섯번이나 기차를 갈아타면서 하루 종일 여행해야 했다. 무엇이 피츠제럴드의 가슴을 움직였는지, 객차의 쿠션을 깔고 앉아 바깥에서 스쳐지나가는 덤불과 밭을 보며 그가 무슨 생각을 했는지는 알 수 없지만, 아마도 과거의 어느날, 우편마차를 타고 레스터에서 케임브리지로 가면서 여름 풍경을 보다가 영문을 알 수 없이 행복에 겨운 눈물이 솟구쳐 자신이 마치 천사라도 된 것처럼 느꼈을 때와 비슷한 심정이었을 것이다. 머턴 역에서는 이륜마차를 타고 온 크래브가 그를 맞았다. 유난히 길고 더운 날이었지만, 피츠제럴드는 공기가 서늘하다면서 마차 안에서 아일랜드 여행용 모포로 온몸을 에워쌌다. 식사시간에는 약간의 차를 마셨지만 음식은 먹지 않겠다고 했다. 9시쯤, 그는 브랜디 한잔과 물을 달라고 한 뒤에 쉬려고 위층으로 올라갔다. 다음 날 첫새벽에 크래브는 그가 방 안에서 서성거리는 소리를 들었지만, 나중에 아침식사 시간이 되어 그를 데리러 올라갔을 때 그는 침대 위에 몸을 뻗고 이미 죽어 있었다.

불지 공원에서 우드브리지로 가는 사이 벌써 그림자가 길어졌고, 나는 우드브리지의 **황소 여관**(Bull Inn)에서 밤을 보냈다. 여관 주인이 준 방은 맨 위층에 있었다. 바에서 잔들이 달그락거리는 소리와 손님들이 웅얼거리는 소리가 계단을 통해 올라왔다. 폐점시간 뒤에는 사방이 점점 더 조용해졌다. 낮의 열기에 늘어났다가 이제 수밀리미터씩 다시 오그라드는 오래된 목골건물의 각재들이 이음매 지점에서 딱딱거리고 삐걱거리는 소리가 들렸다. 낯선 공간의 어둠속에 파묻힌 내 시선은 저절로 소리들이 들려오는 방향을 향했고, 주로 나지막한 천장을 따라 생겼을 균열과 벽의 석회가 떨어지거나 널빤지로 댄 벽 뒤에서 모르타르가 부서져내리는 자리를 찾았다. 그리고 잠시 눈을 감고 있을라치면 마치 배의 선실에 드러누워 있는 듯한 느낌이, 우리가 먼바다에 있고, 집 전체가 파도의 물마루 위로 솟아올라 거기서 약간 몸을 떨다가 한숨과 함께 다시 심연으로 가라앉는 듯한 기분이 들었다. 지빠귀 울음소리가 귓전에 울려퍼지는 새벽에야 잠이 들었지만, 잠시 뒤에 꿈을 꾸다가 다시 깨고 말았다. 꿈속에서는 그 전날 내 여행의 동반자였던 피츠제럴드가 검은 비단 주름장식이 달린 셔츠를 입고 머리에는 실크해트를 쓴 채 그의 정원의 작고 파란 함석탁자 앞에 앉아 있었다. 주위에는 사람 키보다 큰 당아욱이 만개해 있었고, 라일락 덤불 아래 모래가 움푹 들어간 곳에는 닭들이 모여 있었으며, 검은 개 블렛소가 그림자에 파묻힌 채 몸을 뻗고 드러누워 있었다. 나는 꿈속에서도 나 자신을 볼 수 없어 마치 유령처럼 피츠제럴드를 마주 보고 앉아 그와 도미노 게임을 했다. 화원 너머에는 고르게 초록빛을 띤, 텅 빈 공원이 세상 끝까지 뻗어 있었고, 그 세상 끝에는 호라산(이란, 아프가니스탄, 투르크메니스탄에 걸쳐 있는 지방)의 첨탑들이 솟아 있었다. 화원 너머의 그 공원은 불지에 있는 피츠제럴드의 공원이 아니라 아일랜드 슬리브블룸산 기슭의 별장에 딸린 공원이었는데, 나는 몇년 전 잠시 거기서 머무른 적이 있었다. 꿈속 아주 멀리서 담쟁이덩굴로 뒤덮인 그 삼층 건물이 보였는데, 아마도 애슈버리 가족은 지금도 여전히 거기서 외떨어진 삶을 살아가고 있을 것이다. 어쨌든 내가 그들을 만났던 시절, 그 가족은 괴상하다고 해도 지나치지 않을 만큼 지극히 외떨어진 삶을 영위하고 있었다. 당시 나는 산에서 내려오다가 클래라힐의 작고 어두컴컴한 가게에 들러 숙소로 삼을 만한 곳이 없는지 물어보았고, 이 질문을 계기로 보기 드문 계피색의 얇은 면포 외투를 걸친 오헤어라는 이름의 가게 주인과 긴 대화를 나누었는데, 주로 뉴턴의 중력 이론에 대한 이야기를 했던 것으로 기억한다. 서로 말이 오가던 중 그는 갑자기 대화를 멈추더니 이렇게 큰 소리로 말했다. 애슈버리 가족이 당신을 받아줄지도 모르겠네요. 몇 년 전에 그 집 딸 하나가 여기 와서 잠자리와 아침을 제공한다는 쪽지를 건네준 적이 있습니다. 나는 그 쪽지를 가게 창문에 내걸기로 했었지요. 그 쪽지를 어떻게 했는지, 그 가족이 손님을 받은 적이 있는지 모르겠습니다. 쪽지가 색이 바래고 난 뒤에 치워버렸는지도 모르지요. 아니면 그 가족이 와서 직접 떼어갔을 수도 있고요(The Ashburys might put you up. One of the daughters came in here some years ago with a note offering Bed and Breakfast. I was supposed to display it in the shop window. I can't think what became of it or whether they ever had any guests. Perhaps I removed it when it had faded. Or perhaps they came and removed it themselves). 오헤어 씨는 그의 화물차에 나를 태우고 애슈버리 가족의 집까지 같이 가서 내가 집 안으로 들어오라는 말을 들을 때까지 풀들이 무성히 자란 앞마당에서 함께 기다려주었다. 여러번 두드린 뒤에야 문이 열리고 색이 바랜 붉은 여름옷을 입은 캐서린이 나를 마주하고 섰는데, 그녀는 이상하게 경직된 모습이어서 마치 예고도 없이 나타난 이방인을 보고 순식간에 몸이 굳어버린 것처럼 보였다. 그녀는 눈을 커다랗게 뜨고 나를, 아니 나를 통과하여 내 뒤쪽 어딘가를 쳐다보았다. 내가 자초지종을 설명한 뒤에도 한참이 지나서야 경직상태에서 깨어난 그녀는 한걸음 옆쪽으로 비켜섰고, 왼손을 거의 눈에 띄지 않을 만큼 살짝 내밀어 나를 들이고 현관의 안락의자에 앉게 했다. 그러고는 한마디도 없이 석판이 깔린 바닥을 밟으며 사라졌는데, 그제야 나는 그녀가 맨발이라는 것을 알아차렸다. 그녀는 소리도 없이 뒤쪽의 어둠속으로 사라졌고, 어떤 척도로도 잴 수 없을 것처럼 느껴지는 몇분이 흐른 뒤에 역시 소리도 없이 어둠에서 다시 나타나 내게 고개를 끄덕이고는 미끄러지듯 걸으며 널찍한 계단으로 나를 안내했는데, 놀라우리만치 오르기가 쉬운 그 계단을 거쳐 이층으로 올라가서 여러 복도를 지나치자 커다란 방이 나타났다. 높다란 창문 앞에 서니 축사와 헛간의 지붕과 텃밭 너머로 바람에 살랑거리는 멋진 녹지대가 보였다. 그 뒤쪽 멀리 강이 휘어진 곳에서는 반짝이는 강물이 수심 깊은 강변을 향해 옆으로 몰려가고 있었다. 강 너머 온갖 초록빛이 어우러진 곳에는 나무들이 서 있었고, 그 위로 늘어선 산의 능선은 한결같이 푸른 하늘빛과 거의 구별되지 않았다. 얼마나 오래 내가 세 창문 중 가운데 창문 앞의 오목한 곳에 서서 이 풍경에 푹 빠져 있었는지는 기억나지 않고, 문 앞에 서서 기다리던 캐서린이 이 방이 괜찮으시겠어요?(Will this be all right?)라고 묻는 소리를 들은 것과 내가 그녀를 향해 돌아서면서 뭔가 멍청한 말을 우물거렸던 기억만 남아 있다. 캐서린이 가고 난 뒤에야 나는 홀처럼 보이는 방을 제대로 보았다. 벨벳 같은 먼지층이 널빤지가 깔린 바닥을 덮고 있었다. 커튼과 벽지는 없었다. 죽어가는 몸의 피부처럼 푸르스름한 줄무늬로 얼룩진, 회처럼 하얀 벽은 거의 아무 표시도 없는 지구 최북단의 경이로운 지도와 비슷해 보였다. 방 안의 가구라고는 탁자 하나와 의자 하나, 그리고 몇번의 손놀림으로 분해할 수 있는 철제 침대가 전부였는데, 지난날 장교들이 출정에 나설 때 사용하던 것과 비슷한 침대였다. 그뒤 며칠 동안 내가 이 침대에 누워 쉴 때마다 내의식의 가장자리들은 허물어지기 시작했고, 그래서 나는 때때로 어떻게 여기로 오게 되었는지, 도대체 어디에 있는지 거의 알지 못하는 상태에 빠지곤 했다. 심한 외상열로 어느 야전병원에 누워 있는 것처럼 생각될 때가 많았다. 바깥에서는 공작새의 지독하게 거슬리는 울음소리가 들려왔지만, 내 상상 속에서는 오랫동안 쌓여올라간 잡동사니 무더기의 꼭대기에 공작새가 앉아 있는 마당이 아니라 롬바르디아(이딸리아 북부의 주) 어딘가의 전장(戰場)이, 썩은 고기를 먹는 독수리가 선회하고 전쟁으로 황폐화된 땅으로 둘러싸인 전장이 보였다. 병력이 다른 곳으로 떠난 지 오래였다. 오직 나만이 의식을 차렸다 잃었다 하면서 남김없이 약탈당한 집 안에 드러누워 있었다. 애슈버리 가족이 마치 끔찍한 일을 당하여 표착한 자리에 머무를 엄두를 내지 못하는 피난민처럼 한지붕 아래 살았기 때문에 이런 영상은 내 머릿속에 더 진하게 자리 잡았다. 가족들이 하나같이 복도와 계단실에서 배회하는 것은 이상한 일이었다. 그들이 혼자서 혹은 함께 편안하게 앉아 있는 모습을 보기는 힘들었다. 심지어 식사조차 대개 서서 했다. 그들이 하는 일들 역시 대체로 어딘가 계획도 의미도 없는 것처럼 보였고, 어떤 식으로든 일상성을 보여준다기보다는 기이한 강박관념이나 만성화된 뿌리 깊은 혼란에서 비롯되는 듯했다. 막내인 에드먼드는 1974년 학교를 졸업한 뒤로 줄곧 길이가 거의 10미터에 이르는, 가운데가 불룩한 배를 만들고 있었는데, 그가 지나가는 말처럼 내게 들려준 바에 따르면 그는 조선(造船)에 대해 아는 것도 없었고, 언젠가 그 볼품없는 배를 타고 바다로 나갈 생각도 없었다. 진수할 배가 아닙니다. 그저 내가 뭔가 조몰락거리는 것일 뿐이지요. 뭔가 하기는 해야 하니까요(It's not going to be launched. It's just something I do. I have to have something to do). 애슈버리 부인은 종이봉투에 꽃씨를 모았는데, 때때로 나는 그녀가 이름과 날짜, 장소, 색 등의 사항이 적힌 봉투를 잡초가 무성한 꽃밭이나 가끔은 더 멀리 초원에서 시든 꽃봉오리 위에 조심스럽게 씌우고 실로 묶어 매는 것을 보기도 했다. 이어서 그녀는 줄기를 잘라 집으로 가지고 와서는 여러 도막들을 이어붙여서 서재에 이리 저리 매달아놓은 밧줄에 달았다. 이렇게 하얀 봉투로 덮은 수많은 줄기들이 서재 천장 아래에 매달려 종이구름을 이루었고, 애슈버리 부인이 책을 쌓아놓고 그 위에 올라가 바스락거리는 씨앗 봉투를 달거나 떼어낼 때면 그녀는 마치 승천하는 성인처럼 반쯤 그 구름 속으로 사라지곤 했다. 떼어낸 봉투들은 분명 책의 무게에서 해방된 지 오래인 책장 선반 위에 어떤 알 수 없는 체계에 따라 보관되었다. 자신이 모은 꽃씨들이 장차 어느 들판에서 꽃을 피울지 애슈버리 부인이 알고 있었다는 생각은 들지 않는데, 조각천들을 엄청나게 모아놓은 북쪽의 한 방 안에서 매일 몇시간씩 다채로운 색의 베갯잇과 침대보 같은 것들을 꿰매 만들던 캐서린과 그녀의 두 여동생 클래리사와 크리스티나 역시 그렇게 만든 것들을 어디에 쓸지 모르기는 마찬가지였다. 악한 저주를 받은 거인의 딸들처럼 나이가 비슷한 미혼의 세 딸은 산더미 같은 재료 무더기들 사이의 바닥에 앉아 거의 서로 말을 나누지도 않고 줄곧 작업만 했다. 바느질을 한땀 할 때마다 옆쪽으로 실을 높이 치켜드는 그들의 동작은 너무도 오래되어 이제 시간이 얼마 남지 않았음을 걱정하게 만드는 것들을 떠올리게 했다. 클래리사는 가끔 내게 그녀와 자매들이 인테리어 상점을 차릴 생각을 한 적이 있다는 이야기를 했는데, 경험이 없기도 했고 또 근방에는 이런 가게를 이용할 손님도 없어서 이 계획은 무산되었다고 한다. 그들이 하루 종일 꿰매어 만든 것들을 대개 다음 날이나 그다음 날이면 다시 조각조각 풀어놓는 것도 아마 그 때문이었을 것이다. 어쩌면 그들은 머릿속에서 너무나 비상하게 아름다운 어떤 것을 추구했기 때문에 필경 완성된 작품에 실망할 수밖에 없어서 그랬는지도 모른다. 어느 날 작업실을 찾아간 내게 그들이 해체의 운명을 피해 살아남은 몇몇 작품을 보여주었을 때 그런 생각이 들었는데, 그도 그럴 것이 적어도 머리 없는 마네킹에 걸려 있던 그중 하나, 그러니까 수백개의 비단조각을 이어붙이고 명주실로 수를 놓은, 아니 거미줄처럼 덮어 짠 웨딩드레스는 거의 생물에 근접하는, 너무도 화려하고 완벽한 색채의 예술작품이어서 당시에도 내 눈을 믿을 수 없었을 뿐만 아니라 지금 나의 기억조차 믿을 수 없을 정도이기 때문이다.

그곳을 떠나기 전날 저녁, 나는 에드먼드와 함께 바깥 테라스에서 석조난간에 몸을 기대고 서 있었다. 세상이 너무나 조용하여 톱니꼴의 비행궤도를 그리며 날아다니는 박쥐들의 울음소리가 들리는 듯했다. 공원이 어둠속에 잠길 무렵, 에드먼드가 오랜 침묵을 깨고 문득 말했다. 영사기를 서재에 설치해놨어요. 어머니께서 당신이 이곳의 과거 모습을 보고 싶어하는지 궁금해하셨습니다(I have set up the projector in the library. Mother was wondering whether you might want to see what things used to be like here). 서재 안에서는 벌써 애슈버리 부인이 상영이 시작되기를 기다리고 있었다. 나는 종이봉투 하늘 아래의 그녀 옆자리에 앉았고, 불이 꺼졌으며, 영사기가 덜거덕거리기 시작했고, 소리없는 과거의 영상들이 벽난로 장식띠 위의 창백한 벽에 때로는 거의 고정된 화면으로, 때로는 갑작스럽게 잇달아서, 황급히 이어지거나 혹은 촘촘한 선들로 알아볼 수 없게 덧칠되어 나타났다. 전부 다 집 바깥을 촬영한 것들이었다. 영상은 위층의 창문에서 반원을 그리며 주변의 땅과 모여선 나무들, 들판과 목초지를 조망하고 나서 다시 역방향으로 공원에서부터 앞마당 쪽으로 이어졌는데, 처음에는 저 멀리 장난감처럼 조그맣게 보이던 집의 전면이 점점 높이 치솟더니 이윽고 앵글을 벗어났다. 어느 한구석도 소홀히 방치돼 있지 않았다. 차로는 모래로 덮여 있었고, 덤불은 가지런히 손질되어 있었으며, 채마밭의 고랑은 줄이 반듯했고, 이제는 반쯤 허물어진 작업용 건물도 말끔한 모습이었다. 그뒤의 어느 환한 여름날, 애슈버리 가족은 일종의 개방식 천막 안에 앉아 차를 마시고 있었다. 멋진 날이었어요. 에드먼드의 세례를 축하하는 날이었지요. 애슈버리 부인이 말했다. 클래리사와 크리스티나는 배드민턴을 쳤다. 캐서린은 검은 테리어를 안고 있었다. 뒤쪽에서는 무거운 쟁반을 든 집사가 입구를 향해 바삐 걸음을 옮겼다. 두건을 덮어쓴 하녀 하나가 문에 나타나더니 햇살을 막느라 한손으로 손차양을 했다. 에드먼드가 릴을 갈아 끼웠다. 이어진 영상들 대부분은 정원과 농장에서 일하는 모습을 담고 있었다. 홀쭉한 소년이 거대하고 낡은 외바퀴 손수레를 밀고 가던 모습, 작은 말이 끌고 난쟁이처럼 키가 작은 마부가 모는 제초기가 직선을 그리며 잔디밭 위를 오가던 모습, 오이가 자라는 어두컴컴한 온실 내부, 낟알을 베고 곡식단을 묶는 십여명의 추수 일꾼이 분주히 움직이는, 너무도 환하여 거의 눈처럼 하얗게 보이던 들판 등이 기억난다. 마지막 필름이 끝나자 현관에서 스며드는 희미한 빛만이 어른거리는 서재 안에는 오랫동안 정적이 맴돌았다. 에드먼드가 영사기를 케이스에 넣고 방에서 나간 뒤에야 애슈버리 부인이 운을 떼었다. 남편이 제대한 직후인 1946년에 결혼했으며, 시아버지가 갑자기 돌아가시는 바람에 두 사람의 장래 계획과는 전혀 다르게 몇달 뒤 아일랜드로 가서, 당시에는 거의 구입할 사람이 없었던 상속한 땅을 관리하기 시작했다고 했다. 당시 그녀는 지금까지도 낯설게 느껴지는 아일랜드의 상황에 대해 아는 것이 전혀 없었다고 한다. 그녀는 말을 이었다. 그 집에서 보낸 첫날밤, 문득 잠에서 깨어나보니 내가 세상 바깥에 있는 것 같더군요. 달빛이 창문을 통해 들어왔는데, 백년이 훨씬 넘는 시간 동안 떨어진 촛농이 바닥 위에 만들어놓은 스테아린층 위에서 달빛이 어찌나 희한하게 반사되던지 마치 수은바다 위에 떠 있는 듯한 기분이었어요. 내전 기간 동안 끔찍한 일들을 목격해야 했는데도, 아니 어쩌면 바로 그 때문에, 남편은 아일랜드의 상황에 대해 원칙적으로 한마디도 하지 않았습니다. 이와 관련된 물음에 남편이 짤막하게 대답해준 것들을 이리저리 엮어 이으면서 비로소 그의 가족의 사연들과 내전 뒤 수십년 동안 절망적인 가난에 빠진 지주계급의 역사를 조금씩 이해하게 되었어요. 하지만 이런 식으로 내가 그려볼 수 있던 그림은 기껏해야 흐릿한 윤곽에 지나지 않았지요. 극히 소극적인 남편 외에 내게 비극적이면서도 우스꽝스러운 아일랜드의 상황을 알려주었던 사람들은 우리가 다른 가재도구와 함께 상속한, 이미 역사에 속한다고 말해도 좋을 하인들뿐이었는데, 오랜 몰락의 세월 속에서 그들의 머릿속에 생겨난 전설들을 전해듣게 된 것이지요. 예를 들어 여기로 이사한 지 몇년이 지나서야 우리는 퀸시 집사에게서 1920년 여름의 끔찍한 밤에 대해 조금 듣게 되었어요. 그날밤, 랜돌프 씨는 후일 저의 시댁식구가 될 분들과 함께 여기서 저녁식사를 하는 중이었는데, 바로 그때 10킬로미터쯤 떨어져 있는 그의 집에 사람들이 불을 질렀던 겁니다. 퀸시가 전해준 이야기로는 봉기를 일으킨 공화국군이 맨 먼저 하인들을 현관으로 모아 단도직입적으로 말하기를, 한시간 뒤에 거대한 복수의 불을 지를 것이니 그 안에 자기 물건들을 챙기고 하인들과 자유의 전사들이 마실 차를 끓이라고 했답니다. 사람들은 우선 아이들을 깨우고, 재앙이 닥칠 것을 예감해 어쩔 줄 몰라 우왕좌왕하는 개와 고양이들을 잡아야 했지요. 당시 랜돌프 대령의 시종이던 퀸시의 말에 따르면 얼마 뒤 그 집에 살던 모든 사람이 바깥 잔디밭에 널브러진 온갖 짐짝과 가구, 그리고 겁에 질려 되는대로 긁어모은 잡동사니들 사이에 모여 서게 되었어요. 퀸시는 마지막 순간에 다시 한번 삼층으로 뛰어올라가서 늙은 랜돌프 부인의 앵무새를 구해와야 했다고 하는데, 다음 날 살펴보니 이 새는 그 난리

통에 그전까지 아주 말짱하던 분별력을 잃고 말았답니다. 모두들 그렇게 서서 공화국군이 자동차 창고에서 꺼낸 커다란 드럼통을 굴리며 마당을 가로지르고, **영차!**(Heave ho!)라고 외치며 계단을 올라 현관 안으로 들어가 기름을 쏟아붓는 것을 멀뚱히 쳐다보고 있을 수밖에 없었지요. 횃불이 던져지고 몇분이 지나자 벌써 창문과 지붕 밖으로 불길이 빠져나오고, 곧이어 사람들은 광포한 불길과 불똥으로 빼곡 찬 난롯구멍 속을 들여다보는 것 같았답니다. 그런 광경을 쳐다보고 있어야 하는 피해자들의 머릿속에서 무슨 일이 일어났는지 우리가 대강이라도 짐작하기는 어렵겠지요. 언젠가 닥칠지도 모른다고 생각은 했지만, 그래도 실제로 일어날 줄은 몰랐던 끔찍한 일이 벌어졌다는 소식을 자전거를 타고 도망쳐온 정원사에게 들은 랜돌프 씨 가족은 저희 시부모님과 함께 밤길을 달려 멀리서도 보이는 불로 다가갔어요. 그들이 파괴 현장에 도착했을 때는 집을 불태운 사람들은 이미 사라진 지 오래였고, 그래서 그들이 할 수 있는 일이라고는 자기 아이들을 꼭 안아주고, 뗏목 위에 앉아 있는 조난자들처럼 화재현장 앞에 웅크린 채 여전히 두려움에 휩싸여 꼼짝도 못하고 입을 다물고 있는 무리 앞에 앉는 것뿐이었어요. 먼동이 틀 무렵에야 비로소 불길이 서서히 가라앉기 시작했고, 연기 뒤에서 폐허의 검은 윤곽이 드러났지요. 나중에 폐허는 철거되었고, 나는 그 폐허를 보지 못했어요. 내전 기간 동안 총 이삼백채의 저택이 불탔다고 합니다. 사람들은 비교적 작은 저택이건 오스트리아 황후 엘리자베트가 행복한 나날을 보냈던 써머힐처럼 아주 화려한 별궁이건 가리지 않았어요. 하지만 내가 알기

로 봉기자들은 사람에겐 전혀 손대지 않았습니다. 옳건 그르건 가증스런 영국 국가권력과 동일시된 가족들을 몰아내고 추방하는 데는 집을 불태우는 게 가장 효과적인 방법이었던 게 분명해요. 집을 건진 가족들도 내전이 끝난 뒤 몇년 사이에 방법만 생기면 나라를 떠났지요. 농장에서 벌어들이는 수입 외에는 아무것도 없던 가족들만 남았습니다. 집과 토지를 매각하려는 시도는 애당초 가망이 없었어요. 어디에서도 구입할 사람이 나타나지 않았을 뿐만 아니라, 설령 있다고 해도 그렇게 받은 대금으로는 예컨대 본머스(영국 남부의 해변 휴양도시)나 켄징턴(런던의 부촌)에서 기껏해야 몇달 버틸 수 있는 정도에 불과했으니까요. 하지만 아일랜드 사람들도 일을 어떻게 진행해야 할지 몰랐어요. 농업은 완전히 위축되었고, 노동자들은 지불할 수 없는 임금을 요구했으며, 경작지가 점점 줄

어들었고, 수입도 갈수록 줄어들었지요. 해가 갈수록 상황은 암담해졌고, 도처에서 드러나는 빈곤이 사람들을 짓눌렀습니다. 집을 대충이라도 건사하는 것은 오래전부터 이미 불가능했어요. 창틀과 문에서는 페인트가 떨어져내리고, 커튼은 너덜너덜해지고, 벽지도 벽에서 떨어지고, 쿠션이 있는 가구들도 해지고, 여기저기서 빗물이 떨어져 양동이와 사발, 냄비들을 놓아두어야 했지요. 오래지 않아 사람들은 건물 전체는 아니더라도 위층의 방들은 포기해야 했고, 아직 그럭저럭 쓸 만한 일층의 방 두엇으로 물러나야 했어요. 폐쇄된 층의 창문은 거미줄로 막히고, 건조부패가 사방으로 번져가고, 해충은 세균포자를 맨 뒤쪽의 구석으로까지 옮겨놓고, 벽과 천장에는 갈색과 보라색이 섞인, 혹은 검은색의 목재부식균이 기괴한 형상을 그리며 나타났는데, 소머리만큼 큰 것들도 드물지 않았어요. 마룻바닥이 흐물흐물해지기 시작하고, 천장의 들보가 내려앉고, 내부가 이미 오래전에 썩은 패널과 계단실이 한밤중에 갑자기 유황을 머금은 먼지로 변하기도 했습니다. 그렇게 살금살금 진행되면서 차츰 정상적인 삶의 일부가 되어버린, 이제 인지되지도 않고 날이 갈수록 인지할 수도 없는 와해과정 가운데 때로는 갑작스러운 참사가 일어나기도 했는데, 대개 긴 우기나 건기가 끝난 뒤거나 기후가 갑자기 바뀐 뒤였지요. 겨우 어느 방어선까지는 지킬 수 있게 되었다고 생각하는 바로 그 순간, 느닷없이 상황이 급격하게 나빠지는 바람에 더 많은 영역을 내줘야 하고, 결국 정말 더이상 갈 곳이 없이 최후의 공간 속으로 밀려나 자기 집 안에서 포로처럼 살아야 했어요. 클레어주(州)에서 대규모의 가계를 이끌며 사시던 남편의 종조부 한분은 결국 부엌에서만 살아야 했지요. 여러해 동안 그분은 이제 요리사 역할까지 떠맡은 집사가 차린 간단한 감자요리만 드셔야 했다고 하는데, 그래도 여전히 검은 재킷을 입고 아직 완전히 비지는 않은 지하실에서 가져온 보르도 와인을 함께 드셨다고 해요. 퀸시의 설명에 따르면 종조부와 집사 두분 모두 성함이 윌리엄이었고 두분 모두 여든을 훨씬 넘긴 연세에 같은 날에 돌아가셨다고 하는데, 그 두분의 침대 역시 부엌에 있었답니다. 나는 주인이 그를 더이상 필요로 하지 않을 때까지 살아야 한다는 의무의식 때문에 집사가 목숨을 부지했던 것인지, 아니면 기력이 소진한 하인이 죽자 그의 도움 없이는 단 하루도 더 살 수 없다는 것을 깨달은 종조부가 즉시 정신을 놓아버린 것인지 자주 생각해보곤 했지요. 흔히 수십년 동안 변변찮은 임금을 받으며 일을 하다가 늙어서는 주인과 마찬가지로 달리 갈 곳이 없어지곤 하던 하인들이 하루일과를 어느정도나마 규칙적으로 이끌었을 겁니다. 그들이 임종을 앞두면 그들이 돌봐주던 사람들의 종말도 코앞으로 다가오는 경우가 많았지요. 이런 전반적인 몰락이 우리에게는 약간 늦게 닥치기는 했지만, 그래도 우리의 운명 또한 다르지 않았어요. 저도 곧 짐작했지만, 애슈버리 가족이 전쟁 뒤까지 재산을 지킬 수 있었던 것은 오로지 30년대 초에 상속한 비교적 넉넉한 유산 덕분이었는데,

남편이 세상을 떠날 무렵에는 이 또한 조금만 남고 모두 사라지고 말았지요. 하지만 저는 언젠가는 사정이 호전될 거라는 믿음을 한번도 잃지 않았어요. 우리가 속한 사회가 몰락한 지 이미 오래되었다는 사실을 인정하고 싶지 않았던 겁니다. 우리가 아일랜드에 도착한 직후, 고먼스턴성(城)이 경매에 넘겨졌고, 스트래펀은 1949년에, 카턴도 1949년에, 프렌치 파크는 1953년에, 킬린로킹엄은 1957년에, 파워스코트는 1961년에 팔렸어요. 작은 농장들은 말할 것도 없지요. 오로지 혼자 남겨져 가족을 이끌어야 하게 된 뒤에야 비로소 저는 우리 가족이 얼마나 추락했는지를 실감하게 되었답니다. 일꾼들에게 임금으로 줄 돈이 없었기 때문에 오래지 않아 농업을 포기하는 것 외에는 다른 선택이 없더군요. 그뒤 몇년 동안은 땅을 조금씩 팔아서 최악의 상황은 피했고, 하인 한두명을 거느릴 수 있던 동안에는 그나마 남들이 보기에도, 우리 스스로 느끼기에도 존중받을 만한 외양을 유지할 수 있었지요. 하지만 퀸시가 죽고 나서는 정말 어떻게 해야 할지 모르겠더군요. 처음에는 은그릇과 도자기를 경매에 넘겼고, 그뒤엔 차차 그림과 도서 그리고 가구를 넘겼습니다. 점점 더 황량해져가는 집을 사겠다고 나서는 사람은 당연히 하나도 없었고, 그래서 우리는 저주받은 영혼이 자기 자리에 묶여 있는 것처럼 이 집에 남겨졌지요. 우리가 시도했던 모든 일, 여자아이들의 끝없는 바느질과 에드먼드가 언젠가 시작한 정원일, 손님을 받겠다던 계획, 그 모든 일이 실패로 돌아갔어요. 우리가 클래라힐의 가게 창문에 광고를 붙인 것이 거의 십년 전인데, 여기 온 손님은 당신이 처음입니다. 불행히도 저는 근본적으로 실제적이지 못한, 언제나 생각에 잠겨 있는 유형의 인간이에요. 우리 가족은 모두 실생활에 능력이 없는 몽상가들이지요. 아이들이나 저나 똑같아요. **때때로 우리는 이 지구에서 사는 데 결코 적응할 수 없는 종류의 인간들이고, 삶이란 끝없이 진행되는, 이해할 수 없는 거대한 실수라는 생각이 듭니다**(It seems to me sometimes that we never got used to being on this earth and life is just one great, ongoing incomprehensible blunder). 애슈버리 부인이 이야기를 끝냈을 때, 그녀의 이야기는 그들을 떠나지 말고 날이 갈수록 더 무구해져가는 그들의 삶을 함께하라는 요구를 담고 있는 것처럼 느껴졌다. 내가 그렇게 하지 않았다는 것—이 거부는 지금까지도 때로 내 영혼에 그림자를 드리우곤 한다. 다음 날 아침 헤어질 때, 나는 오랫동안 캐서린을 찾아야 했다. 결국 내가 그녀를 발견한 곳은 벨라도나와 쥐오줌풀, 안젤리카 덤불과 높이 자란 대황들로 무성한 채마밭에서였다. 내가 도착하던 날 입고 있던 그 붉은 여름옷을 입은 채 그녀는 뽕나무 줄기에 기대어 서 있었다. 한때 높은 벽으로 에워싸인 녹지의 한가운데를 표시하던 나무였다. 나는 채소와 잡초 사이를 뚫고 나무 그늘을 향해 걸어갔고, 그녀는 거기서 나를 쳐다보았다. 넓게 뻗은 가지들이 만들어놓은 정자로 들어서면서 나는 **작별인사를 하러 왔어요**(I have come to say good bye)라고 말했다. 그녀는 그녀의 옷과 마찬가지로 붉고 차양이 넓은, 순례자가 쓰는 모자 비슷한 것을 손에 쥐고 있었는데, 내가 그녀 바로 옆에 서 있었음에도 불구하고 그녀는 아주 멀리 있는 듯 느껴졌다. 그녀의 멍한 눈길이 나를 관통하여 뒤쪽으로 나아갔다. 제 주소와 전화번호를 남겨놓았으니 언제든 원하시면……(I have left my address and telephone number, so that if you ever want...) 나는 문장을 완성할 수 없었고, 어떻게 말을 이어야 할지도 몰랐다. 캐서린 또한 내 말을 듣지 않는 듯했다. 그녀는 언젠가(At one point),라고 운을 떼더니 잠시 시간이 흐른 뒤에 말을 이었다. 언젠가 빈 방 중 하나를 골라 누에를 키워볼 수도 있겠다고 생각한 적이 있어요. 하지만 결국 그렇게 하지 않았죠. 아, 우리는 얼마나 많은 일들을 하지 못하고 마는가요!(at one point we thought we might raise silkworms in one of the empty rooms. But then we never did. Oh, for the countless things one fails to do!) 캐서린 애슈버리와 이렇게 겨우 몇마디 주고받은 뒤 여러해가 지난 1993년 3월, 나는 베를린에서 그녀를 본 적이, 혹은 보았다고 생각한 적이 있다. 지하철을 타고 슐레지엔 문으로 가서 근처의 황량한 동네를 잠시 어슬렁거리던 중 어떤 황폐한 건물 앞에 모여 입장을 기다리는 작은 그룹을 보았는데, 그 건물은 아마도 과거에 합승마차 창고나 그 비슷한 용도로 쓰였던 듯했다. 건물의 전면을 봐서는 조금도 극장처럼 보이지 않는 그 극장의 벽에 걸린 포스터에 따르면 야코프 미하엘 라인홀트 렌츠(1751~92, 질풍노도 시기의 독일 문인)의 미완성 작품이 상연될 예정이었는데, 당시까지 내가 알지 못하던 작품이었다. 건물 안의 어둑한 공간에서 사람들은 낮은 나무의자에 앉아야 했는데, 그렇게 웅크리고 있자니 아이들처럼 즉시 놀라운 기적을 기대하는 기분이 들었다. 이런 생각을 더 따져보기도 전에 그녀가 벌써 무대에 등장했다. 놀랍게도 똑같은 붉은 옷을 입고, 머리카락이 똑같은 밝은색이고, 똑같은 순례자 모자를 쓴 그녀가, 아니 어쩌면 그녀와 흡사할 뿐인 씨에나의 까따리나(14세기의 가톨릭 성녀로, 렌츠의 작품명이기도 하다)가 빈방에서, 이어서는 부친의 집으로부터 멀리 떨어진 곳에서 대낮의 열기와 가시와 돌에 지친 모습으로 나타났다. 기억건대 무대의 배경에는 알프스 기슭에 자리한, 뜨렌띠노의 비탈로 보이기도 하는 창백한 산의 전경이 방금 빙하에서 녹아내린 물처럼 초록빛을 띠고 서 있었다. 그리고 햇살이 기울어질 무렵, 까따리나는 보이지 않는 나무 아래에 주저앉아 신발을 벗고 모자를 옆에 내려놓았다. 그녀가 말했다. 여기서 잠을 자고 싶어, 적어도 졸기라도 하고 싶어. 가슴아, 진정해. 고요한 저녁이 외투를 펼쳐 병든 감각을 덮어주는구나……

우드브리지에서 오퍼드까지 바다를 향해 걸어 내려가는 데는 네시간은 족히 걸린다. 도로와 길은 길고 건조한 여름의 끝 무렵엔 대부분 사막처럼 보이는 텅 빈 모래지대를 거친다. 예로부터 이 지역은 인구가 아주 적었고, 경작지도 드물었으며, 원래 이쪽 지평선에서 저쪽 지평선까지 온통 양을 키우는 방목장일 뿐이었다. 19세기 초 목동과 양이 사라지자 도처에

서 야생화와 키 작은 나무들이 솟아나 사방으로 번져갔다. 쎈
들링스라고 불리는 이 지역은 거의 무시해도 좋을 일부만을
제외하고는 렌들섬 홀과 써드본 홀, 오웰 파크와 애시하이 하
우스의 지주들이 나누어 갖고 있었는데, 이들은 빅토리아시
대에 차츰 유행하기 시작한 평지사냥에 적합한 조건을 갖추
기 위해 풍경의 이런 변화를 힘껏 촉진했다. 기업활동을 통해
엄청난 부를 쌓은 시민계급의 남자들은 상류사회로부터 인
정받고 싶은 마음에 거대한 저택과 대지를 구입하기 시작했
고, 거기서 평소에는 높이 사던 효과적인 경제적 활용의 원칙
을 버리고 그 대신 아무런 소득도 없고 오로지 파괴만을 지
향하는, 그런데도 누구도 탓하지 않는 사냥에 몰두했다. 과거
에는 따로 조성된, 흔히 수백년의 역사를 자랑하는 야생공원
과 야생구역에서 행해지던 사냥이 왕가나 토착귀족의 특권
이었다면, 이제는 주식거래로 거둔 수입을 인정과 명성을 얻
는 데 활용하고자 하는 사람이라면 누구나 시즌에 맞춰 최대
한 과시적으로 사치를 부리며 이른바 **사냥 파티**(hunting
parties)라는 것을 여러차례에 걸쳐 집에서 개최했다. 그런 회
합의 주최자로서 얻을 수 있는 명예는 초대된 사람들의 지위
와 이름뿐만 아니라 처단된 동물의 숫자와도 정확히 비례했
다. 그래서 전체 소유지가 야생동물의 숫자를 확보하고 늘리
는 데 중점을 맞추어 관리되었다. 매년 수천마리의 꿩이 우리
에서 사육되다가 때가 되면 농지를 없애고 조성한, 대부분 출
입이 금지된 거대한 사냥구역에 방사되었다. 권리를 점점 잃

어가던 시골 사람들은 꿩을 사육하거나 개를 기르는 일을 맡거나, 야생동물 관리인이나 몰이꾼으로 일하는 등 어떤 식으로든 사냥과 관련된 일자리를 얻지 못하면 여러 세대에 걸쳐 살아온 고향을 떠날 수밖에 없는 처지가 되는 경우가 많았다. 20세기 초에 홀슬리만(灣)의 해변 바로 뒤쪽에 실업자를 위한 노동수용소가 생긴 것이 눈에 띄는데, 그들 중 과잉인원들은 일정한 시한을 넘기면 뉴질랜드나 오스트레일리아로 이민을 떠났다. 지금은 홀슬리만의 그 수용소 건물이 소년수들을 위한 개방식 감옥으로 사용되고 있는데, 멀리서도 잘 보이는 오렌지빛을 띤 붉은색 상의를 입은 소년들이 항상 근처 들판에서 그룹별로 작업하는 것을 볼 수 있다. 꿩 사냥은 제1차세계대전 전의 몇십년 동안 정점에 도달했다. 써드본 홀만 해도 당시에 이십여명의 야생동물 관리인을 거느리고 있었고, 이들이 입는 제복을 만들고 관리하는 재단사까지 따로 있었다. 더러는 단 하루에 여타의 조류나 토끼, 집토끼 들을 빼고도 육천마리의 꿩이 총을 맞고 쓰러졌다. 서로 경쟁하던 저택들은 이 현기증 나는 숫자들을 기록부에 깔끔하게 기입했다. 디벤강의 북쪽 강변에 60제곱킬로미터가 넘게 펼쳐졌던 보지(Bawdsey) 영지는 쌘들링스에서 가장 중요한 사냥 및 농업 농장 중 하나였다. 최하층에서 시작하여 신분상승을 이룬 기업가 커스버트 퀼터 경은 1880년대 초에 하구 근처의 잘 보이는 땅에 가족 저택을 지었는데, 엘리자베스시대의 저택을 연상시키기도 하고 인도 토후의 궁전을 연상시키기도 하는

건물이었다. 그가 선택해서 가문의 문장에 새겨놓은, 일체의

시민적 타협을 거부하는 바꾸느니 죽는다(Plutôt Mourir que Changer)라는 격언과 더불어 놀라운 건축기술을 보여주는 이 저택의 완공을 통해 퀼터는 자신이 쟁취한 지위의 합당함을 의심할 여지 없이 과시하게 되었다고 생각했다. 그와 같은 부류의 남자들은 당시에 권력의식의 정점에 도달해 있었다. 그들의 입장에서 보자면 떠들썩한 성공이 계속 이어지지 않을 이유가 없었다. 최근 몇년 사이에 고상한 해수욕장으로 변신한 강 건너 펠릭스토우에서 독일의 황후가 휴양 중이었던 것도 우연이 아니었다. 몇주 동안 줄곧 거기에 정박해 있던 요트 호엔촐레른호는 바야흐로 기업가 정신 앞에 열린 가능성을 보여주는 상징이었다. 황제의 후원하에 북해 연안은 근대의 삶이 가져다준 모든 성과를 집약해놓은, 상류계층을 위한 보양지로 발전할 수 있었다. 척박한 땅 위 여기저기에 호텔이

솟아올랐다. 산책로와 해수욕 시설이 조성되었고, 부두는 바다로 뻗어나갔다. 사료(史料)를 믿을 수 있다면, 전지역을 통틀어 가장 낙후된 곳이었고 지금은 나지막한 집과 오두막이 늘어선 단 하나의 황량한 거리로만 남은 싱글 스트리트에까

지도, 이미 흔적도 없이 사라졌지만, 당시에는 이백명의 고객을 수용할 수 있게 설계된, **저먼 오션 맨션스**(German Ocean Mansions)라는 거창한 이름을 내건 요양소가 건설되었고, 그곳 직원들은 모두 독일 사람이었다고 한다. 당시에는 북해를 가로질러 영국제국과 독일제국을 연결하는 온갖 시설이 생겨났던 것으로 보이는데, 비용이 많이 들더라도 태양에 가까운 자리를 확보하려고 야단이던 사람들의 취향이 야기한 엄청난 혼란이야말로 이런 시설의 특징을 잘 드러낸다. 영국과 인도의 양식을 섞어 모래언덕 한가운데에 세워놓은 커스버트 퀼터의 꿈의 궁전이 생각할 수 있는 모든 유별난 것을 지극히 좋아하던 독일 황제의 예술감각을 만족시킨 것은 당연한 일이었다. 반대로 자신이 벌어들인 백만금을 퍼부어 해변

의 성에 또 탑을 쌓던 퀼터가 **호엔촐레른호**의 손님이 되어 대
개 먼바다에서 개최되던 일요일 예배 전에 자신과 함께 초대
된 해군장성들과 체조연습을 하는 모습도 쉽게 상상할 수 있
다. 퀼터와 같은 사람이 자신과 뜻이 맞는 빌헬름 황제의 응
원까지 받았으니 그가 세우지 못할 대담한 계획이 어디 있었
겠는가. 예컨대 그는 펠릭스토우에서 노르더나이섬을 거쳐
쥘트섬까지 이어지는, 국민 일반의 심신단련에 봉사하는 신
선한 공기의 낙원을 만들고자 했고, 영독 세계동맹까지는 아
니더라도 새로운 북해문명을 창시하고자 했는데, 헬골란트
섬에 바다 멀리서도 볼 수 있는 국립대성당을 세워 이를 북
해문명의 상징으로 삼을 수도 있는 일이었다. 하지만 멋진 미
래를 그려보는 바로 그 순간 새로운 재앙이 어김없이 다가오
는 법이니, 실제로 전개된 역사는 물론 이런 계획과 아주 달
랐다. 전쟁이 선포되었고, 호텔의 독일인 종업원들이 조국으
로 보내졌고, 여름 휴양객들은 오지 않았으며, 어느날 아침에
는 날아다니는 고래처럼 체펠린비행선이 해변을 가로질러
모습을 드러냈고, 영불해협 저편에서는 병력과 물자들이 끝
없이 전장으로 이동했으며, 드넓은 지역이 폭발하는 수류탄
으로 뒤덮였고, 전선 사이 죽음의 지대에서는 시체들이 인광
을 발했다. 독일 황제는 자신의 제국을 잃어버렸고 커스버트
퀼터의 제국도 서서히 무너져갔으니, 한때 무궁무진할 듯 보
였던 재산이 급격히 줄어들자 그는 소유지들을 제대로 운영
할 수 없게 되고 말았다. 그래도 이어서 보지의 유산을 물려

받게 될 레이먼드 퀼터는 해변에서 놀라운 낙하산 묘기를 보여줌으로써 이제 과거만큼 고상하지는 않은 휴가객들을 즐겁게 해주었다. 그는 1936년에 보지 영지를 국가에 팔아넘겨야 했다. 매각금은 밀린 세금을 내고 그가 세상 무엇보다도 사랑하던 비행을 위한 비용을 충당하는 데 쓰였다. 또한 레이먼드 퀼터는 가족의 재산을 넘겨준 뒤 이전에 그의 운전수가 기거하던 숙소로 들어갔지만, 런던에 도착하면 오로지 **도체스터 호텔**에만 머무르는 습관은 버리지 않았다. 호텔 사람들은 그에 대한 존중을 표시하기 위해 그가 도착할 때마다 검은 바탕에 황금 꿩이 새겨진 퀼터 가문의 깃발을 영국 국기 옆에 매달았는데, 이는 아마도 그가 별로 아쉬운 기색도 없이 종조부가 사모은 땅을 매각하고 약간의 현금을 제외하면 재산이라고는 비행기와 외딴 들판의 활주로밖에 남지 않게 된 뒤로도 이런 문제에 있어서는 지극히 소극적인 호텔 직원들 사이에서 기품있는 사람으로 인정받았기 때문에 누릴 수 있었던 희귀한 특권이었을 것이다. 퀼터의 보지 영지와 마찬가지로 제1차세계대전 뒤 몇년 사이에 수많은 다른 영지 또한 해체되었다. 저택들은 그냥 방치된 채 몰락하거나 어린 소년들을 위한 기숙학교, 감화원, 정신병원, 양로원, 제3제국에서 피신해온 사람들을 위한 수용소 등으로 활용되었다. 보지 영지는 오랫동안 로버트 왓슨와트가 이끄는 레이더탐지기 개발연구팀의 실험실로 이용되었고, 이제는 그 보이지 않는 망이 나라 전체의 영공을 덮고 있다. 부언하자면, 우드브리지와 바다 사이의 지역에는 지금도 군사시설이 가득 들어서 있다. 그 널찍한 땅을 돌아다니다보면 병영 입구와 울타리가 쳐진 영역들을 거듭 지나치게 되고, 듬성듬성한 소나무 숲으로 반쯤 가려져 위장된 격납고와 풀로 뒤덮인 벙커 안에는 비상시가 되면 여러 나라와 대륙을 순식간에 연기를 내뿜는 돌과 재의 더미로 변하게 할 수 있는 무기들이 보관되어 있다. 먼 길을 걷느라 피곤해진 몸으로 오퍼드 근처에 도달했을 때 나는 모래폭풍에 휩싸였는데, 그 순간 이런 파괴의 상상이 밀려왔다. 내가 수제곱킬로미터에 걸쳐 펼쳐진, 1987년 10월 16일에서 17일 사이의 밤에 끔찍한 폭풍을 맞아 대부분의 나무들이 쓰러진 렌들섬 숲의 동쪽 가장자리에 다가갈 무렵, 방금까지만 해도 환하게 밝았던 하늘이 몇분 사이에 어두워지고 바

람이 불더니, 유령처럼 휘도는 소용돌이가 일어나 바짝 마른 지면 위로 먼지를 흩뿌렸다. 남아 있던 빛도 사라지기 시작하고, 곧이어 강력한 돌풍에 휘말려 줄곧 어지러이 들끓으면서 모든 것을 질식시키는 회갈색의 어둠이 사물들의 윤곽을 삼켜버렸다. 나는 한데 몰려 있는 나무뿌리와 밑동으로 이루어진 장벽 뒤에 웅크리고 앉아 서서히 올가미가 조여드는 것처럼 지평선으로부터 어둠이 몰려오는 것을 지켜보았다. 점점 더 짙어져가는 혼돈 너머로 조금 전까지만 해도 보이던 풍경의 특징들을 찾아보려고 했지만, 순간순간 시야가 더 좁아졌다. 잠시 뒤에는 가장 가까이 있는 것들조차 윤곽이나 형상을 알아볼 수 없었다. 반죽처럼 짙은 먼지는 왼쪽에서 오른쪽으로, 오른쪽에서 왼쪽으로, 모든 방향에서 모든 방향으로 휘몰아쳤고, 높이 솟구치는가 하면 다시 내 위로 떨어져내리기도 했는데, 나중에 전해들은 바에 따르면 운동과 빛의 이 무서운 요동이 한시간가량 계속되는 사이에 멀리 내륙에서는 폭우가 쏟아졌다. 폭풍이 가라앉자 키 작은 나무들을 뒤덮은 파도 모양의 모래더미들이 어둠으로부터 서서히 모습을 드러냈다. 숨이 차고 입과 목구멍이 말라붙은 나는 마치 사막에서 파멸한 대상(隊商) 중 유일한 생존자가 된 듯한 기분으로 내 주위에 생긴 구덩이를 빠져나왔다. 사방이 죽음처럼 조용했고, 약간의 미풍도 없었으며, 새소리도 바스락거리는 소리도, 아무 소리도 들리지 않았다. 다시 세상이 밝아지기는 했지만, 하늘 한가운데 떠 있는 태양은 꽃가루처럼 미세한 가루들이 만들어낸, 오랫동안 공중에 걸려 있는 깃발들 뒤에 숨어 있었다. 서서히 자신을 잘게 부수는 땅이 마지막으로 남겨놓은 것이 바로 그런 가루들이다. 나는 혼미한 상태로 남은 길을 걸어갔다. 혀가 입천장에 달라붙었던 것, 제자리걸음만 하고 있다고 생각했던 것만 기억에 남아 있다. 이윽고 오퍼드에 도착했을 때, 나는 맨 먼저 성탑 지붕 위로 올라가 주변의 나지막한 벽돌집들 너머, 푸른 정원과 창백한 저지대 너머 저 멀리 북쪽과 남쪽으로 흐린 대기 속에서 사라지는 해안선을 바라보았다. 1165년에 완성된 오퍼드 요새는 이후 수백년 동안 이

지역에서는 언제 닥칠지 모르는 공격에 맞설 수 있는 가장 중요한 방벽이었다. 나뽈레옹이 영국을 정복하려고 했을 때에야—주지하다시피 그의 대담한 기술자들은 영불해협 아래에 터널을 뚫을 계획을 세웠고 기구(氣球)로 편성된 함대를 꿈꾸기도 했다—비로소 새로운 방어조치들이 취해져 해

변에 몇킬로미터 간격으로 튼튼하고 둥근 보루가 세워졌다. 펠릭스토우와 오퍼드 사이만 해도 마르텔로우 탑이라고 불리는, 내가 알기로 지금까지 한번도 실용성을 의심받아본 적이 없는 탑이 일곱개나 있다. 주둔병들은 오래지 않아 철수했고, 이후로 빈 건물은 밤이 되면 흙벽에서 소리없는 비행을 시작하는 부엉이들이 차지했다. 그뒤, 40년대 초 보지의 기술자들은 동쪽 해안을 따라 레이더 안테나 기둥을 세우기 시작했는데, 사람들은 조용한 밤이면 신음 소리를 내는, 높이가 80미터가 넘는 이 음산한 목조 구조물의 목적에 대해 알지 못했고, 오퍼드 주변의 군사연구소들이 당시에 추진하던 수많은 비밀 프로젝트에 대해서도 아는 것이 없었다. 이 모든 것은 자연스레 온갖 다양한 추측을 낳았으니, 눈에 보이지 않는 죽음의 방사선이 망을 이루고 있다거나, 독일이 상륙을 시도하면 투입될 새로운 종류의 신경가스 혹은 일체의 상상을 초월하는 대량살상무기가 있다는 등의 소문이 돌았다. 실제로 얼마 전까지만 해도 「쎠퍽 싱글 스트리트 주민의 소개(疏開)」라는 문서가 국방부 문서보관소에 있었고, 이 서류는 일반적으로 삼십년이 지나면 공개되는 여타의 비슷한 서류들과 달리 칠십오년 동안 비공개로 남았는데, 사라질 줄 모르는 소문에 따르면 비공개 기간이 이렇게 길었던 것은 이 문서가 싱글 스트리트에서 발생한, 지금까지도 공개하면 책임을 질 수 없는 사고를 상세하게 기록하고 있기 때문이라고 한다. 예컨대 나는 넓은 지역을 한꺼번에 거주할 수 없는 땅으로 만들

목적으로 개발된 생물학무기가 과거 싱글 스트리트에서 실험되었다는 이야기를 들은 적이 있다. 바다 안쪽으로까지 이어지는 배관체계에 대해서도 들었는데, 공격을 받을 경우 이배관을 이용하여 수면이 끓어오를 만큼 강력한 석유 화재를 폭발처럼 신속하게 일으킬 수 있다는 것이었다. 이 실험이 진행되던 중에 과실로 인해 영국 공병중대가 전원 몰살했다고 하는데, 고통으로 몸이 일그러지고 새카맣게 탄 시체들이 해변에 혹은 바다 위의 조각배에 웅크린 채 앉아 있는 것을 직접 보았다고 주장하는 목격자들에 따르면 이들의 죽음은 끔찍하기 짝이 없었다고 한다. 불의 벽 속에서 죽은 사람들이 영국 군복으로 위장한 독일 상륙부대였다고 주장하는 사람들도 있다. 지역신문이 오랫동안 캠페인을 벌인 끝에 1992년 「싱글 스트리트」 문서가 결국 공개되자, 몇몇 비교적 사소한 가스실험에 대한 기록을 제외하고는 문서를 공개하지 않은 이유를 찾아볼 수 없었고, 전쟁 이후에 돌아다니던 소문들을 확인해주는 내용들도 없다는 사실이 드러났다. 논설위원 한 사람은 그러나 민감한 자료들은 파일을 공개하기 전에 이미 삭제된 것으로 보이며, 따라서 싱글 스트리트의 수수께끼는 그대로 남게 되었다(But it seems likely that sensitive material was removed before the file was opened and so the mystery of Shingle Street remains)라고 썼다. 싱글 스트리트를 둘러싼 소문과 비슷한 종류의 소문들이 그토록 오래 힘을 잃지 않았던 것은 국방부가 냉전기간 내내 써픽 해안에 이른바 비밀무기연구소들을

운영했고, 그곳에서의 작업에 대해서 지독히 철저하게 침묵
했던 데 그 이유가 있을 것이다. 예컨대 마을에서 또렷하게
볼 수 있는 위치에 있긴 하지만 실제로는 네바다주의 사막이

나 남태평양의 산호섬들처럼 접근 불가능한 오퍼드니스(오퍼드와 올드버러 근처의 올드강 하구에 있는 곳)의 연구소들에서 이루어지는 작업들에 대해 오퍼드의 주민들은 기껏해야 추측만 할 수 있을 뿐이었다. 1972년에 내가 처음 오퍼드를 방문했을 때, 항구에 서서 주민들이 대개 섬(The Island)이라고만 부르는, 극동 지역의 유형지를 연상케 하는 지대를 쳐다보았던 기억이 생생하다. 그전에 나는 지도를 보며 오퍼드 앞쪽 해안의 기이한 형태를 자세히 살펴보았는데, 말하자면 치외법권 지역처럼 보이는 오퍼드니스의 곶에 매력을 느꼈다. 이 곳은 수천년에 걸쳐 북쪽으로부터 올드강의 하구 앞으로 밀려온 돌이 하나하나씩 늘어나 만들어졌는데, 조수의 영향을 받는 하류는 오어라고 불리는 이 강이 바다와 만나기 전 대략 20킬로미터 거리를 오늘날의 혹은 과거의 해안 바로 안쪽을 따라 흐르면서 형성된 것이다. 내가 오퍼드에 처음 머무르던 당시에는 섬으로 건너가는 것이 일절 불가능했던 반면, 이제는 아무런 제한이 없었다. 국방부가 몇년 전 비밀연구소를 개방했던 것이다. 할 일 없이 항구의 벽에 기대앉아 있던 한 남자에게 몇 파운드의 돈을 건네자, 그는 즉시 나를 섬으로 데리고 갔다가 내가 산책을 끝내고 강 건너편으로 손짓을 하면 다시 나를 데리러 오겠다고 했다. 그의 파란 구명정을 타고 강을 건널 때, 그는 대부분의 사람들이 여전히 오퍼드니스를 피한다고 전해주었다. 심지어 고독과는 가장 친하다고 알려진 해변의 낚시꾼들조차 몇번 섬에서 시도해본 뒤엔 밤에 낚싯대를 던지기를 포기하고 말았는데, 겉으로는 고기가 잡히지 않아서 그렇다고 했지만 실은 무(無)를 향해 뻗어나간 이 지대의 황량함을 견딜 수 없었던데다가 몇몇 경우에는 실제로 장기적인 우울증까지 나타났기 때문이었다. 반대편 강변에 도착하여 사공과 작별한 뒤, 나는 높다란 둑 위로 올라가 군데군데 풀들이 무성히 자라난 아스팔트 궤도를 따라 멀리까지 펼쳐진 무채색의 들판 가운데를 걸어갔다. 칙칙하고 갑갑한 날이었고, 바람이 없어 머리카락처럼 섬세한 초원지대 풀들의 이삭조차 꼼짝하지 않았다. 몇분이 지나자 벌써 나는 미지의 땅을 걷고 있는 듯한 느낌이었는데, 희한하게도 완전히 해방된 것 같으면서도 지독하게 침울했던 그때의 기분이 지금도 기억에 생생하다. 내 머릿속에는 단 한점의 생각도 없었다. 한걸음 한걸음 나아갈 때마다 내 안의, 그리고 내 주위의 공허가 커졌고, 정적은 깊어졌다. 길가의 작은 풀다발 사이에 몸을 숨기고 있던 토끼 한마리가 바로 내 앞에서 일어나 달리기 시작했을 때 내가 거의 죽을 만큼 놀랐던 것은 아마도 이 때문이었을 텐데, 처음에 허물어지는 궤도를 따라 달리던 토끼는 한두번 방향을 바꾼 뒤 다시 들판 속으로 사라졌다. 아마도 토끼는 내가 다가오는 동안 미칠 듯 뛰는 심장을 안고 목숨을 구하기에는 거의 너무 늦은 시점이 될 때까지 몸을 웅크린 채 꼼짝 않고 있었을 것이다. 그를 덮친 마비상태가 경악의 동작으로 이어지던 바로 그 찰나, 그의 공포가 나를 관통해 지나갔던 것이다. 나는 일초의 몇분의 일도 되지

않는 이 짧막한 공포의 순간에 무슨 일이 일어났는지를 지금
도 생생하게, 나의 평소 인식능력을 초과할 만큼 명료하게 떠
올릴 수 있다. 회색 아스팔트 길의 가장자리, 풀줄기 하나하
나를 떠올리고, 귀를 뒤로 젖히고 공포로 표정이 굳은, 어딘
가 갈라진 듯하고 기묘하게 인간과 닮은 얼굴을 가진 토끼가
은신처에서 뛰어오르는 모습을 보고, 도망가면서도 뒤를 돌
아보는, 공포로 거의 머리에서 빠져나올 듯한 토끼의 눈을 보
고, 그리고 토끼와 하나가 된 나 자신을 본다. 삼십분쯤 뒤에
해변 쪽으로 경사진 거대한 자갈밭을 풀밭과 갈라놓는 널찍
한 도랑에 도착했을 때에야 비로소 내 혈관들은 서서히 두근
거림을 멈추었다. 나는 과거의 연구소 지역으로 연결되는 다
리 위에 오래 서 있었다. 내 뒤 서쪽 멀리로는 사람이 사는 완

만한 언덕이 희미하게 보였고, 북쪽과 남쪽으로는 척박하고
가는 도랑들이 마구 얽힌, 죽은 지류(支流)의 진흙바닥이 반
짝거렸으며, 앞쪽에는 폐허뿐이었다. 사방에 엄청난 양의 돌
을 부어 메꾼 콘크리트 건물, 내가 살아온 대부분의 기간 동
안 수백명의 기술자가 새로운 무기체계를 개발하는 데 몰두
했던 그 건물들을 멀리서 보자니 선사시대 위대한 권력자들
이 온갖 가재도구와 금과 은과 함께 묻힌 구릉묘지들이 떠올
랐는데, 아마도 그 건물들이 특이한 원뿔 모양이어서 그랬을

것이다. 이승을 초월하는 목적과 결부된 어떤 영역에 들어와
있다는 느낌도 들었는데, 이런 느낌은 조금도 군사시설처럼
보이지 않는, 사원이나 보탑(寶塔)처럼 보이는 건물들 때문에

더 강해졌다. 하지만 폐허에 가까이 갈수록 망자들의 신비로

운 섬에 와 있다는 생각은 점점 사라졌고, 그 대신 미래의 어떤 대재앙으로 파멸한 우리 자신의 문명의 잔해를 보는 듯한 기분이 들었다. 우리 사회의 본성에 대해 아무것도 모른 채 우리가 남겨놓은 금속과 기계의 쓰레기더미 사이를 돌아다니는 미래의 이방인처럼 나 또한 도대체 어떤 존재들이 여기서 살고 일했는지, 벙커 안의 원시적인 장비들과 천장 아래의 철제 궤도들과 아직 군데군데 타일이 붙은 벽에 걸린 괭이들, 쟁반 크기의 물뿌리개, 승강장과 하수구 따위들이 어디에 쓰였는지 이해할 수 없었다. 이 글을 쓰는 지금도 나는 그날 내가 오퍼드니스에서 실제로 언제 어디에 있었는지를 모른다.

마지막으로 높은 제방을 따라 걸었던 것은 그나마 기억하는데, 차이니스월 다리로부터 낡은 펌프하우스를 지나 선착장으로 나아갈 때 왼쪽으로는 초원지대에 검은 막사로 된 임시수용소가 서 있었고, 오른쪽으로는 강 건너 육지가 보였다. 방파제에 앉아 사공을 기다릴 때, 저녁 태양이 구름을 벗어나 멀리까지 휘어진 바다의 경계를 비추었다. 조류는 강물을 거슬러올라갔고, 물은 주석판처럼 빛났으며, 갯벌 위로 높이 치솟은 라디오 안테나 탑은 들릴 듯 말 듯한 웅웅거리는 소리를 고르게 내뱉었다. 오퍼드의 지붕과 탑 들이 손을 뻗으면 닿을 듯 나무 우듬지 위로 솟아 있었다. 저기가 한때 내 집이었지,라고 나는 생각했다. 그리고 점점 더 눈을 파고드는 역광 속에서 문득, 사라진 지 오래인 풍차들이 어두워져가는 풍경 속 여기저기서 무겁게 진동하며 날개를 돌리는 것처럼 보였다.

9장

오퍼드에서 머무른 뒤 나는 이스턴 카운티스 옴니버스 회사의 빨간 버스를 타고 우드브리지를 거쳐 내륙 쪽으로 욕스퍼드까지 갔고, 거기서부터는 걸어서 북서쪽 방향으로 난 과거의 로마 길(로마제국시대에 군사 및 상업적 목적으로 조성된 도로)을 따라 지방 소도시 할스턴 아래쪽으로 펼쳐진, 사람이 거의 살지 않는 지역으로 접어들었다. 거의 네시간을 걸었지만 내가 본 것이라고는 대부분 추수가 끝난, 지평선까지 이어지는 밭들과 낮게 깔린 구름으로 뒤덮인 하늘과 2~3킬로미터 간격으로 떨어져 있는, 대개 작은 무리를 지은 나무들로 둘러싸인 농가들이 전부였다. 끝없이 직선으로 뻗어나간 길을 걷는 동안 자동차라고는 한대도 보지 못했고, 그때나 지금이나 그렇게 외로이 걷는 것이 즐거웠는지 고통스러웠는지 나 스스로도 모르겠다. 때로는 납처럼 무겁고 때로는 새털처럼 가벼운 시간으로 기억되는 그날, 구름이 가끔 약간씩 틈을 벌리기도 했다. 그러면 부챗살 모양으로 펼쳐진 햇살이 땅 위로 내려앉았고, 우리 위 어떤 존재의 다스림을 상징하는 과거의 종교회화에서 흔히 볼 수 있는 것처럼 대지의 이런저런 구석들이 밝게 빛났다. 오후에 나는 캐틀그리드(cattle-grid, 자동차는 지나가도 가축들은 지나갈 수 없게 틈이 벌어진 쇠막대기 판)라 불리는 시설을 건너 로마 길에서 벗어나 목초지를 가로지른 후에 어둑한 해자(垓字)로 에워싸인 모트 팜에 이르는 도로로 접어들었는데, 그곳은 알렉 개러드가 거의 이십년 동안 예루살렘 성전의 모형을 만들고 있는 곳이었다. 육십대 초반으로 짐작되는 알렉 개러드는 평생 동안 시골에서 일했는데, 마을학교에서 퇴직하자마자 모형 만들기에 빠져 여느 모형제작자들과 마찬가지로 처음에는 긴 겨울 저녁에 온갖 종류의 보트와 범선, 커티삭호와 메리로즈호 같은 유명한 배들을 작은 나뭇조각들을 이어붙여 만들었다. 오래지 않아 이 일에 뜨거운 열정을 느끼게 된데다 감리교회의 아마추어 설교자로서 이미 오래전부터 성서 역사의 사실적인 기초에 관심을 가졌던 터라 60년대 말 어느날 저녁, 그가 내게 직접 말해준 바에 따르면 가축들의 잠자리를 준비하던 중에 예루살렘 성전을 서기(西紀)가 시작되던 시점의 모습 그대로 만들어봐야겠다는 생각을 떠올리게 되었다고 한다. 모트 팜은 조용하고 약간 침침한 집이다. 그곳을 방문할 때마다, 도로에서 벗어나 해자 위의 작은 다리를 건너 현관문으로 다가갈 때마다 나는 어디에서도 사람을 보지 못했다. 문에 달린 놋쇠 고리를 두드려봤자 아무도 나오지 않는다. 앞마당의 칠레산 남양삼나무는 꼼짝 않고 서 있다. 해자에 있는 오리들조차 움직이지 않는다. 창문을

통해 거울처럼 반들거리는 식탁과 소파, 마호가니 장롱, 진홍
색 벨벳으로 덮인 안락의자, 벽난로, 벽난로 선반 위에 가지
런히 놓인 장식품과 도자기상 등 마치 태곳적부터 한자리에
변함없이 서서 가만히 졸기만 하는 듯한 가재도구들을 들여
다보면 집안사람들이 여행을 떠났거나 이미 세상을 떠난 것
처럼 느껴진다. 하지만 한참을 기다리고 귀를 기울인 끝에 아

무래도 시간을 잘못 맞췄다고 생각하며 돌아서려는 순간, 측면 한쪽 구석에서 이미 알렉 개러드가 자신을 기다리고 있음을 깨닫는다. 내가 욕스퍼드에서 걸어 올라갔던 늦은 여름날에도 그랬다. 그날도 그는 평소처럼 녹색 작업복을 입고 시계 수리공 안경을 쓰고 있었다. 우리는 성전이 완성되어가고 있는 헛간으로 다가가면서 몇마디 사소한 이야기를 나누었다. 모형의 크기가 전체적으로 거의 10제곱미터에 달하는데다, 개별 부분들이 너무 작고 정밀하여 그것의 완성과정은 일년이 지나도 거의 차이를 알아볼 수 없을 만큼 느리게 진행되었다. 알렉 개러드가 내게 말했듯이, 그는 성전을 짓는 데 온전히 몰두하기 위해 농사를 차차 포기했는데도 그랬다. 이제 가축 몇마리만 남았는데, 이 녀석들도 이윤을 남기기 위해서라기보다는 애착이 가서 데리고 있는 겁니다,라고 그는 말했다. 나도 본 바와 같이, 집 주위의 넓은 농지는 이제 거의 전부 목초지로 변했고, 건초들은 입도선매로 이웃에게 팔아넘긴다고 했다. 그가 트랙터에 올라탄 지도 까마득히 오래되었으며, 이제는 거의 하루도 빠지지 않고 최소 몇시간씩 성전에 공을 들인다고 했다. 지난 한달가량은 1센티미터도 되지 않는 모형 백개가량을 색칠하는 데 온전히 바쳤으며, 성전 안에는 그런 모형이 이미 이천개도 훨씬 넘게 자리잡고 있다고 했다. 알렉 개러드는 이렇게 말을 이었다. 내 연구가 새로운 결과에 도달할 때마다 구조를 바꾸어야 하는 것은 두말할 나위도 없지요. 주지하다시피 고고학자들은 성전의 정확한 구조에 대해 서로 의견이 다르고, 내가 만든 모형이 지금까지 만들어진 것 가운데 성전을 가장 정확하게 모사했다는 것이 전반적인 평가이기는 하지만, 나 자신이 힘든 과정을 거쳐 획득한 인식 또한 서로 다투고 있는 학자들의 생각보다 늘 더 정확하다고는 할 수 없습니다. 이제는 전세계에서 손님들이 규칙적으로 찾아오는데, 예컨대 옥스퍼드의 역사가, 맨체스터의 성서연구가, 성지에서 온 발굴전문가, 런던에서 온 초정통파 유대인, 캘리포니아에서 온 개신교 분파의 대리인 등이 있었고, 그 가운데 특히 캘리포니아 사람은 내 생각 그대로 네바다 사막에 성전을 짓자는 제안을 하기도 했습니다. 온갖 TV 방송국과 출판업자가 그에게 이런저런 계획들을 들이밀기도 하고, 심지어 로스차일드 경까지 나서서 성전이 완성되면 에일즈버리 근처 자신의 저택 현관으로 옮겨 일반에게 공개하자는 제안을 하기도 했다고 한다. 지금까지 그의 작업이 불러일으킨 관심이 그 자신에게 가져다준 유일한 이익은 그의 분별력을 많건 적건 노골적으로 의심하는 말을 하던 이웃이나 가족, 친척 들이 이제 그런 발언을 다소 삼간다는 것이었다. 여러해에 걸쳐 줄곧 망상에 빠져 난방도 되지 않는 헛간에서 일체의 정상적인 기준을 벗어나는, 필경 의미도 목적도 없는 공작놀음에 몰두하는 사람, 더욱이 농지를 경작하고 받을 수 있는 국가보조금을 수령하는 일조차 등한시하는 사람을 미쳤다고 하는 것이야 얼마든지 이해할 수 있는 일이라면서 그가 말했다. 물론 브뤼셀의 어처구니없는 농업정책 덕택에 날이 갈수록 부유해지는 이웃들이 나를 어떻게 생각하는지 한번도 신경을 써본 적이 없지만, 내 아내와 아이들이 때로 나를 제정신이 아닌 사람으로 보는 것은, 내가 인정하고 싶지 않을 정도로 아주 심하게 나를 우울하게 했지요. 그런 점에서 로스차일드 경이 리무진을 타고 이 집으로 들어온 날은 실로 내 생애에 중요한 전환점이 되었는데, 이날 이후로 가족들이 나를 무언가 진지한 일에 전념하는 학자로 보기 시작했기 때문입니다. 하지만 날로 늘어나는 방문객이 작업에 방해가 되는 것도 사실이고, 앞으로 남은 일이 여전히 엄청나게 많다는 것도 사실이지요. 내 지식이 점점 더 정확해지는 만큼, 앞으로 남은 작업은 십년이나 십오년 전에 예상했던 것보다 훨씬 더 어려워졌다고 해야 할 겁니다. 어느 미국인 설교자는 내가 성전에 대해 가지고 있는 표상이 신의 계시에 의해 주어졌느냐고 묻더군요. 내가 신의 계시와는 아무 상관이 없는 일이라고 했더니, 그는 아주 실망합디다. 그래서 내가 말했지요. 신의 계시가 있었다면 왜 내가 작업을 진행하면서 계획을 자꾸 변경해야 했겠습니까? 아니, 오직 연구와 노동만이, 무수한 시간에 걸친 노동만이 있었을 뿐입니다(And when I said to him it's nothing to do with divine revelation, he was very disappointed. If it had been divine revelation, I said to him, why would I have had to make alterations as I went along? No, it's just research really and work, endless hours of work). 미슈나(유대교의 구전[口傳] 율법을 집대성한 책)와 여타 접할 수 있는 모든 다른 사료를 연구하고,

로마 건축을 공부하고, 헤롯(재위 BC 37~BC 4, 유대의 왕으로 예루살렘 성전을 재건했다)이 마사다와 보로디움에 세운 건축물들의 특징도 연구해야 올바른 생각에 도달할 수 있어요. 우리의 모든 작업은 결국 생각에 기초할 뿐이고, 생각이란 시간이 흐르면서 자꾸 바뀌는 법이니, 이렇게 바뀐 생각 때문에 우리가 이미 완성했다고 간주한 것들을 다시 부수고 새롭게 시작해야 하는 일이 많습니다. 날이 갈수록 늘어나기만 하고 더 철저히 세부를 파고드는 이 작업이 내게 무엇을 요구할지 처음부터 알았더라면 아마도 성전 짓는 일을 애당초 시작하지 않았을 겁니다. 전체적으로 역사적 사실과 일치한다는 인상을 주려면 주랑 천장의 1제곱센티미터짜리 격자칸 하나하나를, 수백개의 기둥과 수천개의 사각돌 하나하나를 직접 손으로 만들고 색칠해야 합니다. 이제 시야의 가장자리가 어두워지기 시작하는 나이가 되고 보니, 내가 도대체 이 작업을 끝낼 수 있을지, 지금까지 해놓은 일 전체가 가련한 졸작에 지나지 않는 것은 아닌지 가끔씩 묻게 됩니다. 하지만 저녁 햇살이 창문을 통해 옆쪽에서 스며들 무렵 모형 앞에 서서 전체의 인상을 음미해보면, 전랑(前廊)과 성직자의 숙소, 로마군의 진영, 목욕탕, 식료품 시장, 제단, 라운지, 앞마당, 외곽 지방과 배경 산맥 등이 있는 성전이 한순간 완벽하게 완성되어 있고, 내가 보는 것이 영원 속의 낙원이라는 생각이 들 때가 있습니다. 끝으로 알렉 개러드는 종이더미에서 잡지 하나를 끄집어내어 성전 건물의 현재 모습을 공중 촬영한 양면 사진을 보여주었다. 하얀 돌들과 짙은 색의 실측백나무, 암석으로 지은 본당의 황금 궁륭이 눈에 들어왔는데, 이 궁륭을 보자 달빛이 밝은 밤이면 마치 성역처럼 땅과 바다 위 멀리까지 빛을 방사하는 싸이즈웰 원자로의 궁륭이 바로 떠올랐다. 그의 작업실을 나올 때 알렉 개러드가 말했다. 성전은 겨우 백 년 동안만 모습을 유지했지요. 아마 이 성전은 조금 더 견딜 겁니다(Perhaps this one will last a little longer). 잠시 뒤 우리는 해자 다리 위에 한동안 서 있었는데, 거기서 알렉 개러드는 자신의 오리 사랑에 대해 이야기했다. 물 위에서 이리저리 왔다 갔다하던 오리 몇마리는 그가 바지 주머니에서 꺼내 뿌려주는 먹이를 집어먹었다. 그가 말했다. 언제나, 어릴 적부터 오리들을 키웠지요. 그리고 오리의 깃털 색깔, 특히 짙은 초록과 눈처럼 흰 색은 예로부터 나를 사로잡던 질문에 대한 단 하나의 가능한 대답으로 보였습니다. 기억할 수 있는 가장 어린 시절부터 그랬어요. 작별하면서 내가 오늘 욕스퍼드에서 도보로 올라왔고, 이제 할스턴으로 갈 생각이라고 하자, 알렉은 어차피 할스턴에서 할 일이 있으니 자신의 차로 함께 가자고 제안했다. 할스턴까지 달리는 십오분 동안 우리는 그의 픽업트럭 운전실에 말없이 앉아 있었고, 나는 시골길을 달리는 이 짧은 주행이 끝없이 이어져, 예루살렘에 이를 때까지 줄곧 달리고 또 달리기를(that we could go on and on, all the way to Jerusalem) 원했다. 하지만 결국 나는 할스턴의 스완 호텔에서 내려야 했는데, 알고 보니 지은 지 수백년 된 이 호텔 객실은

상상할 수 있는 가장 끔찍한 가구들로 가득했다. 분홍색 침대
의 머리 부분은 높이가 거의 1.5미터에 이르고 제단을 연상시
키는 잡다한 서랍과 칸이 있는, 검은 대리석처럼 칠한 멜라민
수지 구조물이었고, 다리가 가느다란 화장대는 온통 금색 아
라베스끄로 장식되어 있었으며, 옷장 문에 달린 거울은 사람
의 모습을 기이하게 비틀어서 반사했다. 마룻바닥은 너무 울
퉁불퉁하고 창문 쪽으로 심하게 꺼져서 가구들이 모두 기울
어 있었는데, 그 때문에 깊은 잠에 빠졌을 때에도 집이 무너
지고 있는 듯한 느낌을 떨칠 수 없었다. 그래서 다음 날 스완
호텔을 벗어나 도시 바깥의 동쪽 들판으로 나아갈 때, 나는
기분이 한결 가벼워지는 느낌이었다. 내가 크게 곡선을 그리
며 가로지른 그 지대는 그 전날 걸었던 지대만큼이나 인구가
적었다. 약 3킬로미터 간격으로 기껏해야 열채 남짓한 집들
이 모여 있는 마을들을 거쳐갔고, 이 마을들은 예외없이 그곳
교회의 이름이 된 수호성인의 이름을 그대로 마을명칭으로
사용하고 있었는데, 예컨대 쎄인트메리, 쎄인트마이클, 쎄인
트피터, 쎄인트제임스, 쎄인트앤드루, 쎄인트로런스, 쎄인트
존, 쎄인트크로스 등의 이름이었고, 주민들은 그 지역 전체를
성인(聖人)지방이라고 불렀다. 그들은 예컨대 이렇게 말한다.
그가 성인지방에 땅을 샀어, 성인지방 위로 구름이 몰려와, 그건 저
쪽 성인지방에 있어(He bought land in The Saints, clouds are
coming up over The Saints, that's somewhere out in The Saints).
나는 대체로 나무가 없는데도 전체적으로 조망하기가 어려

운 들판을 걸어가면서, 성인지방에서는 길을 잃기 쉽겠구나(that I might well get lost in The Saints)라고 생각했다. 좁고 구불구불한 영국의 보도체계 때문에 방향을 자주 바꾸어야 했고, 지도에 표시된 길이 갈아엎어졌거나 키 큰 잡초들로 뒤덮여 있으면 운을 하늘에 맡기고 농경지를 가로지를 수밖에 없었기 때문이었다. 벌써 몇번이나 길을 잃었다고 생각한 끝에, 정오 무렵 멀리서 목적지인 일켓숄 쎄인트마거릿 교회의 둥근 탑이 보였다. 삼십분 뒤, 나는 중세 이후 인구가 거의 변하지 않은 그 마을의 묘지에서 어떤 묘비에 등을 기대고 앉아 있었다. 18, 19세기에 이런 외딴 지역에서 임무를 수행해야 했던 목사들은 대개 가족과 함께 근처의 소도시에서 살았기 때문에, 예배를 주재하거나 그저 별일이 없는지 확인하기 위해 일주일에 한두번 마차를 타고 시골을 방문하는 것이 전부였다. 아이브스는 일켓숄 쎄인트마거릿을 맡았던 목사들 중 하나였는데, 어느정도 인정을 받는 수학자이자 헬레니즘 연구가이기도 했던 그는 아내와 딸과 함께 번기(할스턴 북동쪽의 소도시)에서 살았고, 저녁 무렵이면 까나리아제도산(産) 샴페인을 즐겨 마셨다고 한다. 때는 1795년. 여름이면 젊은 프랑스 귀족이 자주 그를 방문하곤 했는데, 무서운 혁명을 피해 영국으로 도망온 사람이었다. 아이브스는 그와 함께 호메로스의 서사시나 뉴턴의 계산술, 그리고 두 사람 모두 가보았던 미국 여행에 대해 자주 이야기했다. 미국의 들판이 얼마나 넓었는지, 가장 큰 대성당의 기둥들보다 더 높이 치솟은 나무줄기로 빽빽한 숲이 얼마나 큰지에 대해 말이 오갔고, 심연으로 추락하는 나이아가라폭포의 엄청난 물도, 그 영원한 울부짖음도 그 옆에 서서 이 세상 속에서의 자신의 고독을 깨닫는 사람이 없다면 무슨 의미가 있겠느냐는 이야기도 오갔다. 열다섯살 된 목사의 딸 샬럿은 날이 갈수록 이 대화에 빠져들었고, 특히 고상한 손님이 깃털로 장식한 전사(戰士)들이나 검은 피부가 도덕적인 창백함을 예감하게 하는 인디언 소녀들 이야기를 해주면 귀를 쫑긋 세웠다. 한번은 샬럿이 감동한 나머지 황급히 정원으로 달려나가기까지 했는데, 어떤 은자의 충직한 개가 위험천만한 황야를 뚫고 영혼이 이미 기독교로 기울어져가는 한 인디언 소녀를 안전하게 인도하는 이야기를 들었을 때였다. 나중에 손님이 이야기의 어느 부분이 그토록 감동적이었느냐고 묻자, 소녀는 개가 막대기에 달린 등불을 입에 물고 두려움에 떠는 아탈라 앞의 밤길을 비추어주는 모습이 그랬다고 대답했다. 언제나 그녀를 감동시킨 것은 고상한 사상보다는 그런 자잘한 것들이었다. 고향에서 도망쳐온, 샬럿의 눈에는 낭만적인 아우라로 둘러싸여 있는 듯 보였을 것이 분명한 이 프랑스 자작이 날이 갈수록 가정교사와 친지의 역할을 떠맡게 된 것은 자연스러운 일이었다. 그들은 물론 프랑스어를 연습하고 받아쓰기를 하고 대화를 나누었다. 하지만 샬럿은 친구에게 고대와 성지의 지형 그리고 이딸리아 문학에 대한 더 폭넓은 학습계획을 제시해달라고 부탁했다. 오후에 그들은 오랫동안 함께 앉아 따소(16세기 이딸리아의 시인)의 『해방된 예루살렘』(*Gerusalemme Liberata*)과 『신생』(*Vita Nuova*)을 읽었고, 어린 소녀의 목이 진홍색으로 붉어지거나 자작의 심장이 목깃까지 두근거리는 일이 드물지 않았다. 대개 하루는 음악시간으로 끝났다. 집 안은 이미 어둑해졌지만 정원은 아직 서녘의 햇살로 빛나는 무렵이면 샬럿은 자신의 레퍼토리에서 이런저런 곡들을 골라 연주했고, 자작은 피아노 곁에 기대어 서서(appuyé au bout du piano) 말없이 듣고 있었다. 그는 그렇게 그녀와 함께 공부하면서 매일 그녀와 더 가까워지고 있다는 것을 알았지만 최대한 조심하려고 했고, 그녀에게 청혼을 하지는 못할 것임을 확신하면서도 끌리는 마음은 어쩔 수 없었다. 나중에 그는 『무덤 저편으로부터의 기억』에서, 나는 내가 물러나야 할 순간이 곧 올 것임을 예견하면서 좀 당혹감에 빠졌다,라고 쓴다. 작별의 저녁식사는 아주 슬펐으며, 누구도 적절한 말을 찾지 못했다. 식사가 끝나고 샬럿의 어머니 대신 아버지가 그녀와 함께 거실로 나가는 것을 보고 자작은 놀랐다. 모든 전통적인 습속을 떨쳐버리고 흔치 않은 역할을 떠맡아야 했던, 자작의 진술에 따르면 그 자신이 지독히 매력적이던 어머니는 이미 여행길에 올랐다고 해도 좋을 자작에게 감정적으로는 벌써부터 오롯이 그에게 속하는 딸과 결혼해줄 것을 부탁했다. 그리고 이어 어머니는 말했다. 당신은 조국을 잃었고, 당신의 영지도 매각되었고, 부모님도 돌아가셨는데, 프랑스로 돌아가셔야 할 이유가 어디 있겠어요. 여기 머물러 우리의 사위가 되고, 우리 딸의 유산을 함께 물려받아주세요. 빈털터리인 이민자에게 이런 제안을 하는 사람들의 관대함에 지극히 감동한 자작은 아이브스 목사가 이미 승낙한 것이 분명한 어머니의 개입 앞에서 격렬한 갈등에 빠졌다. 한편으로 그는 외딴곳에서 살아가는 이 가족의 품 안에서 세상사람들의 눈을 피해 여생을 보내는 것만큼 바라는 것이 없었지만, 이제 그가 이미 결혼한 몸이라는 사실을 밝혀야 하는 멜로드라마와 같은 순간이 온 것이었다. 물론 프랑스에서 그의 누이들이 그의 의견은 묻지도 않고 진행시킨 결혼은 일종의 형식적 절차에 지나지 않았지만, 그렇다고 해서 그 자신의 책임도 있는 이 곤란한 상황을 계속 밀고 나갈 수는 없다는 사실이 변하지는 않았다. 아이브스 부인이 눈을 반쯤 내리깔고 말한 이 제안을 그가 그만! 저는 결혼했습니다!(Arrêtez! Je suis marié!)라고 절망적으로 외치며 거부하자 부인은 기절했고, 그는 다시는 돌아오지 않겠다고 결심하면서 즉시 그 집을 떠나는 수밖에 없었다. 나중에 그 불행한 날에 대한 기억을 기록하면서 그는 만일 자신의 삶을 바꾸어 영국의 외딴 주에서 사냥꾼 신사(gentleman chasseur)로 살았더라면 어땠을까, 하고 자문하면서 이렇게 쓴다. 그랬더라면 아마도 나는 단 한줄도 종이에 기록하지 않았을 것이며, 심지어 내 언어를 잊어버렸을지도 모른다. 내가 그런 식으로 사라져버렸더라면 프랑스는 무엇을 잃게 되었을까? 결국 그 삶이 더 낫지는 않았을까? 재능을 발휘하기 위해 행복을 포기하는 것은 잘못된 일이 아닐까? 내가 쓴 글들이 내 무덤 바

끝에서 읽히게 될까? 근본적으로 달라진 세상에서 내 글을 이해할 수 있는 사람이 하나라도 있을까? 자작은 1822년에 이 문장을 썼다. 이때 그는 조지 4세의 궁전에서 프랑스 왕의 대사로 일하는 중이었다. 어느날, 그가 집무실에서 일을 하고 있는데 시종이 들어와 써턴 부인이라는 분이 찾아와서 그를 만나고자 한다고 전했다. 그녀와 마찬가지로 상복을 입은, 대략 열여섯쯤 되어 보이는 소년 둘과 함께 문턱을 넘어설 때, 그 낯선 부인은 가슴속의 격정으로 제대로 서 있을 수도 없는 것처럼 보였다. 자작은 그녀의 손을 붙잡고 그녀를 소파로 인도했다. 소년들은 그녀 옆에 섰다. 부인이 모자에서 흘러내리는 검은 비단띠들을 옆으로 쓸어내리면서 낮고 희미한 목소리로 말했다. 대사님, 저를 기억하세요?(My lord, do you remember me?) 자작은 이렇게 쓰고 있다. 나는 그녀를 알아보았다. 이십칠년이 흐른 뒤에 그녀 곁에 다시 앉아 있게 된 것이었다. 눈물이 흘러내렸고, 이 눈물의 장막 너머로 나는 이미 그림자 속으로 침잠한 지 오래인 그 여름의 모습 그대로 그녀를 보았다. 그러면 부인, 당신은 저를 알아보십니까?(Et vous, Madame, me reconnaissezvous?)라고 내가 그녀에게 물었다. 하지만 그녀는 대답 대신 그저 나를 쳐다보기만 했는데, 그녀의 미소가 너무나 슬퍼 나는 우리가 그 시절에 내가 스스로에게 고백했던 것보다 훨씬 더 서로 사랑했음을 깨달았다. 그녀가 말했다. 어머니께서 돌아가셔서 상복을 입고 있는데, 아버지는 벌써 몇년 전에 돌아가셨어요. 그녀는 이 말을 하면서 내가 잡고 있던 손을 뺐고, 눈을 감았다. 얼마 뒤 그녀가 말을 이었다. 이 아이들은 당신이 우리를 떠난 지 삼년 뒤에 나와 결혼한 써턴 제독의 아들들이랍니다. 용서하세요, 오늘은 더 말을 할 수 없네요. 자작의 기록은 이렇게 이어진다. 나는 그녀에게 팔을 내밀었고, 집 안을 거쳐 계단을 내려가 그녀의 마차까지 가는 동안 그녀의 손을 잡고 내 가슴에 눌렀는데, 그녀의 온몸이 떨리고 있음을 느꼈다. 마차가 떠날 때, 두 소년은 두 벙어리 하인처럼 그녀 맞은편에 앉아 있었다. 이 무슨 운명의 장난인가!(Quel bouleversement des destinées!) 나는 그뒤 며칠간 써턴 부인이 내게 준 켄징턴의 주소로 네번을 찾아갔다. 아들들은 매번 나가고 없었다. 우리는 말을 했고, 침묵했으며, "기억하세요?"라고 물을 때마다 우리의 지난 삶이 시간의 잔인한 심연에서 더욱 또렷하게 솟아올랐다. 네번째 방문했을 때, 샬럿은 장남이 봄베이로 갈 계획이니 그 아이를 위해 얼마 전 인도 총독으로 임명된 조지 캐닝에게 잘 말해달라고 부탁했다. 오직 이 부탁을 하려고 런던에 온 것이며, 이제 다시 번기로 돌아가야 한다는 것이었다. 잘 있어요! 다시는 못 볼 거예요! 잘 있어요!(Farewell! I shall never see you again! Farewell!) 그렇게 고통스럽게 작별한 뒤 나는 오랫동안 대사관 집무실에 처박혔고, 거듭 헛된 숙고와 천착에 중단되면서 우리의 불행한 사연을 종이 위로 옮겨적었다. 그리고 내가 이렇게 글을 쓰면서 샬럿 아이브스를 다시 한번, 그리고 영원히 잃어버리는 것은 아닌지 물을 수밖에 없었다. 하지만 너무도 자주, 너무도 갑작스럽게 나를 사로잡는 기억에서 나 자신을 지켜내기 위해서는 오로지 글을 쓰는 길밖에 없었다는 것도 사실이다. 그 기억들이 내 머릿속에 갇혀 있었더라면 날이 갈수록 점점 더 무거워져 결국 나는 그 짐을 감당하지 못하고 쓰러지고 말았을 것이다. 기억들은 몇달, 몇년 동안 우리 마음속에서 잠자면서 소리없이 점점 더 자라나다가, 결국 어떤 사소한 일을 계기로 되살아나 기묘한 방식으로 삶을 향한 우리의 눈을 멀게 한다. 그 때문에 나는 얼마나 자주 나의 기억들과 이 기억들을 글로 옮기는 작업을 굴욕적이고, 결국은 저주할 만한 일로 느끼곤 했던가! 하지만 기억이 없다면 우리는 무엇이 될까? 우리는 가장 단순한 생각조차 정리하지 못할 것이고, 풍부한 감정을 지닌 심장이라도 다른 사람에게 애착을 느끼지 못할 것이며, 우리의 존재는 무의미한 순간들의 끝없는 연쇄에 불과할 것이고, 과거의 흔적이라고는 찾아볼 수 없게 될 것이다. 우리의 삶이란 얼마나 비참한가! 온갖 잘못된 상상으로 가득하고, 거의 우리의 기억이 내미는 환영들의 그림자에 지나지 않는다고 할 만큼 무의미하다. 내 안에서 일어나는 격리의 감정은 점점 더 끔찍해진다. 어제 하이드파크를 걸어갈 때, 나는 울긋불긋한 군중 속에서 나 자신이 말할 수 없이 가련하고 거부당한 존재처럼 느껴졌다. 아름답고 젊은 영국 여성들을 멀리서 바라보면서 예전에 포옹할 때 느꼈던 그 갈망 섞인 혼돈에 빠졌다. 그리고 오늘 나의 눈은 내 작품에 붙박여 있다. 나는 이미 거의 보이지 않게 되었으며,

어떤 의미에서는 죽은 것이나 마찬가지다. 바야흐로 내가 이 미 거의 떠나버린 세상이 내 눈에는 특별한 비밀에 둘러싸여 있는 것처럼 보이는 것도 아마 그 때문일 것이다.

샬럿과의 만남에 대한 이야기는 수천페이지에 달하는 샤 또브리앙 자작의 회고록에서 극히 작은 일부에 지나지 않는 다. 그가 처음으로 자기 영혼의 깊고 얕은 곳을 들여다보고 싶은 마음을 갖게 된 것은 1806년 로마에서였다. 1811년 샤또 브리앙은 이 기획에 진지하게 착수했고, 이때부터 그는 명예 로우면서도 고통스런 그의 삶의 상황이 허락하는 한, 날이 갈 수록 점점 더 불어나는 이 작품을 쓰기를 멈추지 않았다. 그 의 감정과 생각 들은 당대의 거대한 변혁들을 배경으로 전개 되었다. 세계 연극무대에서 끝없이 상연되는 그의 작품에는 혁명, 공포정치, 망명, 나뽈레옹의 상승과 몰락, 왕정복고, 그 리고 시민들의 왕국이 교대로 등장하고, 이름없는 군중뿐 아 니라 특권층 관객들도 이 작품에 열광했다. 무대는 끊임없이 이동한다. 우리는 어떤 배의 갑판에서 버지니아의 해변을 바 라보고, 그리니치의 해군 무기고를 방문하며, 모스끄바 화재 의 웅장한 회화에 감탄하고, 보헤미아 지방의 온천장 시설을 산책하며, 띠옹빌(프랑스 북동부의 도시) 포격의 목격자가 된다. 조명탄이 수천명의 병사가 점령한 도시의 흉벽을 비추고, 불 꽃을 발산하는 포탄의 포물선이 캄캄한 허공에서 교차하며, 포탄이 터지기 직전에는 번쩍거리는 빛이 피어오르는 구름 을 넘어 푸른 정점까지 치솟는다. 때때로 전투의 소음이 몇초

동안 잦아들기도 한다. 그러면 북이 우르릉대는 소리가 들리고, 금관악기가 팡파르를 울리고, 뼛속을 파고드는, 거의 쇳소리가 되도록 떠는 명령의 고함 소리가 들린다. **초병들, 조심하라!**(Sentinelles, prenez garde à vous!) 기억 작업의 전체 맥락에서 볼 때, 말하자면 하나의 불행에서 다음 불행으로 비틀거리며 맹목적으로 걸어가는 이 이야기의 정점을 이루는 것은 군사 연극과 국가 행위의 이런 다채로운 묘사들이다. 현장에 직접 있었고, 자신이 본 것을 다시 한번 되살려내는 연대기 기록자는 자신을 파괴하면서 자신의 경험을 자기 몸에 새겨넣는다. 이런 문신을 새김으로써 섭리가 우리에게 내린 선고의 본보기가 되는 희생자인 그는 생전에 이미 그의 회상록이라는 무덤 속에 누워 있었다. 과거를 개괄하는 일은 처음부터 구원의 날을, 샤또브리앙의 경우에는 1848년 6월 4일을 겨냥하고 있었고, 이날 바끄 거리(빠리 쎈강 남쪽의 거리)의 일층에서 죽음이 그의 손에 쥐여 있던 펜을 앗아갔다. 꽁부르, 렌, 브레스뜨, 쌩말로, 필라델피아, 뉴욕, 보스턴, 브뤼셀, 저지섬, 런던, 베클스와 번기, 밀라노, 베로나, 베네찌아, 로마, 나뽈리, 빈, 베를린, 포츠담, 콘스탄티노플, 예루살렘, 뇌샤뗄, 로잔, 바젤, 울름, 발트뮌헨, 테플리체, 카를스바트, 프라하와 필센, 밤베르크, 뷔르츠부르크, 카이저슬라우테른, 그리고 그 사이사이에 거듭 등장하는 베르사유, 샹띠이, 퐁뗀블로, 랑부예, 비시, 빠리—이 도시들은 이제 끝에 도착한 여행의 몇몇 정거장일 뿐이다. 경로의 시작점에는 꽁부르(프랑스 북서부의 마을)에서의 유년시절이 있는데, 나는 이 부분을 처음 읽은 뒤로 그 묘사들을 영영 잊지 못했다. 프랑수아르네(샤또브리앙의 이름)는 십남매 중의 막내였고, 그 가운데 첫 네 아이는 겨우 몇달을 넘기지 못하고 죽었다. 그 아래 아이들은 장바띠스뜨, 마리안, 베니뉴, 쥘리, 뤼실이라는 이름으로 세례받았다. 네 소녀 모두 드물게 아름다웠고, 그 가운데서도 더 빼어나게 아름다웠던 쥘리와 뤼실은 혁명의 폭풍 속에서 목숨을 잃는다. 샤또브리앙의 가족은 세상과 교류를 완전히 끊고 하인 몇과 함께 꽁부르의 저택에서 살았는데, 그 집의 공간과 복도는 기사 부대의 절반이 길을 잃을 만큼 드넓었다. 몽루에 후작이나 구아용보포르 백작처럼 근처에 살던 몇몇 귀족을 제외하면 저택을 방문하는 사람은 거의 없었다. 샤또브리앙은 이렇게 쓴다. 특히 겨울이 되면 몇달 동안 단 한명의 여행객이나 타지 사람도 우리 요새의 문을 두드리지 않는 경우가 많았다. 그래서 광야에서의 슬픔보다 이 외로운 집 안에서의 슬픔이 훨씬 더 컸다. 집의 둥근 천장 아래를 걷는 사람은 마치 카르투시오 수도회의 수도원을 들어서는 듯한 기분에 사로잡혔다. 매일 저녁 8시가 되면 저녁식사를 알리는 종이 울렸다. 식사를 마치면 우리는 몇시간 동안 벽난로 앞에 앉아서 시간을 보냈다. 바람은 벽난로 안에서 한탄했고, 어머니는 긴 안락의자에 앉아 한숨을 내쉬었으며, 식사시간을 제외하고는 앉아 있는 모습을 본 적이 없는 아버지는 잘 시간이 될 때까지 쉬지 않고 거대한 홀을 왔다갔다했다. 아버지는 언제나 하얀 양모 털실로 만든 야회복을 입고 계셨고, 머리에도 같은 소재로 만든 두건을 쓰셨다. 이렇게 산책을 하던 아버지는 불이 일렁거리는 벽난로와 단 하나의 촛불만 빛을 비추는 공간의 한가운데쯤에서 벗어나기라도 하면 이내 그림자 속으로 사라지기 시작했고, 이어서 어둠속에 완전히 잠긴 후에는 발걸음 소리만 들리다가, 그 독특한 복장으로 다시 모습을 드러낼 때면 마치 유령처럼 보였다. 좋은 계절이 찾아오면 우리는 밤이 찾아올 무렵 집 앞 계단으로 나가 자주 앉아 있었다. 아버지는 밖으로 나온 부엉이들을 향해 엽총을 쏘았고, 우리들은 어머니와 함께 저 멀리 숲의 검은 우듬지들과 별들이 하나하나 나타나기 시작하는 하늘을 쳐다보았다. 열일곱살 되던 해에 나는 꽁부르를 떠났다. 어느날 아버지는 나를 불러, 이제부터는 내가 나 자신의 길을 걸어가야 하며, 나바르 연대에 입대하기 위해 내일 렌을 거쳐 깡브레로 떠나야 한다고 말씀하셨다. 여기 100루이도르(프랑스혁명기까지 사용된 금화)가 있다,라고 아버지가 말을 이었다. 돈을 낭비하지 말고, 결코 네 이름의 명예를 더럽히지 마라. 아버지는 나와 헤어질 때 이미 진행성 뇌연화증이 상당히 심각한 상태였고, 결국 그 병으로 목숨을 잃었다. 그의 왼팔은 계속 경련을 일으켰고, 그래서 오른손으로 왼팔을 붙잡고 있어야 했다. 내게 자신의 오래된 검을 넘겨준 뒤, 아버지는 나와 함께 이미 푸르른 앞마당에서 기다리고 있던 이륜마차 앞으로 나아갔다. 우리는 연못 옆의 도로를 따라 올라갔고, 나는 물방아가 있는 개울이 반짝거리고 제비들이 갈대밭 위에서 어울리는 것을 다시 한번 보았다. 그리고 내 앞에 펼쳐지기 시작하는 드넓은 들판을 바라보았다.

일켓숄 쎄인트마거릿에서 번기 안으로 들어가는 데 한 시간이 걸렸고, 번기에서 웨이브니 계곡 저지의 초원을 거쳐 디칭엄의 반대쪽으로 가는 데 또 한시간이 걸렸다. 북쪽에서부터 낮은 지대로 매우 급하게 경사진 지형의 끝자락에 있는 디칭엄 로지가 멀리서 보였다. 평지 끝에 홀로 서 있는 그 집은 샬럿 아이브스가 써턴 제독과 결혼한 뒤에 입주하여 오랫동안 살던 집이었다. 그 집으로 다가가자 창문들이 햇빛을 받아 반짝거렸다. 하얀 앞치마를 두른 여자가—얼마나 보기 드문 광경인가, 하고 나는 생각했다—두 기둥이 받치고 있는 건물 앞쪽의 돌출지붕 아래 나타나더니 정원에서 뛰노는 검은 개를 불렀다. 그밖에는 사람의 모습을 찾아볼 수 없었다. 나는 언덕을 올라 큰길 위로 올라섰고, 추수를 끝낸 들판을 가로질러 디칭엄에서 제법 떨어진 곳의 교회묘지로 나아갔다. 샬럿의 장남, 그러니까 봄베이에서 행복한 삶의 기반을 다져보려고 했던 그 남자가 묻혀 있는 묘지였다. 석관 위의 비명(碑銘)은 이러했다. 여기 아래에 1850년 2월 3일, 써턴 해군 소장의 장남이며 후일 제60소총대대의 대위, 명예 진급 소령, 군인연금 참모장교가 된 쌔뮤얼 아이브스 써턴이 영면하다 (At Rest Beneath, 3rd Feb^{ry} 1850, Samuel Ives Sutton, Eldest Son of Rear Admiral Sutton, Late Captain 1st Battalion 60th Rifles, Major by Brevét and Staff Officer of Pentioners). 쌔뮤얼 써턴의 무덤 옆에는 마찬가지로 육중한 석판으로 짜맞추고 꼭대기에는 유골단지가 있는 더 인상적인 비석이 서 있었는데, 측면 위쪽 가장자리의 둥근 구멍들이 맨 먼저 눈에 띄었다. 그 구멍들은 왠지 옛날 우리가 풍뎅이를 잡아 나뭇잎과 함께 가두어놓던 상자의 뚜껑에 뚫어놓곤 하던 공기구멍을 연상시켰다. 어쩌면 어떤 다정다감한 유족이 혹시라도 세상을 떠난 사람이 관 속에서 다시 한번 숨을 쉬고 싶어할지도 모른다는 생각에 이 구멍들을 뚫어놓게 했을 수도 있겠다 싶었다. 그런 보살핌을

받은 부인의 이름은 쎄라 커멜이었고, 1799년 10월 26일에 사망한 것으로 적혀 있었다. 디칭엄의 의사 부인이던 그녀는 아이브스 가족의 친지였을 수도 있고, 샬럿이 부모님과 함께 그녀의 장례식에 참가했을 가능성도 컸으며, 추도식에서 샬럿이 삐아노포르떼로 빠반(16~17세기에 유행한 느린 궁정무곡)을 연

주했는지도 모를 일이었다. 아내보다 거의 사십년을 더 산 커멜 박사가 밝은 회색의 묘비 남쪽면에 새겨넣도록 한 비문의 곡선 문자들을 보면, 당시에 쎄라와 샬럿이 속하던 계층의 사람들이 갖고 있던 고상한 감정을 추측할 수 있다.

원칙에 확고하고
신앙생활에 변함이 없던
그녀의 삶은 덕성의 평화를 보여주었고
신중한 지각, 마음과 태도의
단정한 우아함,
충실함과 자애로운 심성은
존경과 애틋한 애정,
감동 어린 신뢰와 드넓은 행복을 얻었다.

(Firm in the principles and constant
in the practice of religion
Her life displayed the peace of virtue
Her modest sense, Her unobtrusive elegance
of mind and manners,
Her sincerity and benevolence of heart
Secured esteem, conciliated affection,
Inspired confidence and diffused happiness.)

디칭엄의 묘지는 나의 써픅 도보여행의 거의 마지막 정류장이었다. 오후도 기울어지기 시작하여 나는 다시 큰길로 올라가 노리치 방향으로 좀 걸어가서 헤드넘의 인어(Mermaid)로 가기로 마음먹었다. 그 바는 곧 문을 열 터였다. 거기서 집으로 전화를 걸어 나를 태우러 오라고 할 수 있었다. 내가 걸어가야 했던 길은 디칭엄 홀을 지나갔는데, 1700년 무렵 아름다운 홍자색 벽돌로 지은, 특이하게도 창문에 짙은 푸른색 덧문들이 달린 그 집은 구불구불한 호수 위쪽에 사방으로 펼쳐진 공원 뒤쪽 외딴 구석에 있었다. 나중에 인어에서 클라라를 기다릴 때, 디칭엄 공원의 시설들이 샤또브리앙이 이 지역에 머물렀던 무렵에야 비로소 완성된 것이 분명하다는 생각이 떠올랐다. 디칭엄 공원과 같은 공원시설들은 지배계급이 거의 무한히 뻗은 듯한 보기 좋은 풍경으로 자신들을 에워쌀 수 있게 해주었는데, 이런 시설들은 18세기 후반에야 비로소 유행하기 시작했으며, 공원화(emparkment)에 필요한 작업들을 계획하고 실행하는 데에는 이삼십년이 넘게 걸리는 경우가 많았다. 기존 소유지의 빠진 곳들을 채워넣기 위해서는 대개 여러 토지를 더 구입하거나 교환할 필요가 있었고, 길과 도로, 개별 농장들, 심지어 때로는 마을 전체를 옮겨야 하는 경우도 있었다. 일체의 인적을 지운, 끊김없이 자유로운 자연을 보고자 했기 때문이었다. 이 때문에 울타리들도 풀들이 높게 자라난 널찍한 참호들, 이른바 하하들(ha-has) 속에 숨겨놓아야 했는데, 이런 참호들을 만들기 위해 흙을 파는 공사에만도 노동자들이 수천시간을 투여해야 했다. 땅속으로뿐만 아니라 주변 지역주민들의 삶에도 깊이 파고드는 이런 계획이 더러 갈등을 빚기도 했던 것은 당연하다고 하겠다. 예컨대 디칭엄 홀의 현재 소유주인 얼 페러스의 선조였던 사람은 휘하의 관리인 중 하나와 다투다가 너무 화가 난 나머지 즉석에서 총을 쏘아 그를 죽여버렸고, 그 결과 결국 상원의원들에 의해 사형을 선고받아 런던에서 비단줄로 공개 교수형을 당했다. 자연경관 공원을 만들 때 가장 손쉽게 할 수 있는 일이 나무들을 작은 그룹별로, 혹은 따로따로 심는 것인데, 전체 구상에 맞지 않는 작은 숲들을 옮겨심거나 보기 흉한 관목과 덤불을 태우는 일을 먼저 해야 하는 경우도 많았다. 대부분의 공원에서 당시 심었던 나무들의 3분의 1가량만 살아남았고, 매년 고령화와 여러 다른 이유로 더 많은 나무들이 죽어가는 지금, 우리는 오래지 않아 18세기 말의 거대한 별장들이 얼마나 적막하고 공허한 풍경 속에 서 있었는지 다시 상상할 수 있게 될 것이다. 샤또브리앙도 나중에는 이 공허를 추구하는 자연이상을 ─ 비교적 소규모로나마 ─ 실현하려고 시도했다. 1807년, 콘스탄티노플과 예루살렘으로 오랜 여행을 다녀온 뒤 그는 오네 부락에서 멀지 않은 라발레오루(빠리 남쪽 근교)의 숲으로 덮인 언덕들 사이에 숨어 있는, 정원이 딸린 작은 집을 샀다. 거기서 그는 자신의 기억들을 기록하기 시작했는데, 이 기록은 그가 직접 심어 하나하나 정성껏 가꾸는 나무들에 대한 이야기로 시작된다. 그는 이렇게 쓴다. 나무들은 아직 너무 작아서 내가 나무와 태양 사이에 서면 나무에 그림자를 드리워준다. 하지만 후일 다 자라고 나면 나무들이 내게 그림자를 돌려줄 것이며, 내가 나무들의 유년시절을 돌봐주었던 것처럼 나무들은 나의 노년시절을 돌봐줄 것이다. 나는 나무들에 결속감을 느끼고 있고, 그들에게 소네트(십사행의 짧은 서양 시가)와 비가와 송시 들을 바친다. 나는 아이들의 이름처럼 나무들의 이름을 하나하나 다 알고 있고, 언젠가 나무들 아래에서 죽을 수 있기를 기원한다. 이 사진은 약 십년 전에 디칭엄에서 찍은 것인데, 디칭엄 홀이 자선사업을 위해 일반 관람객들에게 개방되었던 어느 토요일 오후였다. 그 이후로 발생한 좋지 않은 일들을 예감하지 못한 채 내가 등을 기대고 서 있는 레바논삼나무는 공원을 건설할 때 식수되었는

데, 앞서 말했듯 그때 심은 나무들 중 벌써 사라진 것들이 부지기수다. 70년대 중반쯤부터 나무들의 숫자가 눈에 띄게 급속히 줄어들었고, 특히 영국에서 흔히 볼 수 있는 수종들에는 급격한 쇠퇴가, 심지어 어떤 경우에는 거의 완전한 멸종이 일어나기도 했다. 1975년에는 남쪽 해안에서 시작된 네덜란드느릅나무병이 노퍽에 도달했고, 여름이 두세번 지나자 우리 주변에는 단 한그루의 느릅나무도 남아 있지 않았다. 우리 정원 연못에 그림자를 드리워주던 여섯그루의 느릅나무는 1978년 6월에 마지막으로 멋진 연녹색을 발산한 뒤, 몇주 안에 말라 죽었다. 바이러스는 믿을 수 없는 속도로 큰길가의 모든 나무뿌리들을 파고들었고, 모세관이 좁아진 나무들은 순식간에 목말라 죽었다. 병을 옮기며 돌아다니는 딱정벌레들은 외따로 서 있는 나무들조차 놓치는 법이 없었다. 우리 집에서 멀지 않은 탁 트인 들판에 혼자 서 있던, 거의 이백년 된 느릅나무는 내가 본 가장 완벽한 나무 중 하나였다. 그 나무는 실로 엄청난 공간을 채워주었다. 근처의 느릅나무들이 거의 전부 병들어 쓰러질 때도 이 나무만은 약간 비대칭적이고 섬세한 톱니들이 돋은 무수한 잎들을 미풍 속에서 살랑살랑 흔들어대어, 자기 종족 전체를 학살한 전염병이 이 나무만은 손도 대지 못하고 지나가야 하는 듯 보였는데, 불가침의 위력을 발휘하는 듯하던 그 모든 잎이 이주일도 채 지나지 않아 갈색으로 변하고 돌돌 말리더니 그해 가을이 오기도 전에 먼지로 흩어지고 말았던 것을 기억한다. 비슷한 시기에 나는 서양물푸레나무들의 우듬지가 점점 더 성깃해지고, 떡갈나무 잎들이 듬성듬성해지고 기이한 형태의 돌연변이들이 나타나기 시작하는 것을 보았다. 떡갈나무들은 단단한 가지에서 직접 잎들을 쏟아내었고, 여름에 벌써 돌처럼 단단하고 모양이 기형적으로 변한, 끈적끈적한 물질로 뒤덮인 도토리들을 떨어뜨리기 시작했다. 그때까지 그런대로 유지되던 너도밤나무들도 지독히 건조한 해가 몇년 이어지자 상당히 퇴색하고 말았다. 잎들은 평소 크기의 절반밖에 되지 않았고, 떡갈나무 열매들도 거의 전부 속이 비어 있었다. 목초지의 포플러들도 하나둘씩 죽어갔다. 죽은 줄기들 가운데 일부는 그대로 서 있었고, 일부는 부러져 창백하게 풀밭에 쓰러져 있었다. 결국 1987년 가을 전대미문의 폭풍이 대지를 휩쓸고 지나가자 공식 집계에 따르면 어린 나무들을 제외하고도 천

사백만그루가 넘는 장성한 나무가 쓰러졌다. 10월 16일에서 17일 사이의 밤이었다. 비스케이만(프랑스 서쪽과 스페인 북쪽의 넓은 만)에서 시작된 폭풍은 프랑스 서쪽 해안을 따라 예고도 없이 올라왔고, 영불해협을 건너 섬의 남동쪽을 휩쓸고 북해로 나아갔다. 나는 새벽 3시에 깨어 일어났는데, 바람 소리가 너무 커서 그랬던 것이 아니라 이상하게도 방 안이 너무 덥고 기압이 점점 더 높아졌기 때문이었다. 내가 여기서 경험한 추분 무렵의 다른 폭풍들과는 달리 이 폭풍은 세찬 돌풍을 일으키는 대신 일정하게 지속되면서 점점 더 강한 추진력을 받는 것처럼 보였다. 나는 창가에 서서 깨질 듯 팽팽해진 유리를 통해 정원 가장자리 쪽을 내려다보았는데, 이웃한 주교 공원에 서 있는 큰 나무들의 우듬지가 구불구불하게 휘어 마치 탁한 물결 속의 수중식물들처럼 보였다. 암흑 속에서 하얀 구름들이 몰려갔고, 하늘에서는 끔찍한 섬광들이 연거푸 번쩍였는데, 나중에 들은 바에 따르면 고압전선들이 서로 접촉하면서 일으킨 섬광들이었다. 아마 나는 한동안 등을 돌리고 서 있었던 모양이다. 어쨌든 바깥 풍경을 다시 한번 내다보았을 때 조금 전만 해도 바람이 나무들의 검은 형체와 충돌하던 그곳에 이제 흐릿하고 텅 빈 지평선만 보이는 것을 깨닫고, 나는 내 눈을 믿을 수가 없었다. 마치 누군가가 커튼을 옆으로 밀어젖히자 바야흐로 내 앞에 명부(冥府)로 이어지는 형체없는 장면이 나타난 듯했다. 공원을 뒤덮은 기이한 밝음을 지각하던 그 순간, 나는 저 아래의 모든 것이 파괴되었다는 것을 알게 되었다. 하지만 나는 쏴쏴거리는 폭풍 속에서 일반적으로 나무가 쓰러질 때 나는 우지끈하는 소리를 전혀 듣지 못했기 때문에, 이 무시무시한 공허에는 어떤 다른 이유가 있기를 바랐다. 마지막 순간까지 뿌리로 지탱되는 나무들은 서서히 기울면서 쓰러졌고, 그렇게 천천히 쓰러지는 경우 서로 뒤얽힌 우듬지들은 박살이 나지 않고 모습을 거의 그대로 유지한다는 사실을 나중에 알게 되었다. 여러 숲 전체가 이런 식으로 밭들처럼 짜부라졌다. 아침 무렵에 폭풍이 좀 가라앉고 나서야 나는 정원으로 나갈 용기가 났다. 나는 목이 막힌 채 한참 동안 파괴의 현장 한가운데에 서 있었다. 일종의 풍동(風洞) 안에 서 있는 기분이 들 만큼 계절에 어울리지 않게 따뜻한 바람의 소용돌이가 여전히 강했다. 공원 북쪽의 산책로를 가로막은 백년이 넘은 나무들은 모두 기절이라도 한 듯 바닥에 쓰러져 있었고, 거대한 터키떡갈나무와 영국떡갈나무, 서양물푸레나무, 플라타너스, 너도밤나무, 보리수나무 아래에는 이 나무들의 그림자 속에 서 있던 측백나무, 주목, 개암나무, 월계수, 서양호랑가시나무, 진달래나무 같은 키 작은 나무들이 갈기갈기 찢어지고 부러진 채 드러누워 있었다. 태양이 환한 빛을 발산하며 떠올랐다. 잠시 더 불던 바람이 갑자기 멎었다. 덤불과 나무에 집을 짓고 살던 새들 수십마리만이 그해에는 가을까지 푸르게 남아 있던 가지들 사이에서 정신없이 이리저리 날아다닐 뿐, 그밖에 움직이는 것이라곤 전혀 없었다. 내가 폭풍 뒤의 첫날을 어떻게 견뎌냈는지는 모르겠지만, 내 눈으로 직접 목격한 것들을 믿을 수가 없어 그날 한밤중에 다시 한번 공원을 왔다갔다한 것은 기억 난다. 주변 전지역이 정전상태였으므로 사방은 깊은 암흑 속에 파묻혀 있었다. 하늘에 흐릿한 빛을 던지는 집과 도로의 빛이라고는 찾아볼 수 없었다. 그 대신 별들이 떠올랐는데, 어릴 적 알프스산맥에 올랐을 때 혹은 사막에 대한 꿈을 꾸었을 때 보았던 것만큼이나 화려한 별빛이었다. 드높은 북쪽 하늘에서부터 이전에는 나무들이 시야를 가리던 남쪽 지평선까지 큰곰자리, 꼬리를 드리운 용자리, 황소자리의 삼각형, 플레이아데스 성단, 백조자리, 페가수스자리, 돌고래자리 등 반짝거리는 기호들이 흩뿌려져 있었다. 별들은 변함없이, 아니 이전보다 더 멋지게 둥근 궤도를 따라 돌고 있었다. 폭풍 뒤의 그 찬란한 밤이 그토록 조용했던 만큼, 이어진 몇달 동안의 겨울에는 톱들이 자극적으로 끽끽거렸다. 3월이 될 때까지 네댓명의 노동자가 쉬지 않고 가지들을 잘게 자르고, 폐물을 태우고, 줄기를 끌고 가거나 옮겨싣느라 분주했다. 마지막으로 굴착기가 땅에 커다란 웅덩이를 파더니, 더러 거의 건초더미만 한 나무뿌리들을 그 안에 밀어넣고 묻었다. 그리하여 말 그대로 아래위가 바뀌었다. 그 전해에는 양치류와 이끼 사이에서 눈풀꽃과 제비꽃, 아네모네가 자라나던 숲의 흙바닥이 이제는 무거운 점토층으로 뒤덮였다. 오래지 않아 완전히 끈적끈적해진 땅 위에서는 씨앗이 얼마나 오래 땅속 깊이 묻혀 있었는지 알 수 없는 늪풀만이 다발을 이루며 자라났다.

이제 아무 방해도 받지 않게 된 햇살은 정원의 음지식물들을 순식간에 파괴했고, 날이 갈수록 나는 스텝지대의 가장자리에 사는 듯한 기분에 휩싸였다. 바로 얼마 전만 해도 하루가 시작될 때면 때로 침실의 창문을 닫아야 할 만큼 무수한 새들이 요란하게 노래하던 곳, 오전이면 종달새들이 들판 위로 솟구쳐오르고 저녁 무렵이면 때로 울창한 숲에서 나이팅게일이 우는 소리까지 들을 수 있던 바로 그곳에서 나는 이제 생명의 소리를 거의 들을 수 없었던 것이다.

10장

채마밭과 화원, 브램턴 근처의 골호장지(骨壺葬地, 화장한 뼈를 담은 항아리를 묻은 선사시대의 묘지), 인공 언덕과 산의 조성, 예언자들과 복음서 저자들이 언급한 식물들, 아이슬란드섬, 고대 쌕슨어, 델포이의 신탁, 예수가 식사한 생선들, 곤충들의 습성, 매 훈련시키기, 노년 과식증의 한 경우, 그리고 그밖의 여러 사항에 대해 토머스 브라운이 유물로 남겨놓은 다양한 글 묶음 안에는

MUSÆUM CLAUSUM
or
Bibliotheca Abscondita

라는 제목을 달고 있는, 특이한 책과 그림, 골동품 외 여러 진기한 것에 대한 목록도 있는데, 이것들 가운데는 브라운이 실제로 수집한 희귀품에 속하는 것들도 더러 있겠지만, 분명히 대부분은 오로지 상상 속에서만, 그의 머릿속에서만 존재

하며, 종이 위의 글자를 통해서만 접근할 수 있는 보고(寶庫)에 속하는 것들이다. 브라운이 어떤 알려지지 않은 독자에게 보내는 짧은 서문에서 당대에 널리 알려진 알드로반디 박물관, 칼세올라리아눔 박물관, 까사 아벨리따, 프라하와 빈의 루돌프 황제 저장고 등과 대등하게 내세우는 이 봉인된 박물관(Musaeum Clausum)은 희귀한 인쇄물과 문서를 수록하고 있는데, 바이에른 공작의 소장품에서 나온 솔로몬왕의 사유의 어두운 면에 대한 논문, 17세기의 가장 학식있는 여성들로 꼽히는 쎄단의 몰리네아와 위트레흐트의 마리아 스후르만이 히브리어로 주고받은 편지들, 그리고 해저의 암석 산맥과 계곡에서 자라는 온갖 해초와 산호, 수중 양치류, 아직 아무도 보지 못한, 따뜻한 조류를 따라 흔들리는 다년초, 무역풍을 따라 대륙에서 대륙으로 떠다니는 식물섬 등이 완벽하게 기술되고 묘사된 해저식물 편람이 여기에 포함되어 있다. 브라운의 상상의 도서관은 나아가 세계여행가 피테아스(BC 350?~285?, 그리스의 상인·지리학자·항해가)의 마르세유에 대한 기록의 일부를 수록하고 있는데, 스트라본(BC 64?~AD 24?, 그리스의 역사가·지리학자)이 인용하기도 한 이 글에는 툴레(그린란드의 마을) 너머 최북단의 공기는 젤리 상태의 해파리나 달팽이를 연상시킬 정도로 물렁물렁하고 숨을 멎게 하는 밀도를 지녔다고 적혀 있다. 또한 오비디우스 나소가 **토모스에서 망명생활을 할 때 게타이어로 작성한**(written in the Getick language during his exile in Tomos) 사라진 시도 있는데, 왁스를 바른 천

으로 싸인 이 글은 헝가리 국경지대의 싸바리아에서 발견되
었다고 한다. 전해지는 바에 따르면 이 장소는 사면을 받은
뒤에, 혹은 아우구스투스가 죽은 뒤에 오비디우스가 흑해 지
방에서 귀향하던 중 목숨을 잃은 바로 그곳이다. 브라운의 박
물관에서는 온갖 기이한 것과 함께 다음의 것들을 볼 수 있
다. 더위를 피하느라 밤에 크게 열린 아라비아의 알마하라
시장을 분필로 그린 그림, 로마군과 이아지게스군이 얼어붙
은 도나우강 위에서 벌인 전투 그림, 프로방스 해안 앞의 바
다초원에 대한 환상 그림, 빈을 포위 공격하는 술레이만 대
제(1494~1566, 오스만제국의 술탄)가 무수한 천막들로만 이루어
진, 하늘 가장자리까지 닿는 도시 앞에서 말을 타고 있는 모
습, 여러 바다코끼리, 곰, 여우, 야생 조류를 태우고 떠다니는
빙산이 묘사된 바다 그림. 관객들을 위해 가장 끔찍한 고문방
법들을 포착해놓은 일련의 스케치들. 예컨대 페르시아의 스
카피즘(벌거벗긴 사람을 길고 좁은 보트에 묶은 뒤 곤충들의 습격을 받
게 하여 서서히 죽음에 이르게 하던 처형방법), 터키에서 사형을 집
행할 때 흔히 쓰는, 몸을 한조각 한조각 잘라 짧게 만드는 방
법, 트라키아(발칸반도 동부 일원에 걸친 지방)의 교수대 축제, 똠
마소 미나도이가 지극히 세밀하게 묘사한, 어깨뼈 사이를 절
개하면서 시작되는 산 사람의 껍질 벗기기 등. 자연과 반자연
사이의 어딘가에 위치한「검은 혹은 에티오피아 색조로 그
린 흰 피부의 영국 여성 초상」도 볼 수 있는데, 이렇게 어두운
색조를 사용함으로써 타고난 창백함을 그대로 갖고 있는 것

보다 그 여성이 훨씬 더 아름다워졌다고 생각한 브라운은 이 그림에 적힌 그러나 누군가는 더 검은 밤을 원한다(sed quandam volo nocte Nigriorem)라는 글을 결코 잊지 못했다. 그런 놀라운 글과 그림 외에도 이 박물관에는 봉인된 메달(Clausum Medaillen)과 주화, 독수리의 머리에서 빼낸 보석, 개구리의 해골을 깎아 만든 십자가, 타조와 벌새의 알, 지극히 다채로운 앵무새 깃털, 싸르가소해의 덩굴을 말려 빻은 분말로 만든 괴혈병약, 동인도제도에서 우울증을 고치기 위해 쓰는, 아주 유명한 추출물 환약(a highly magnified extract of Cachundè employed in the East Indies against melancholy), 환한 대낮에는 너무 쉽게 휘발되기 때문에 겨울의 몇달 동안 보노니아(이딸리아 볼로냐의 옛 이름)산 홍옥의 미광(微光) 아래에서만 관찰할 수 있는, 천상의 소금에서 추출한 정신이 담긴 완전히 밀폐된 유리용기 등도 보관되어 있다. 이 모든 것, 그리고 더 많은 것들이 자연연구가이자 의사인 토머스 브라운이 작성해놓은, 온갖 진기한 것으로 가득한 목록에 들어 있는데, 이제 한가지만 더 언급하고 끝낼까 한다. 그 한가지란 지팡이로 쓰인 대나무관을 말하는데, 동로마제국의 유스티니아누스 1세가 집권하던 시절에 비단 제작과정의 비밀을 알아내려고 오랫동안 중국에 머물렀던 페르시아 수도사 두명이 누에알을 이 대나무관 안에 숨기고 중국 국경을 넘어, 서양으로 가지고 오는 데 처음으로 성공했다.

하얀 뽕나무에서 사는 이른바 누에나방(Bombyx mori)은 봄

비키다이(Bombycidae), 그러니까 모든 나방 가운데 가장 아름다운 종들인 큰담비나방(Harpyia vinula), 공작거울나방(Bombyx Atlas), 수녀나방(Liparis Monacha), 그리고 행렬나방 혹은 숲너도밤나무나방(Saturnia carpini) 등이 속하는 인시류(Lepidoptera)의 하위종 중 하나이다. 그러나 완전히 성장한 누에나방(도판에서 맨 아래 가운데) 자체는 모양이 범상하고, 날개를 펼치면 가로 4센티, 세로 2.5센티 정도의 크기

다. 날개에는 잿빛을 띤 흰색 바탕에 갈색 줄들이 있고, 대체로 거의 식별하기 힘든 달 모양의 반점이 있다. 이 나방의 유일한 임무는 번식이다. 수컷은 생식 뒤에 즉시 죽는다. 암컷도 며칠에 걸쳐 줄곧 삼백에서 오백개의 알을 낳은 뒤에 죽는다. 알에서 빠져나오는 누에는 1844년 출판된 백과사전에도 적혀 있듯이 처음에는 벨벳과 비슷한 검은 털가죽으로 덮여 있다. 육칠주에 지나지 않는 짧은 생애 동안 누에는 네번 잠이 들고, 깨어날 때마다 이전의 껍질을 벗고 새로운 형태를 취하는데, 매번 더 하얗고 반들반들하고 크게, 다시 말해 더 아름답게 변하다가 결국 거의 투명한 모습을 갖춘다. 마지막으로 허물을 벗고 나서 며칠이 지나면 목 부분이 불그스름해지는데, 이는 변태의 때가 왔음을 알리는 신호다. 이제 누에는 먹기를 멈추고, 소리없이 이리저리 돌아다니며, 높은 곳으로, 마치 아래 세상을 경멸하기라도 하듯이 하늘을 향해 올라가다가 적당한 자리를 찾으면 실을 잣기 시작하는데, 이 실은 몸속에서 생산된 수지질의 액체로 만들어내는 것이다. 에틸알코올로 죽인 누에의 등을 수직으로 잘라보면 장(腸)처럼 보이는, 복잡하게 감긴 작은 관다발이 발견된다. 이 다발은 앞쪽 입 주변의 아주 좁은 구멍에서 끝나는데, 여기서 앞서 말한 액이 내뿜어진다. 작업의 첫째날, 누에는 질서도 없고 어지럽게만 보이는 커다란 직물을 잣는데, 이것이 고치를 고정하는 역할을 한다. 이어서 머리를 계속 이리저리 움직여 거의 300미터에 달하도록 끊임없이 이어지는 실을 뽑아내어

감으면서 달걀 모양의 집을 짓는다. 공기도 습기도 통하지 않는 이 껍질 안에서 누에는 마지막으로 껍질을 벗어 애벌레로 변한다. 애벌레 상태는 앞서 묘사한 나방이 빠져나올 때까지 총 이삼주 동안 지속된다. 누에의 고향은 누에에게 먹이를 제공하는 하얀 뽕나무들이 야생으로 발견되는 아시아의 모든 나라라고 추정된다. 그곳에서 누에는 스스로의 힘으로 야외에서 산다. 하지만 누에의 유용성을 발견한 사람들이 누에를 기르기 시작했다. 중국의 역사는 이에 대해 이렇게 기록한다. 기원전 2700년경, 백년이 넘게 나라를 통치하면서 백성들에게 차량과 배, 맷돌을 만드는 방법을 가르쳐준 땅의 황제(皇帝) 황제(黃帝)가 첫 부인 서릉씨(西陵氏)에게 누에를 관찰하여 그것을 활용할 방법을 찾아보고, 이것으로 백성의 행복을 증진하는 데 이바지하라고 권했다. 서릉씨는 궁정정원의 나무에서 벌레들을 모아 황궁의 방에서 직접 기르기 시작했고, 연초(年初)의 극히 변덕스런 날씨와 천적들에서 놓여난 누에들은 너무나 잘 자라나 이로써 후일의 가내 양잠업의 기초가 닦였다. 고치를 풀고 실을 엮고 수를 놓는 작업까지 포함하는 가내 양잠업은 나중에 모든 황비의 고상한 일거리가 되었으며, 황비의 손에서 모든 여성의 손으로 확산되었다. 권력자들이 온갖 방법으로 촉진한 양잠업과 비단 가공업은 몇세대 지나지 않아 비약적으로 발전하여, 결국 중국이라는 이름은 비단의 나라를, 비단이 가져다주는 엄청난 부를 의미하게 되었다. 시리아의 상인들이 조직한 비단 대상(隊商)들은 아시아를 온전히 횡단했는데, 중국해에서 지중해 해변까지 가는 데 이백사십일가량이 걸렸다. 이토록 먼 거리에도 불구하고, 아니 어쩌면 바로 그 때문에, 그리고 양잠기술과 양잠설비 제작기술을 제국 밖으로 퍼트리는 행위는 끔찍한 처벌로 다스려졌기 때문에, 양잠업은 수천년에 걸쳐 중국에서만 이루어졌다. 그런데 앞서 말한 수도사들이 속이 빈 지팡이를 붙잡고 비잔티움(이스탄불의 옛 이름)에 나타난 것이다. 그리스의 궁정과 에게해의 섬들에서 양잠업이 발전한 뒤에 이 복잡한 사육기술이 씨칠리아와 나뽈리를 거쳐 이딸리아 북부의 삐에몬떼, 싸부아, 롬바르디아에 도착하고, 제노바와 밀라노가 유럽 비단 생산의 수도가 되기까지는 천년이 더 걸렸다. 양잠기술이 북이딸리아에서 프랑스로 전해지는 데는 오십년이 채 걸리지 않았는데, 지금까지 프랑스 농업의 아버지로 불리는 올리비에 드 쎄르의 공이 가장 컸다. 1600년에 『농업경영론』(*Théâtre d'agriculture et mesnage des Champs*)이라는 제목으로 발표되어 삽시간에 13쇄를 찍은 농장경영자를 위한 그의 지침서는 앙리 4세에게 깊은 인상을 주었고, 그래서 왕은 온갖 표창과 특권을 제안하면서 그를 수상이자 재무장관이던 쒸리와 대등한 제1고문관으로 임명하여 빠리로 불러들였다. 자신의 영지 관리를 다른 사람에게 맡기고 싶지 않던 드 쎄르는 자신에게 제안된 관직을 맡는 한가지 조건으로 양잠업을 프랑스에 도입하고, 이 목적을 위해 우선 전국 궁정정원의 모든 야생 나무를 뽑아내고 그 자리에 뽕나무를 심게 해달라고 요구했다.

왕은 드 쎄르의 계획에 열광했지만, 이를 실행에 옮기기 위해서는 우선 평소에 매우 아끼던 쒼리의 반대를 극복해야 했다. 쒼리가 양잠업을 가로막고 나선 것은 이 계획이 터무니없도록 어리석다고 생각했기 때문일 수도 있고, 그가 제대로 본 것처럼 드 쎄르가 앞으로 자신의 경쟁자로 성장할 것이라고 짐작했기 때문일 수도 있다.

쒼리 공작 막시밀리앙 드 베뛴이 주군 앞에서 내세운 이유들은 그의 회고록 제16권에 요약되어 있는데, 나는 여러해 전 노리치 북쪽에 위치한 소도시 에일셤의 경매에서 1788년 리에주의 F. J. 드쾨르 출판사가 발행한 멋진 판본을 몇실링에 낙찰받은 뒤로 이 책을 아주 좋아하게 되었다. 쒼리는 이렇

게 자신의 논증을 시작한다. 프랑스의 기후는 양잠업에 적합하지 않다. 봄은 너무 늦게 시작되고, 봄이 시작된 뒤에도 대개 습기가 너무 많은데, 습기의 일부는 공중에서 땅으로 내려

앉고 일부는 땅에서 솟아오른다. 어떤 조치로도 극복할 수 없는 이런 불리한 조건은 부화에 큰 어려움을 겪는 누에들뿐만 아니라 특히 발육을 시작하여 새 잎을 만들어내는 계절에 온화한 기후가 있어야만 제대로 성장할 수 있는 뽕나무에도 극도로 해롭다. 그러나 이런 근본적인 문제를 차치하더라도 프랑스의 농업이 일부러 게으름을 피우는 사람이 아니라면 누구에게도 한가한 여유를 허락하지 않기 때문에, 만일 실제로 양잠업을 대규모로 도입할 경우 농촌주민들의 노동력을 평소의 작업에서 빼냄으로써 확실하고 소득이 많은 생업 대신 모든 면에서 의심스러운 사업에 종사시켜야 한다는 점을 고려해야 할 것이다. 쒈리는 농민들이 삶의 토대를 이렇게 바꾸는 것을 틀림없이 좋아하리라는 점은 인정한다. 힘들고 고생스런 일을 양잠업처럼 아주 손쉬운 다른 일로 바꾸는 것을 싫어할 사람이 어디 있겠는가? 쒈리는 스스로도 아주 교묘하다고 여겼음이 틀림없는 어법을 구사하며 군인군주(무력증강에 치중하던 군주들에게 붙여지던 별명)에게 이렇게 주장한다. 그러나 바로 여기에 프랑스에서 양잠업이 널리 확산되는 것을 막아야 할 가장 중요한 이유가 있다. 예로부터 최상의 화승총병과 기병 들을 산출해낸 농촌주민들이 실제로는 여자와 아이 들에게나 적합한 노동에 종사하게 됨으로써 폐하 역시 국가의 안위를 위해 결코 포기해서는 안된다고 생각하시는 억센 신체를 잃어버리고, 이로 인해 앞으로는 군사활동에 반드시 필요한 후손들을 더이상 기대할 수 없게 될 위험이 있다.

이렇게 양잠업으로 인해 농민들이 퇴화하는 것은 도시주민들이 사치로 점점 더 타락해가는 것과도 경향이 비슷한데, 이런 타락의 결과 도시주민들은 게으르고 유약하고 음탕하며 낭비에 중독된 상태에 빠지고 말았다. 프랑스 전역에서 너무 많은 돈이 화려한 정원과 호화스런 궁전, 최고가의 가구, 황금 장식품과 도자기 식기, 마차와 포장을 젖힐 수 있는 일두이륜마차, 축제, 리큐어와 향수 등을 위해 퍼부어지고, 심지어 관직은 엄청난 웃돈에 거래되고 상류사회 출신의 결혼적령기 여성들까지 최고액을 부르는 사람에게 팔려나간다. 폐하께서 양잠업을 온나라에 도입하여 이런 전반적인 도덕의 타락을 더 심화하지 않도록 막는 것이 자신의 의무이며, 지금은 더 적은 수단으로도 생계를 잘 꾸려나가는 사람들의 덕성을 기려야 할 때라는 것이 자신의 생각이라고 그는 쓴다. 수상의 이의에도 불구하고 프랑스의 양잠업은 십년 안에 자리를 잡았는데, 1598년에 공포된 낭뜨칙령이 그때까지 지독한 박해를 받던 위그노교도들에 대한 관용을 적어도 일정 정도 보장했고, 이에 따라 전체 양잠업의 기초를 닦는 데 탁월한 역할을 했던 그들 중 일부가 조국 프랑스에 확실히 남게 된 것도 이런 양잠업의 정착에 중요한 기여를 했다. 프랑스의 사례에 자극을 받은 영국에서도 거의 같은 시기에 왕의 후원하에 양잠업이 도입되었다. 제임스 1세는 현재 버킹엄궁전이 있는 자리에 몇헥타르에 이르는 뽕나무밭을 조성하게 했고, 그가 좋아하던 에식스의 별궁 시어볼드에도 누에사육을 위해 따로 건물을 지었다. 이 분주한 동물에 대한 제임스 1세의 관심은 매우 커서, 몇시간이고 누에의 생활습관과 욕구를 연구하느라 자리를 뜨지 않았고, 왕국을 일람하는 여행길에 오를 때에도 특별임무를 맡은 시종이 관리하는, 왕의 누에로 가득 찬 함을 지참할 정도였다. 또한 그는 비교적 강수량이 적은 영국 동부의 주들에 십만그루가 넘는 뽕나무를 심게 했고, 이런저런 조치들을 통해 괄목할 만한 매뉴팩처의 기초를 닦았다. 이 산업은 루이 14세가 낭뜨칙령을 폐기한 뒤 오만명이 넘는 위그노교도가 영국으로 피난해왔던 18세기 초에 전성기에 이르렀는데, 이들 가운데 누에사육과 비단생산에 정통한 수많은 수공업자와 르페브르, 띠예뜨, 드 아그, 마르띠노, 꼴룸비네 등의 기업가 가문이 노리치에 정착했다. 당시 영국에서 런던 다음으로 큰 도시였던 노리치에는 플랑드르와 왈롱 지방에서 이민온 직조공들로 구성된 집단거주지가 이미 16세기 초부터 형성되어 있었는데, 그들 수가 거의 오천명에 달했다. 1750년까지, 그러니까 채 두세대도 지나지 않아 노리치의 위그노교도 장인직조공들은 왕국 전체에서 가장 부유하고, 가장 영향력이 크며, 가장 교양있는 기업가 계급으로 상승했다. 그들과 납품업체들의 공장에서는 날마다 정신없이 바쁘게 일이 진행되었고, 최근 내가 영국 비단제조공장의 역사를 다룬 어떤 책에서 읽은 바에 따르면, 당시 겨울밤이 찾아올 무렵 멀리서 방랑자가 새까만 하늘 아래의 노리치에 다가갔다면 늦은 시간에도 불구하고 공장의 창문에서 새어나오는 빛으로 도시 위가 환한 것을 보고 놀랐을 것이라고 한다. 주지하다시피 조명의 증가와 노동의 증가, 이 두가지는 서로 평행선을 그리며 나타난다. 우리의 시선이 도시와 근교 위에 걸린 창백한 반사광을 더이상 관통하지 못하는 지금 18세기를 떠올려보면, 산업화 이전에 이미 적어도 특정 지역에서는 얼마나 많은 사람들의 가련한 몸이 나무 틀과 살로 조립해놓은, 추가 매달리고 고문장치나 가축우리를 연상시키는 베틀에 평생 꽁꽁 묶여 있었는지 놀랍기만 하다. 인

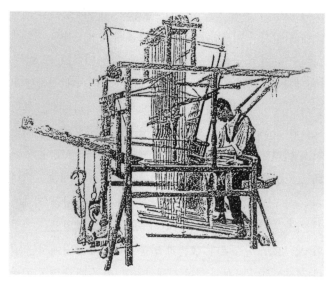

간과 기계 사이의 이 기이한 공생은 아마도 비교적 원시적인 그 형태 덕분에, 우리가 오직 우리 스스로 만들어낸 기계에 묶여 있어야만 지상에서 목숨을 부지할 수 있다는 사실을

이후에 등장한 어떤 다른 공업형태들보다 더 분명히 보여준다. 그래서 비슷한 시기에 독일에서 출판된 『경험심리학 잡지』(*Magazin für Erfahrungsseelenkunde*)에도 적혀 있듯이, 직조공들과 여러 면에서 비슷한 학자들, 그리고 여타 글쟁이들이 우울증 및 이로부터 파생되는 온갖 병에 특히 쉽게 걸리는 것은 오랫동안 구부정하게 앉아 줄곧 예민하고 정확하게 생각하고, 세밀한 인공무늬들을 무한정 계산해야 하는, 이들이 하는 일의 성격을 고려할 때 당연하다고 할 수밖에 없다. 이른바 일과 후 자유시간에도 멈출 줄 모르고 머릿속을 맴도는 끝없는 생각, 잘못된 실을 붙잡았다는, 꿈속까지 파고드는 느낌이 사람을 어떤 막다른 골목과 낭떠러지로 몰아가는지 이해하기는 쉽지 않으리라. 또 한가지 빼놓을 수 없는 사실은, 직조공들이 그렇게 정신병을 앓았던 반면, 산업혁명이 시작되기 직전의 몇십년 동안 노리치의 제조공장에서 생산된 많은 비단은——비단 브로케이드와 물결무늬의 태비넷, 새틴과 새티넷, 캠블릿과 채버렛, 프루넬라, 캘러맹코와 플로런틴, 디아망뗴와 그레나딘, 블론딘, 봄버진, 벨아일과 마르띠니끄 등——실로 환상적인 다양성과 말로는 거의 묘사할 수 없고 빛깔이 연신 아른거리며 변하는, 새의 깃털처럼 자연이 스스로 만들어낸 것 같은 아름다움을 보여주었다는 것이다. 한때 프랑스에서 망명온 비단 직조공 가문의 도시주택으로 사용되었지만 지금은 작은 박물관이 된 스트레인저스 홀의 진열장 안에 보관된, 가장자리와 중간의 여백에 해독할 수 없는 숫자와 기호 들이

	68	bro: up	
236	2.4		Spencer 2
			Crop Switha 2
237	4		Knight Dan 2
			Pitt Sam 2
238	4		Knight Nat 2
			Barry Thos 2
239	3.4		Elfegood Ro 2
			Johnson Wm 2
240	4		Waller Rob 2
			Carver Jno 2
241	2		Doughty wm 2
243	2		Duffield Jas
244	2		Jove tho
245	2		Jenkenson
246	3.4		Harvey Jas 2
			Imoulton Wm 2
247	1.4		Snelling wr 2
			Duffield Jas 2
248	2		Knight Dan
249	2		Brown Chas
250	2		Hutchen Gn

Lappits hanging out.

110 Camblets   21..30

This Supplement   2.5.3   20.4
of Camblets   38..
     1212
to Cooke   13.7   Lemon & Green Edges
       with a Scarlet End

L

29 June 1797

| 1 | 2 | | Smith Sam |

```
                    40 up        — Blue Ground
2doz  33       4                  Martin
                                  Dyd
       34      4                  6 July    In the Co.
                                            Cottam    2
1½ doz  35     4                            Pointer — 2
                                  Dyd  do
1½ doz  36     4                  Blackburn W.f. 2
2doz  37       4                  Tarman
                                          Black Ground
1½doz  38      4                  Say 2   Fox Jr. 2
2½ doz  39     4                  Smith Jr.
                                        Brown Ground
2½ doz  40     4                  Harvey Wm 4
       41      4                  Dyd
                                  6 July   In the Co.
       42    " 4   Black & Saxon blue as No 28   Davidson 2
                                                 Pointer 2
       43    " 2   Black Ground & Sax Green as No 30.  Usher 2
       44    " 2   Sax Green Ground & Blossom as No 40  Bacon
       45      4   Black        In the Co:  Dyd 6 July
              90   Sattins     17½ . 29
                   1 . 10 . 0        16.4            Q
                   16
                   1520
                   12nt    Dyd 27 June       14 May 1796
       Sewell
                                    Dark Green warp as No 4
       1      4                     Hastings
```

적혀 있는 견본철에서 멋진 색의 띠들을 발견할 때마다 나는 자주 이런 생각을 하게 된다. 18세기 말 노리치의 제조공장들이 몰락할 때까지 이 견본철들은 리가에서 로테르담까지, 쌍뜨뻬쩨르부르끄에서 쎄비야까지 유럽 전역의 수입상인 지점들에 진열되어 있었으며, 내게는 언제나 이 견본철의 면들이 우리의 어떤 글이나 그림도 전혀 근접할 수 없는, 유일무이하게 진정한 책의 페이지들처럼 보였다. 노리치의 비단은 코펜하겐과 라이프치히, 취리히의 상품 박람회에 도착했고, 거기서 다시 도매상인과 상사(商社)들의 창고로 퍼져갔으며, 이런저런 반견(半絹) 결혼예복 천들은 유대인 도붓장수의 등짐에 실려 이즈니와 바인가르텐 혹은 방엔까지 이르렀을 것이다.

저녁 무렵 여러 수도(首都)의 궁전 앞 광장에서 여전히 사람들이 돼지들을 몰고 다니던, 비교적 후진적이던 당시의 독일 또한 양잠업을 육성하기 위해 총력을 기울였다. 프로이센에서는 프리드리히대왕이 프랑스 이민자들의 도움을 받아 국영 양잠업을 일으키기 위해 농장을 조성하도록 지시하고, 누에들을 공짜로 나누어주고, 누에사육을 연구하여 유익한 결과를 낳는 사람에게는 상당한 상금을 약속했다. 1774년 마그데부르크, 할버슈타트, 브란덴부르크, 폼메른 지방에서만 거의 3톤의 순수한 비단이 생산되었다. 작센과 하나우 백작령, 뷔르템베르크, 안스바흐, 바이로이트에서도 양잠업이 시작되었고, 리히텐슈타인의 군주는 오스트리아의 본인 영지에서, 카를 테오도어는 라인팔츠에서 같은 사업을 진행했으며, 특히 카를 테오도어는 1777년에 바이에른으로 오자마자 뮌헨에 양잠사업본부를 설립했다. 프라이징, 에겔코펜, 란츠후트, 부르크하우젠, 슈트라우빙, 그리고 수도 자체에 대규모의 비단 공원들이 지체없이 조성되었고, 모든 산책로와 방벽, 모든 도로 가에 뽕나무가 심어졌으며, 비단 건물과 방적소 들이 건립되었고, 공장이 세워지고 관리들이 대규모로 채용되었다. 그런데 기이하게도 바이에른을 비롯하여 여러 다른 공국에서 그토록 열성적으로 추진됐던 양잠업은 미처 완전히 전개되기도 전에 중단되고 말았다. 뽕나무밭들이 다시 사라졌고, 나무들은 베어져 땔감으로 쓰였으며, 직원들은 퇴직했고, 가마솥과 편물기계와 받침대 들은 해체되거나 팔리거나 다른 곳으로 옮겨졌다. 뮌헨 국립도서관에 보관되어 있는 문서에 따르면 1822년 4월 1일, 왕립궁정정원 관리소장은 농업협회의 중앙위원회에 다음과 같이 보고한다. 이전 정부에서 존재하던 비단청에 누에 관리인이자 실을 풀고 편물을 뜨는 과정을 감독하는 감독관으로 고용되어 구년에 걸쳐 350플로린을 받은, 생존한 늙은 염색업자 자이볼트는 왕립궁정정원 관리소장인 본인에게 아래와 같이 진술했다. 당시에 왕의 지시에 따라 도시 주변의 들판 전체에 수천그루의 뽕나무를 심고 번호를 매겼으며, 이 나무들은 재빨리 놀라운 크기로 자라나 우수한 잎들을 제공했다. 그러나 이제 이 나무는 폰 우츠슈나이더의 직물공장 건물 정문 앞의 한그루와, 그가 아는 한 소규모로 양잠업을 시도했던 전(前) 아우구스티누스 수도원 정원의 한그루를 제외하고는 모두 사라지고 말았다는 것이다. 도입된 지 얼마 지나지도 않아 양잠업이 그렇게 빨리 몰락해버린 데에는 상업적 계산이 맞아떨어지지 않았던 이유도 있지만, 독일의 영주들이 무슨 수를 써서라도 양잠업을 촉진하려고 하면서 취했던 전제적인 방식이 더 문제였다. 카를스루에의 바이에른 사신이었던 라이거베르크 백작의 진정서는 슈베칭엔에서 아직도 양잠업을 하는 유일한 인물인 농장 감독관 칼의 진술을 인용하는데, 이 진정서에는 과거에 양잠업을 가장 활발히 추진했던 라인팔츠에서는 1모르겐(옛 땅 넓이 단위로 약 8000제곱미터) 이상의 땅을 소유한 모든 신하와 관리, 시민 혹은 시민권이 없는 주민은 자신의 상황이나 농토를 경작하는 목적과 무관하게 1모르겐당 여섯그루의 뽕나무를 일정 기한 안에 심어놓아야 했다고 적혀 있다. 새롭게 등록된 시민들은 모두 두그루, 시민권이 없는 모든 주민은 한그루, 술집운영허가증이나 제빵허가증 혹은 양조허가증을 새로 받은 신하는 한그루, 나아가 상업 혹은 휴양을 목적으로 하는 숲이나 상속받은 숲에는 모두 일정한 수의 뽕나무를 심어야 했고, 모든 마을광장과 도로, 둑, 공유농지의 도랑, 심지어 교회묘지에도 나무를 심어야 했기 때문에 신민들은 매년 수십만그루의 나무를 국영 양잠회사에서 구입해야 했다. 뽕나무를 심고 관리하는 일은 각 마을에서 가장 젊은 시민 열두명이 개인적으로 떠맡아야 했다. 이에 더해 스물아홉명의 양잠 관리와 함께 지역별 특별감독관을 고용하여 그들에게 봉사와 부역의 의무를 면제해주고, 식사를 제공하고, 45크로네의 일당을 지급하는 등 많은 비용을 들였다. 이런 조치들에 필요한 비용 중 일부는 직접 지방재정에서, 일부는 농민들에게서 세금을 거두어 충당해야 했다. 양잠사업의 실제 경제 가치로는 전혀 정당화될 수 없는 이런 부담은 비단과 관련된 모든 불법행위에 가해지던 단호한 벌금형 및 신체형과 더불어 백성들로 하여금 그 자체로는 좋은 이 일을 지독히 혐오하게 만들었고, 진정서, 청원서, 고소와 재판이 끊이지 않아 상급 사법기관과 행정관청은 여러해에 걸쳐 서류로 홍수를 치러야 했으며, 결국 카를 테오도어가 죽고 나자 막스 요제프 선제후는 모든 강제조치를 폐기함으로써 갈수록 무한정 커져가는 이 어리석은 사태를, 그가 말했듯이 영원히 종식했다. 1811년, 그러니까 독일의 양잠업이 몰락하던 시기에 빈의 제국왕궁 전쟁고문관으로부터 야외에서의 양잠을 연구하라는 지시를 받은 이른바 국경연대들이 전쟁고문관에게 보낸 보고서들도 전혀 고무적이지 않았다. 카란세베슈의 왈라키아-일리리아 국경연대와 판크소바의 제12독일바나트 국경연대는 미칼레비치와 호르딘스키 대령이 서명한 보고서들을 보냈는데, 내용이 거의 똑같은 이 보고서들은 처음에는 누에를 잘 사육할 수 있으리라고 희망했지만, 폭풍과 폭우로, 그리고 누에들이 첫 잠에서 깨어난 글로가우, 페를라스파로슈, 이즈비티와 누에들이 벌써 두번째 잠에서 깨어난 호몰리츠와 오포바에서는 우박으로 누에들이 모두 원두막에서 떨어져 죽고 말았다고 진술한다. 그밖에도 누에들은 나무에 붙은 부란(孵卵)들을 탐욕스럽게 먹어치우는 참새와 찌르레기 같은 수많은 적들에 시달린다고 보고서는 전한다. 그라디스카 연대의 미니티노비치 대령은 누에들이 식욕이 없고, 날씨가 급작스럽게 변하며, 야생 모기와 말벌이 들끓는다고 탄식하며, 제7브로드 국경연대의 밀레티치 대령은 7월 12일에만 해도 나무 위에 있던 누에들과 그뒤를 이은 고치들이 폭염으로 일부는 과열되어 죽어버렸고, 일부는 벌써 아주 질기게 변한 나뭇잎을 먹을 수 없어 나무에서 떨어졌다고 보고한다. 이런 실패에도 불구하고 바이에른의 추밀원 고문 요제프 폰 하치는 1826년에 출판한 『독일 양잠업 교본』(*Lehrbuch des Seidenbaus für Deutschland*)에서 지금까지의 실책과 오류를 최대한 피하면 양잠업은 서서히 성장하는 국민경제의 중요한 분야가 될 것이라면서 이 산업을 힘주어 옹호했다. 온전한 수업 프로그램으로 구상된 하치의 저작은 1810년 바레세의 백작 단돌로가 밀라노에서 출판한 『양잠업 정책론』(*Dell arte di governare i bachi da Setta*)과 보나푸의 『누에사육 교육』(*De l'éducation des vers à soie*) 볼차노의 『양잠 입문』(*Wegweiser zum Seidenbau*) 그리고 케텐베일의 『뽕나무 취급과 누에사육에 대한 지침』(*Anleitung zur Behandlung des Maulbeerbaums und Erziehung der Seidenraupe*) 등의 영향을 받았다. 폰 하치는 독일의 양잠업을 무덤에서 건져내려면 무엇보다 기존의 오류들을 바로잡을 필요가 있는데, 이런 오류들은 당국의 지휘와 국가독점적 시도들, 그리고 거의 우스꽝스러운 규제로 일체의 기업가 정신을 질식시키는 행정적 행패 때문에 발생했다고 쓰고 있다. 그는 양잠업에는 병영이나 병원을 연상시키는, 언제나 많은 비용을 초래하는 독자적 건물이나 시설이 필요없고, 과거에 그리스나 이딸리아에서 그랬던 것처럼 아무 준비도 없이 양잠업을 시작할 수 있으며, 여자와 아이, 하인, 빈민과 노인처럼 아무 벌이가 없는 모든 사람이 보통의 방에서 할 수 있는 것이 양잠업이라고 주장했다. 나아가 이렇게 대중적인 기초 위에 세워진 양잠업은 다른 나라와 경쟁하는 데 있어서 분명히 경제적 유리함을 가져다줄 뿐만 아니라, 여성과 규칙적 노동에 익숙하지 않은 여타 모든 인구집단의 시민적 덕성을 개선하는 데에도 좋다고 썼다. 게다가 사람의 손길 아래 단계적으로 성장하다가 이윽고 지극히 섬세하고 유용한 소재를 생산하는 이 수수하게 생긴 벌레를 관찰하는 것은 청소년 교육을 위한 아주 적절한 수단이 될 것이라고 주장했다. 모든 공동체에 필수적인 질서의식과 위생의식을 사회 하층까지 확산하는 데는 양잠업을 널리 보급하는 것보다 더 좋은 방법이 없다는 것이 그의 생각이었다. 그래서 그는 대부분의 독일 가정에서 누에를 기르게 되면 민족의 도덕적 수준까지 변할 것이라고 기대했다. 약간 뒷부분에서 폰 하치는 양잠업에 대한 여러 잘못된 관념과 편견을 타파하는데, 예컨대 두엄을 뿌린 온상이나 어린 소녀들의 가슴속에서 벌레들이 가장 잘 부화한다는 속설도 근거가 없고, 부화한 누에가 있는 방은 쌀쌀한 날이면 난로로 데워주고, 뇌우가 닥치면 창문의 덧문을 닫아 주며, 해로운 공기를 없애기 위해 쑥다발을 창문에 걸어놓아 야 한다는 것도 잘못된 이야기라고 지적했다. 모든 면에서 가 장 철저한 청결과 위생을 유지하고, 매일 방을 환기하고, 때 에 따라서는 바닷소금과 연망간석 가루에 약간의 물을 섞어 값싸게 만들 수 있는 염소가스로 방을 소독하는 것이 훨씬 더 현명하다는 게 그의 주장이었다. 그리고 이렇게 하면 누 에들이 황달과 소모성 질병을 비롯한 여러 병들에 걸리는 것 을 쉽게 예방할 수 있고, 폭넓은 계층에서 저절로 불어나는 지식을 통해 모든 면에서 유용하고 소득도 많은 민중적 산업 을 확보할 수 있을 것이라고 했다. 양잠업을 통해 좀더 높은 통일된 목표를 향해 성장해가는 민족을 꿈꾸는 하치 고문관 의 비전은 그 이전 실패들의 기억이 아직 너무 생생하여 거 의 반향을 얻지 못했는데, 그뒤 백년에 걸쳐 쇠퇴하던 양잠 업은 무슨 일이든 시작만 하면 아주 철저하게 진행하던 독일 파시스트들에 의해 부활되었다. 나를 상당히 놀라게 한 이 사 실은 작년 여름 작업 중에 다시 떠오른, 북해에서의 청어 어 업을 다룬 교육영화를 찾기 위해 고향의 시각자료도서관을 찾아갔다가 같은 시리즈를 위해 제작된 것이 분명한, 독일 양 잠업을 다룬 필름을 우연히 발견하고 알게 된 것이었다. 거 의 심야에만 찍어 지독하게 어두운 청어 영화와는 달리 양잠 업 영화는 실로 눈부시게 환한 빛으로 충만했다. 하얀 실험실

가운을 걸친 남자와 여자 들이 새로 하얗게 칠해 빛이 넘실대는 공간에서 새하얀 베틀과 새하얀 전지(全紙), 새하얀 고치와 새하얀 아마포 자루를 다루고 있었다. 영화는 시종일관 가장 훌륭하고 깨끗한 세상을 약속하고 있었는데, 이런 인상은 주로 교사들을 위해 만들어놓은 부록을 읽으면서 더 강해졌다. 총통이 1936년의 제국전당대회에서 공포한 계획, 즉 앞으로 사년 안에 독일은 어떻게든 독일의 능력으로 생산할 수 있는 모든 소재를 자급자족할 수 있어야 한다는 계획과 관련

Beihefte der Reichsstelle **F 213/1939**
für den Unterrichtsfilm

Deutscher Seidenbau II

Aufzucht der Raupen
Verarbeitung der Trockenkokons

Von

Prof. Dr. Friedrich Lange

Kreisbildstelle
Sonthofen in Immenstadt

W. Kohlhammer / Verlag / Stuttgart und Berlin

하여 영화는 양잠업도 당연히 이 계획의 일부가 되어야 하며, 제국식량농업부 장관과 제국노동부 장관, 제국임업청장, 제국항공부 장관이 의결한 양잠업 건설 기획에 따라 독일에 새로운 재배의 시대가 시작되었다고 주장했다. 또한 기존 모든 업체의 생산증대, 언론과 영화와 라디오를 통한 양잠업 광고, 학생교육용 사례가 될 만한 누에사육 시설의 설치, 주·군·읍의 전문부서 조직을 동원한 모든 양잠업자 지원, 필요한 뽕나무 공급, 주택단지, 교회묘지, 길가, 철도, 제국 고속도로 주변 등지의 모든 유휴지에 수백만그루의 뽕나무를 식수하는 것 등이 제국식량부 산하 독일 소(小)동물사육협회 제국연맹도 가입되어 있던 베를린의 제국양잠전문협회의 과제라고 했다. 부록 F213/1939의 저자 랑에 교수는 외환시장을 불필요하게 압박하는 수입을 중단해야 할 뿐만 아니라, 독립적인 군수산업을 확충하는 데에도 비단이 중요한 역할을 하기 때문에 독일에서 양잠업이 반드시 필요하다고 썼다. 따라서 학교에서도 양잠업에 대한 독일 청소년들의 관심을 일깨울 필요가 있지만, 프리드리히대왕처럼 강제적인 방법을 써서는 안된다고 그는 말한다. 교사와 학생 들이 자율적인 결정에 따라 양잠을 시도하도록 해야 한다는 것이다. 양잠업 영역에서 학생들의 선구적 작업이 이루어질 가능성을 상세히 논하면서 랑에 교수는 학교 운동장 둘레에도 뽕나무를 심고, 학교 건물 안에서 누에를 키울 수도 있다고 썼다. 그리고 누에는 확실하게 유용한 동물이기도 하지만, 수업 교재로서도 아주 이상적이라고 덧붙였다. 아무 경비를 지출하지 않고도 원하는 수 만큼 얻을 수 있고, 아주 "온순한 가축"이어서 우리나 사육장 없이 키울 수 있으며, 그 모든 발달단계에서 아주 다양하게 설계된 실험들(무게나 크기 측정과 같은)을 위해 활용될 수 있다는 것이었다. 곤충의 몸의 구조와 특성들을 관찰할 수 있고, 순치(馴致) 현상과 퇴화 돌연변이, 인간을 훈육하는 데 필요한 성과검사의 기본조치들, 인종적 변질을 막기 위한 선별과 박멸 등을 누에를 통해 확인할 수 있다고 그는 주장했다. 영화에서는 사육자들이 첼레의 제국양잠기관에서 보내준 알들을 수령하고 깨끗한 상자에 알들을 배치하는 장면, 식욕이 왕성한 누에들이 알에서 빠져나와 먹이를 먹는 모습, 누에들의 장소를 여러번 옮겨주는 작업, 고치에서 누에들이 실을 잣는 모습, 끝으로 누에들을 죽이는 장면을 볼 수 있는데, 여기서 누에들을 죽이는 방법은 그전에 흔히 그랬듯 고치를 햇볕에 내다놓거나 따뜻한 오븐에 밀어넣는 것이 아니라 계속 물이 끓는, 벽으로 둘러싼 세탁용 가마솥을 사용하는 방법이었다. 납작한 바구니에 펼쳐놓은 고치들은 물통에서 솟아오르는 수증기에 세시간 동안 노출되어야 했으며, 일회 분량이 처리되고 나면 다음 분량을 처리하는 식으로 고치들을 다 죽일 때까지 작업은 계속 반복되었다.

나의 기록을 끝마치는 오늘은 1995년 4월 13일이다. 녹색 목요일(부활절 전주의 목요일)이며, 세족(洗足)의 날이자 아가토니카, 카르푸스, 파필루스, 헤르메네길트 같은 성인들의 축일

이기도 하다. 정확히 삼백구십칠년 전에 앙리 4세가 낭뜨칙
령을 공포했고, 이백오십삼년 전에는 더블린에서 헨델의 「메
시아」가 초연되었다. 이백이십삼년 전에는 워런 헤이스팅스
가 벵골 지방의 총독으로 임명되었다. 백십삼년 전 프로이센
에서는 반유대인연맹이 결성되었고, 칠십사년 전에는 본때
를 보여주기로 작정한 다이어 장군이 잘리안왈라 바그라는
이름으로 알려진 광장에 몰려든 만오천명의 봉기 군중을 향
해 발사를 명령함으로써 암리차르(인도 펀자브 지방의 도시)의
대학살이 발생했다. 당시의 희생자들 가운데에는 암리차르
지역뿐만 아니라 인도 전역에서 아주 기초적인 방식으로 이
루어지던 양잠업에 종사하던 사람들이 많았으리라. 지금부

터 정확히 오십년 전에는 첼레시가 정복되었고 거침없이 밀
려오는 적군을 피해 독일군이 도나우 계곡을 거슬러 완전히
퇴각하는 중이라는 소식이 영국 신문에 실렸다. 그리고 우리
가 아침에는 아직 몰랐지만, 1995년 4월 13일 녹색 목요일은

무엇보다 클라라의 아버지가 코부르크의 병원에 도착하자마자 숨을 거둔 날이기도 하다. 이 문장을 쓰면서 거의 난국들로만 이루어진 우리의 역사를 다시 한번 되돌아보니, 과거에는 상류층 부인들이 검은 비단 태피터나 검은 끄레쁘드신(엷은 비단 크레이프)으로 만든 드레스를 입어야만 깊은 슬픔을 올바로 표현한다고 인정받았다는 사실이 떠오른다. 예컨대 당대의 의상 잡지에서 읽을 수 있는 것처럼, 빅토리아여왕의 장례식에서 테크 공작부인은 촘촘하게 짠 베일들이 넘실거리는, 검은 만또바산(産) 비단으로 만든 참으로 숨 막히는 옷을 입고 나타났는데, 이 천은 노리치의 비단 직조공장 윌렛 앤드 네퓨가 완전히 문을 닫기 직전에 오직 테크 공작부인만을 위해, 그리고 장례식용 비단 분야에서는 여전히 타의 추종을 불허하는 자신들의 기술을 과시하기 위해 육십걸음 길이로 제작한 것이었다. 그리고 비단 상인의 아들이었으니 비단을 보는 안목이 있었을 토머스 브라운은 『널리 진실로 오인되는 견해들』의 내가 다시 찾아내지는 못한 어느 부분에서 당대의 네덜란드 습속에 대해 적고 있는데, 이에 따르면 당시 그곳에서는 망자의 집에 있는 모든 거울과, 풍경이나 사람 혹은 들판의 열매가 그려진 모든 그림을 슬픔을 표현하는, 비단으로 만든 검은 베일로 덮는 풍습이 있었고, 이는 육신을 떠나는 영혼이 마지막 길을 가면서 자기 자신을 보거나 다시는 보지 못할 고향을 보고 마음이 산란해지는 것을 막기 위한 조치였다고 한다.

"현재 가장 많이 토론되고 있는 독일 작가" W. G. 제발트는 총 네편의 소설만 남기고 2001년 갑작스런 교통사고로 세상을 떠났다. 첫 소설인 『현기증. 감정들』(*Schwindel. Gefühle*)이 발표된 것이 1990년이고, 마지막 작품이 되고 만 『아우스터리츠』(*Austerlitz*)가 2001년에 발표되었으니, 제발트가 소설가로서 활동한 시기는 겨우 십년 남짓하다. 이 짧은 시기 안에 발표된 그의 작품들은 그러나 고도의 지적 수준과 가슴을 죄어오는 비가의 어조, 문명을 대하는 심원한 성찰로 쑤전 쏜택을 비롯한 여러 식자층 독자들에게 강력한 인상을 남겼고, 그의 때이른 죽음 후로는 날이 갈수록 더 폭넓은 독자와 추종자 들을 만들어내고 있다. 이 책 『토성의 고리』(*Die Ringe des Saturn*)는 『이민자들』(*Die Ausgewanderten*)이 출판되고 3년 후인 1995년에 발표된 제발트의 세번째 소설이다.

1944년 5월 18일 독일 남단의 작은 마을 베르타흐에서 태어난 제발트는 대학을 졸업한 뒤 1966년에 영국으로 이민을 떠났고, 그뒤 줄곧 영국에서 살았다. 1968년에 이미 맨체스터 대학에서 일하기 시작한 그는 1970년부터 영국 동부의 도시 노리치에 있는 이스트앵글리아 대학에서 강의를 시작했고, 1988년에 이 대학의 정교수가 되어 문학을 가르쳤다. 수많은 에세이와 시, 독일어권 문학을 다루는 탁월하고 논쟁적인 논문 들을 발표하기도 했지만, 그의 이름을 널리 알리는 결정적 계기가 된 것은 바로 앞서 말한 네편의 소설이다.

이 소설들에서 가장 두드러지는 것은 역사를 희생자들의 슬픔이라는 관점에서 바라보는 시선이다. 청소년 시절에 일찍이 전쟁과 유대인 학살에 대한 부모 세대의 침묵에 분노했던 그는 역사 속의 고통과 파괴를 다가올 희망찬 미래를 위한 불가피한 희생으로 간주하는 일체의 담론에 근원적인 이의를 제기한다. 역사는 때로 잠시 잘못된 길로 들어서기도 하지만, 전체적으로는 꾸준한 발전의 길을 걸어왔다는 낙관론에 맞서 그는 역사 속의 파괴와 고통이 결코 어떤 약속으로도 보상될 수 없는 것이라고 주장하며, 전체의 진보를 내세우는 낙관론 자체의 폭력성을 고발한다. 문명의 역사는 지속적으로 진행되는 대재앙이며, 무수한 희생자들의 시신을 남겨놓고 나아가는 전쟁의 전선이다. 제국주의의 열광은 결국 죄의 낙인이 찍힌 유럽 대도시의 병든 주민들만을, 전세계를 활활 불태운 자본주의의 열기는 쓰레기와 재의 폐허들만을 남겨놓는다. 파괴가 거의 조망할 수 없을 만큼 광범위하고 보편적이므로 제발트 소설 속의 화자는 파괴의 현장들을 끝없이 만나게 되며, 따라서 그의 슬픔 또한 결코 끝나지 않는다. 그러나 이 슬픔은 제발트의 구체적이고 역사적인 시각과 엄격한 지성적 자세에 힘입어 결코 흐릿하고 피상적인 감상으로 빠지지 않는다. 역사의 희생자들 앞에서 그는 흥분하거나 무기력한 냉소에 자신을 의탁하는 대신, 시종일관 진지한 비가적 어조를 유지한다.

역사의 과정에서 파괴된 채 잊혀가는 것들을 복원해내고 우리 앞에 드러내는 것이 그가 소설에서 해내고자 하는 작업이다. 이런 그의 시선은 비단 유대인이나 노예화된 민족, 제국주의의 희생자, 문명의 흐름에서 비켜난 삶을 살아간 아웃사이더 등의 인간집단에만 머무르지 않고, 갑작스런 병의 확산으로 파괴된 느릅나무 숲, 버려진 공장, 몰락하는 도시, 대규모의 산업적 규모로 살해된 청어와 누에, 나아가 사라지고 잊힌 과거의 텍스트 들까지 아우르고 있어 가히 파괴에 대한 백과사전적 인식을 보여준다고 할 만하다.

자신의 지능이 발휘하는 힘을 제어하지 못하고 그 힘에 매료된 채 몰락을 재촉하는 인간의 문명에 대한 위기의식이 커져가고 있는 지금, 이 문명의 폐허들을 차분히 훑어가면서 어떠한 손쉬운 구원의 전망도 제시해주지 않는 제발트의 작품은 이 시대에 대한 구체적 성찰을 위해 반드시 읽어야 할 정전(正典)이다. 이런 제발트 작품세계의 특징들은 이『토성의 고리』에서도 유감없이 나타난다.

영국 순례

1992년 8월, 소설의 화자는 영국 동부의 도시 노리치 아래쪽으로 뻗어 있는 써픽주의 텅 빈 지대로 여행을 떠난다. 노리치는 제발트 자신이 1970년 이래 대학에서 강의해온 도시다. 작가는 소설의 독일어판 부제에서 이 여행을 '영국 순례'(Eine englische wallfahrt)라고 이름 붙였다. 이 순례의 발단은 내면의 공허였고, 아이러니하게도 그 공허에서 벗어나기 위한 여정은 북적대는 도시가 아니라 마찬가지로 공허한 풍경 속으로 이리저리 뻗어나간다. 그리고 여행은 썩 성공적이지는 않았던 듯하다. 화자가 토로하듯이, 여행은 그에게 해방감뿐만 아니라 먹먹한 전율을 안겨주었고, 그 결과 그는 치유를 얻는 대신 마비상태에 빠져 결국 입원하는 지경에 이르렀으니 말이다. 이 소설은 바로 이 마비상태에서 탈출하려고 시도한 글쓰기의 결과이며, 불행의 곡진한 서술을 통해 불행의 질곡에서 벗어나려고 하는 또 한번의 여행이다.

이 여행은 한 곳에서 다른 곳으로의 직선적이고 목적의식적인 이동이 아니다. 행로는 거듭하여 샛길과 미로로 접어들며, 계획은 우연에 의해 간섭받고 어긋나기 일쑤다. 그러나 이런 다양하게 얽힌 오솔길로의 이탈들은 성가신 방해가 아니라 의미심장한 발견의 가능성으로 받아들여지며, 바로 이런 우연들 덕택에 화자는 이미 발생했거나 장차 도래할 대재앙의 숱한 증인들을 만나게 된다. 그리고 화자의 성찰과 학식 높은 연상능력은 이런 다양하고 이질적이며 우연적인 것들을 조합하여 순환적인 역사의 흐름을 읽어낸다.

그러므로 이 '순례'의 목적지는 구원을 약속하는 성지(聖地)가 아니다. 오히려 곳곳에서 묵묵한 파괴의 잔해들에 부딪치며 화자가 확인하는 시간은 차라리 구원사를 뒤집어놓은 종말론적 흐름에 가깝다. 그리고 구원에 대한 희망을 떨쳐버리지 못하는 한, 이러한 인식은 마비를 동반하는 전율과 우울을 낳고, 종국에는 몸의 마비로 이어진다.

미로

화자가 우연에 의해 빠져드는 오솔길은 복잡하게 얽히고 곳곳에서 막다른 골목으로 이어지는 미로를 이룬다. 실제로 그는 써머레이턴의 주목(朱木) 미로에 빠져 완전히 길을 잃기도 하고, 더니치 근처의 들판에서도 방향감각을 상실하고 곤욕을 치른다. 그 얼마 후 그는 꿈속에서 다시 한번 미로에 빠져드는데, 여기서는 높은 장소에서 미로 전체를 조망하게 된다. 그러나 실제로 이런 장소는 없다. 나아가 꿈속에서 조망한 미로도 구원을 주지는 못하니, 그 장면들은 오로지 파괴의 현장으로만 이루어져 있었던 것이다. 화자는 할스턴 근처의 인적 드문 땅에서 알렉 개러드를 만나게 되는데 그 또한 거의 이십년에 걸쳐 예루살렘 성전 모형 만들기에 전념했으면서도 여전히 끝낼 수 없는 작업의 미로에 빠져 있다. 파괴와 해체의 세계 앞에서 온전한 자아와 자아 주변의 소세계를 구성해내려는 안간힘으로도 볼 수 있는 개러드의 시도는 그러나

날이 갈수록, 인식이 정확해질수록 더 복잡하게 수정해야만 하는 상황에 빠져든다. 온전하게 과거를 복원하려고 하는 그의 행로 또한 불확실성의 미로에서 벗어나기는 어려워 보인다. 아마도 그의 작업은 영영 완결에 이르지 못할 것이다.

미로에서 빠져나올 수 없다는 것, 하나의 미로에서 빠져나와도 행로 전체는 결코 구원으로 향하는 출구를 찾을 수 없다는 것, 건설과 파괴, 상승과 하강, 팽창과 수축, 발산과 응축, 발전과 몰락의 순환운동에서 최종적으로 탈출하여 천년왕국으로 나아갈 문은 없다는 것, 이런 인식은 결국 기시감(旣視感)으로 인한 마비상태를 유발한다.

나는 점점 더 자주 나를 엄습하는 반복의 유령에 이성으로 맞서기가 더 힘들어진다. (…) 이때 느끼는 몸의 상태는 (…) 방금 부지불식간에 심장마비가 스쳐지나간 사람에게 나타날 법한, 사고능력과 언어기관과 관절의 마비로까지 번질 수도 있다. (…) 이 현상은 일종의 종말의 선취, 공허로의 진입, 혹은 일종의 이탈일 수도 있는데, 이는 연거푸 동일한 선율을 반복하는 축음기처럼, 기계의 고장이 아니라 기계에 입력된 프로그램의 교정할 수 없는 결함에서 비롯되는 것이다. (220~21면)

역사와 시간은 좀더 나은 상태로 상승해가는 직선적 발전의 길이 아니라 미로 속의 무한반복에서 벗어날 수 없으며,

이런 현실은 전체적으로 불가해하다. 이렇게 "우리를 움직이는 것들의 불가시성과 불가해함"(28면)은 화자의 동료 마이클 파킨슨을 죽음에 이르게 했고, 불가항력적인 모래바람이 되어 플로베르를 압살했다.

이로써 이성의 힘으로 보편적 법칙을 간파하여 미래를 예견하고 세계를 지배할 수 있다는 합리주의적 믿음은 부정된다. 1632년에 처형된 뒤 해부대 위에 눕힌 범죄자 아리스 킨트의 구체적인 몸이 아니라 해부학 도해서의 도식을 향하고 있는 의사들과 데까르뜨의 시선은 현상 자체를 향하는 렘브란트의 시선에 의해 부정된다. 그러나 렘브란트의 시선 앞에 나타나는 개별자들은 연무(煙霧)에 휩싸여 있으며, 우리의 뇌는 한순간도 이 연무를 걷어낼 수 없다. 계획적이고 추상적인 종합이 아니라 그때그때 우연하게 드러나는 개별자들, 파편들 사이의 근친성과 연결고리를 읽어냄으로써 끝없이 현실에 접근해가는 "연구와 노동, 무수한 시간에 걸친 노동만"(287면)을 통해 인간은 자신에게 허락된 최선의 인식에 도달할 수 있다. 그리고 그런 최선의 깨달음에 이르지 않고는 불가해성을 인식할 수 없으며, 이렇게 불가해성을 숙연하게 인정하게 될 때 인간은 무망한 환영에 휩싸여 파괴를 일삼는 행태를 그만두게 될 것이다.

파괴의 역사

정직한 열성과 행복을 향한 노력 자체는 존중받아야 할 것이지만, 어떤 것도 몰락의 운명을 피할 수 없다. 화자의 눈앞에서는 초라한 잔해들, 우울한 폐허들로부터 화려했던 과거의 모습이 마치 만화영화 속의 장면들처럼 되살아난다. 이렇게 재구성되는 과거는 진보와 행복의 약속에 사로잡힌 문명과 군상을 보여준다. 워털루 전투를 재현하는 파노라마는 그 한가운데에 솟아 있는 전망대에서 조망하게 되어 있는데, 앞서 말했듯 현실 속에 이런 조망대는 없다. "이 재현은 시선의 위조에 기초한다. 살아남은 자들인 우리는 모든 광경을 위에서 내려다보고, 모든 것을 동시에 보면서도 실제로 현장이 어떠했는지는 모른다."(150면) 진보란 모든 노력이 궁극적으로는 허망하다는 것을 인정하고 싶지 않은 인간이 빚어낸 '시선의 위조'일 뿐이다. 진보 관념은 전체의 발전이라는 명목하에 개인들을 방기하고, 파괴와 고통과 끔찍함을 정당화한다. 제발트는 이런 시선의 위조에서 벗어나기 위해 폐허의 장소들을 찾는다. 기술의 영토가 야생과 공허와 자연에 의해 다시 정복된 곳, 그곳에서 제발트는 계몽의 변증법을 성찰하며, 약속의 허구성을 통찰한 자의 통쾌한 승리감보다는 확신과 자신감의 무망함을 상실로 받아들이는 자의 우울을 느낀다. 그는 뒤러가 「멜랑콜리아 1」에서 학문의 도구로 묘사한 것들을 파괴의 도구로 해석한다. 『역사의 개념에 대하여』에서 "문화의 기록치고 야만의 기록이 아닌 것은 없다"고 일갈한 발터 벤야민의 인식과도 통하는 이러한 제발트의 시선 속에서 계몽과 진보는 그 찬란한 기념비적 성과들이 아니라 그것이 낳은 파괴의 지점에서부터 성찰되고 재해석된다.

청어의 수난사에서 자연에 대한 인간의 파괴를 읽어낼 수 있다면, 베르겐-벨젠 수용소의 시신들을 보여주는 끔찍한 사진에서는 인간에 대한 인간의 파괴를 확인할 수 있다. "쉴 줄 모르는 방랑자들('청어'를 말함)은 열차의 화물칸에 실려 지상에서의 마지막 운명을 완수하게 될 곳들로 수송된다"(70면)라는 표현은 청어들과 강제수용소로 이송되던 유대인들의 놀라운 근친성을 보여준다. 그리고 이 소설에서 확인할 수 있듯이 제발트 자신도 방랑자이기는 마찬가지다. 인간은 문명 과정 속에서 점점 더 무서운 존재로 자라났고, 결국 자기 자신까지 배반하게 되었다. 제2차세계대전의 말미에 베르겐-벨젠 수용소의 참혹한 현장을 목격한 영국군 장교 르 스트레인지가 후일 자신에게 내린 함구령은 합리적 설명 모델로는 말할 수 없는 어떤 것 앞에서의 숙연한 묵념이었을 것이다.

'빛을 밝힌다'는 뜻을 지니고 있던 계몽은 이 빛의 의미가 전복됨에 따라 비판받는다. "모든 가연성 물질의 지속적인 연소는 지구상에서 우리 인간을 확산시키는 동력이다. (…) 연소는 우리가 만들어낸 모든 사물의 내적 원리다"(199면)라고 단정짓는 제발트는 이 연소를 통한 빛을 진보와 풍요가 아니라 위기와 몰락의 징후로 내세운다. 청어들의 사체가 발산하는 빛, 르 스트레인지 소령의 몸이 죽을 때 보여주었던 변화무쌍한 빛, 이 빛들은 오로지 화형과도 같은 연소를 통해 만들어진 문명에 대한 강력한 경고다.

멜랑꼴리

기약된 미래가 없다는 통찰, 주관적 의도와 객관적 결과 사이의 관계를 통제할 수 없다는 인식은 혼돈과 무기력과 우울을 낳는다. 처음부터 화자는 공허와 우울에서 출발하며, 이를 치유하기 위해 여행을 떠난다. 그러나 그가 확인한 것은 몰락의 현장들이었고, 이 현장들은 지상의 모든 것의 덧없음(Vanitas)을 보여주었다. 예로부터 해골과 모래시계가 이 덧없음을 상징했는데, 이 책에서 화자 혹은 작가의 영혼적 동지라고 할 만한 토머스 브라운이 유골에 깊은 관심을 가졌던 것, 그리고 화자가 브라운의 유골을 추적하는 것은 이 덧없음이 이 작품의 주요한 주제임을 여실하게 보여준다.

'토성의 고리'라는 작품의 제목도 마찬가지다. 서양에서 토성은 멜랑꼴리와 시간의 천체다. 시간은 덧없음을 깨닫게 하며, 이 덧없음이 낳은 정조가 멜랑꼴리다. 모든 존재는 죽음이라는 미래에 의해 규정되어 있고, 시간의 무자비한 흐름 앞에서 인간은 무기력한 공포를 느낀다. 제발트가 작품 맨 앞에 내세운 인용구에서 볼 수 있듯 토성의 고리가 토성의 힘에 의해 파괴된 달의 잔해들이라면, 이 폐허의 고리는 시간의 힘에 의해 파괴된 것들과 멜랑꼴리에 휩싸인 인간을 의미할 것이다.

이런 인간의 범례가 바로 '작가'다. 제발트는 작가에 대해 "멈출 줄 모르고 머릿속을 맴도는 끝없는 생각, 잘못된 실을 붙잡았다는, 꿈속까지 파고드는 느낌이 사람을 어떤 막다른

골목과 낭떠러지로 몰아가는지 이해하기"(331면) 어려울 것
이라고 말한다. 이런 불안은 결국 믿음의 와해로부터, 세상의
근원적인 불가해성으로부터, 파괴의 불가항력적인 성질로부
터 비롯된다.

누에의 변태는 덧없음과 우울에서 탈출하고자 하는 강력
한 갈망에 조응한다. 토머스 브라운은 파멸에서 새로운 모습
으로 환생하는 애벌레와 나방의 능력에 매료되었다. 실을 잣
기 위해 높은 곳으로 올라가는 누에의 모습은 우울에서 벗어
나려는 인간의 모습과 일치한다. 그리고 누에가 실을 잣듯,
작가는 글쓰기를 통해 사물을 시간의 흐름에서 구원해내고
자 한다. '텍스트'(text)라는 말이 '섬유'를 의미하는 라틴어
textus에서 유래된 것은 우연이 아닌 것이다.

사실과 허구

제발트의 다른 작품들과 마찬가지로 『토성의 고리』에서도
사실과 허구는 교묘하게 착종되어 있다. 예컨대 청어 이야기
에 등장하는 인물들의 이름은 인위적인 성질을 강력하게 암
시한다. '마리니에르'라는 이름은 '바다'를 뜻하고, '헤링턴'
은 '청어'를 뜻하며, 청어의 몸에서 흘러나오는 발광물질을
연구한 사람의 이름은 '라이트바운'이다. 아마도 이들은 실
제인물이 아닐 것이다. 더니치 근처 풀밭의 미로에서 화자가
보았다는 글자 없는 표지판은 미국 작가 하워드 필립스 러
브크래프트의 소설 『더니치의 공포』(*The Dunwich Horror and*

Others)에서 빌려온 것이다. 우리는 작가가 풀어놓는 이야기가 어디까지 역사적 사실이고 어디부터 허구인지 알기 어렵다. 심지어 『이민자들』에 등장하는 암브로스 아델바르트의 여행수첩 사진은 제발트 자신이 직접 글을 써서 찍은 것이라고 한다. 이렇게 언뜻 생각하기와는 달리 제발트의 작품은 아주 정교하게 가공된 이야기들로 가득한데, 작가가 현실과 허구, 문학과 자전적 글, 실제 사진과 허구의 사진, 실제의 인물과 허구의 인물 들을 뒤섞어놓은 것은 작품 전체에 존재론적 불안을 부여하며, 아마도 역사적 지식을 구성하는 지각의 틀 자체를 비판적으로 성찰하고, 앞서 말한 '시선의 위조'를 간파하라는 요구로 이해되어야 할 것이다.

『토성의 고리』 초판이 발행된 지 8년 만에 개정판을 내게 되었다. 원고 전체를 원문과 다시 대조하면서 전반적으로 표현들을 개선하고 몇군데에서 발견한 오류들을 바로잡았다. 독자들의 편의를 위해 옮긴이주도 보강했다. 외국어 고유명사의 표기법도 손보았다. 이런 작업이 '개정판'이라는 명칭에 값하는 결과를 낳았기를 빈다.

그러나 물론 번역문의 개선작업이란 원래 끝이 없다. 다시 보면 또 개선할 부분이 발견될 것이다. 두번째 개정판을 펴낼 기회를 기대하면서 앞으로도 이 작품을 계속 살펴볼 생각이며, 독자들의 제안도 기다려본다.

이재영

토성의 고리

초판 1쇄 발행 / 2011년 8월 5일
초판 6쇄 발행 / 2018년 2월 26일
개정판 1쇄 발행 / 2019년 3월 22일
개정판 5쇄 발행 / 2024년 12월 4일

지은이 / W. G. 제발트
옮긴이 / 이재영
펴낸이 / 염종선
책임편집 / 양재화
조판 / 황숙화
펴낸곳 / (주)창비
등록 / 1986년 8월 5일 제85호
주소 / 10881 경기도 파주시 회동길 184
전화 / 031-955-3333
팩시밀리 / 영업 031-955-3399 편집 031-955-3400
홈페이지 / www.changbi.com
전자우편 / lit@changbi.com

한국어판 ⓒ (주)창비 2011, 2019
ISBN 978-89-364-7696-0 03850
ISBN 978-89-364-7951-0 (세트)